# 读书与做人

梁实秋 著

国际文化出版公司
·北京·

图书在版编目（CIP）数据

梁实秋读书与做人 / 梁实秋著．—北京：国际文化出版公司，2014.4
ISBN 978-7-5125-0671-8

I. ①梁… II. ①梁… III. ①散文集－中国－现代 IV. ①I266

中国版本图书馆 CIP 数据核字（2014）第 062954 号

## 梁实秋读书与做人

| | |
|---|---|
| 作　者 | 梁实秋 |
| 责任编辑 | 戴　婕 |
| 统筹监制 | 葛宏峰 |
| 策划编辑 | 福茂茂 |
| 美术编辑 | 秦　宇 |
| 出版发行 | 国际文化出版公司 |
| 经　销 | 国文润华文化传媒（北京）有限责任公司 |
| 印　刷 | 三河市同力彩印有限公司 |
| 开　本 | 880 毫米 ×1230 毫米　　32 开<br>10 印张　　245 千字 |
| 版　次 | 2014 年 5 月第 1 版<br>2018 年 12 月第 2 次印刷 |
| 书　号 | ISBN 978-7-5125-0671-8 |
| 定　价 | 28.00 元 |

国际文化出版公司
北京朝阳区东土城路乙 9 号　邮编：100013
总编室：（010）64271551　传真：（010）64271578
销售热线：（010）64271187
传真：（010）64271187-800
E-mail: icpc@95777.sina.net
http://www.sinoread.com

人生到了一个境界，读书不是为了应付外界需求，不是为人，是为己，是为了充实自己，使自己成为一个明白事理的人，使自己的生活充实而有意义。

# 出版说明

为了保持梁实秋著作的原貌，又能给现代读者提供方便的梁实秋文本，编者参考了多个版本，对照原文，重新做了校订，主要校对原则如下：

一、旧时的习惯用法，如"它"之作"他"、"地""得"之作"的"、"的"之作"底"、"工夫"之作"功夫"、"发现"之作"发见"、"稀罕"之作"希罕"等，根据现行语言文字规范加以改正，其他不作任何改动，保持原貌。

二、编者根据编选需要，对文章进行增删的部分，在原文中予以了说明。

【代序】

# 读书苦？读书乐？

文 / 梁实秋

## 从开蒙说起

读书苦？读书乐？一言难尽。

从前读书自识字起。开蒙时首先是念字号，方块纸上写大字，一天读三五个，慢慢增加到十来个，先是由父母手写，后来书局也有印制成盒的，背面还往往有画图，名曰看图识字。小孩子淘气，谁肯沉下心来一遍一遍地认识那几个单字？若不是靠父母的抚慰，甚至糖果的奖诱，我想孩子开始识字时不会有多大的乐趣。

光是认字还不够，需要练习写字，于是以描红模子开始，"上大人，孔乙己，化三千……"，再不就是"一去二三里，烟村四五家，亭台六七座，八九十枝花"，或是"王子去求仙，丹成上九天，洞中才一日，世上几千年"。手搦毛笔管，硬是不听使唤，若不是先由父母把着小手写，多半就会描出一串串的大黑猪。事实上，没有一次写字不曾打翻墨盒砚台弄得满手乌黑，狼藉不堪。稍后写小楷，白折子乌丝栏，写上三五行就觉得很吃力。大致说来，写字还算是愉快的事。

进过私塾或从"人，手，足，刀，尺"读过初小教科书的人，对于体罚一事大概不觉陌生。念背打三部曲，是我们传统的教学法。一目十行而能牢记于心，那是天才的行径；普通智商的儿童，非打是很难背诵如流的。英国十八世纪的约翰逊博士就赞成体罚，他说那是最直截了当的教学法，颇合于我们所谓"扑作教刑"之意。私塾老师大概都爱抽旱烟，一二尺长的旱烟袋总是随时不离手的，那烟袋锅子最可怕，白铜制，如果孩子背书疙疙瘩瘩的上气不接下气，当心那烟袋锅子敲在脑袋壳上，"砰"的一声就是一个大包。谁疼谁知道。小学教室讲台桌子抽屉里通常藏有戒尺一条，古所谓榎楚，也就是竹板一块，打在手掌上其声清脆，感觉是又热又辣又麻又疼。早年的孩子没尝过打手板的滋味的大概不太多。如今体罚悬为禁例，偶一为之便会成为新闻。现代的孩子比较有福了。

从前的孩子认字，全凭记忆，记不住便要硬打进去。如今的孩子读书，开端第一册是先学注音符号，这是一大改革。本来是，先有语言，后有文字。我们的文字不是拼音的，虽然其中一部分是形声字，究竟无法看字即能读出声音，或是发音即能写出文字。注音符号（比反切高明多了）是帮助把语言文字合而为一的一种工具，对于儿童读书实在是无比的方便。我们中国的文字不是没有严密的体系，所谓六书即是一套提纲挈领的理论，虽然号称"小学"，小学生谁能理解其中的道理？《说文解字》五百四十个部首就会使人晕头转向。章太炎编了一个《部首歌》，"一、上、三、示、王、玉、珏……"煞费苦心，谁能背得上来？陈独秀编了一部《小学识字读本》（台湾印行改名为《文字新论》），是文字学方面一部杰出的大作，但是显然不是适合小学识字的读本。我们中国的语言文字，说难不难，说易不易，高本汉说过这样一段话——

北京语实在是一种最可怜的方言，总共只有四百二十个音缀；普通的语词不下四千个，这四千多个的语词，统须支配于四百二十个音缀当中。同音语词的增进，使听受者受了极大的困难，于此也可以想见了……
（见《中国语与中国文》）

这是外国人对外国人所说的话，我们中国儿童国语娴熟，四声准确，并不觉得北京语"可怜"。我们的困难不在语言，在语言与文字之间的不易沟通。所以读书从注音符号开始，这方法是绝对正确的。

《三字经》《百家姓》《千字文》是旧式的启蒙的教材。《百家姓》有其实用价值，对初学并不相宜，且置勿论。《三字经》《千字文》都编得不错，内容丰富妥当，而且文字简练，应该是很好的教材，所以直到今日还有人怀念这两部匠心独运的著作，但是对于儿童并不相宜。孩子懂得什么"人之初，性本善"，"天地玄黄，宇宙洪荒"？民国初年，我在北平陶氏学堂读过一个时期的小学，记得国文一课是由老师领头高吟"击鼓其镗，踊跃用兵，土国城漕，我独南行……"，全班一遍遍地循声朗诵，老师喉咙干了，就指派一个学生（班长之类）代表他领头高吟。朗诵一小时，下课。好多首诗经作品就是这样注入我的记忆，可是过了五六十年之后自己摸索才略知那几首诗的大意。小时候多少时间都浪费掉了。教我读《诗经》的那位老师的姓名已不记得，他那副不讨人敬爱的音容道貌至今不能忘！

新式的语文教科书顾及儿童心理及生活环境，读起来自然较有趣味。民初的国文教科书，"一人二手，开门见山，山高日小，水落石出……"，"一老人，入市中，买鱼两尾，步行回家"……

这一类课文还多少带有一点文言的味道。后来仿效西人的作风，就有了"小猫叫，小狗跳……"一类的句子，为某些人所诟病。其实孩子喜欢小动物，由此而入读书识字之门，亦未可厚非。抗战初期我曾负责主编一套中小学教科书，深知其中艰苦，大概越是初级的越是难于编写，因为牵涉到儿童心理与教学方法。现在台湾使用的"国立编译馆"编印的中小学教科书，无论在内容上或印刷上较前都日益进步，学生面对这样的教科书至少应该不至于望而生畏。

## 纪律与兴趣

高中与大学一、二年级是读书求学的一个很重要阶段。现在所谓读书，和从前所谓"读圣贤书"意义不同，所读之书范围较广，学有各门各科，书有各种各类。但是国、英、算是基本学科，这三门不读好，以后荆棘丛生，一无是处。而这三门课，全无速成之方，必须按部就班，耐着性子苦熬。读书是一种纪律，谈不到什么兴趣。

梁启超先生是我所敬仰的一位学者，他的一篇《学问与兴趣》广受大众欢迎，很多人读书全凭兴趣，无形中受了此文的影响。我也是他所影响到的一个。我在清华读书，窃自比附于"少小爱文辞"之列，对于数学不屑一顾，以为性情不近，自甘暴弃，勉强及格而已。留学国外，学校当局强迫我补修立体几何及三角二课。我这才知道发愤补修。可巧我所遇到的数学老师，是真正循循善诱的一个人，他讲解一条定律一项原理，不厌其详，远譬近喻地要学生彻底理解而后已。因此我在这两门课中居然培养出兴趣，得到优异的成绩，蒙准免予参加期终考试。我举这一个例，为的说明一件事，吾人读书上课，无所谓性情近与不近，无所谓有无兴趣。读书上课就是纪律，越是自己不喜欢的学科，越要加倍鞭策自己努力钻研。克制自己欲望的这一套功夫，要从小时候开始锻炼。读书求学，自有一条正路可循，由不得自己任性。梁启超先生所倡导趣味之说，是对有志研究学问的人士说教，不是对读书求学的青年致辞。

　　一般人称大学为最高学府，易令人滋生误解，大学只是又一个读书求学的阶段，直到毕业之日才可称之为做学问的"开始"。大学仍然是一个准备阶段，大学所讲授的仍然是基本知识。所以大学生在读书方面没有多少选择的自由，凡是课程规定的以及教师指定的读物是必须读的。青年人常有反抗的心理，越是规定必须读的，越是不愿去读，宁愿自己去海阔天空地穷搜冥讨。到头来是枉费精力自己吃亏，五四时代而不知所从。张之洞的《书目答问》不足以餍所望。有一天几个同学和我以《清华周刊》记者的名义进城去就教于北大的胡适之先生，胡先生慨允为我们开一个最低的国学必读书目，后来就发表在《清华周刊》上。内容非常充实，名为最低，实则庞大得惊人。梁启超先生看到了，凭他渊博的学识开了一个更详尽的书目。没有人能按图索骥地去读，能约略翻阅一遍认识其中较重要的人名书名就很不错了。吴稚晖先生看到这两个书目，气得发出"一切线装书都丢进茅坑里去"的名言！现在想想，我们当时惹出来的这个书目风波，倒也不是什么坏事，只是好高骛远不切实际罢了。我们的举动表示我们不肯枯守学校规定的读书纪律，而对于更广泛更自由的读书的要求开始展露了天真的兴趣。

### 书到用时方恨少

　　我到三十岁左右开始以教书为业的时候，发现自己学识不足，读书太少，应该确有把握的题目东一个窟窿西一个缺口，自己没有全部搞通，如何可以教人？既已荒疏于前，只好恶补于后，而恶补亦非易易。我忘记是谁写的一副对联："书有未曾经我读，事无不可对人言！"很有意思，下句好像是左宗棠的，上句不知是谁的。

这副对联表面上语气很谦逊，细味之则自视甚高。以上句而论，天下之书浩如烟海，当然无法遍读，而居然发现自己尚有未曾读过之书，则其已经读过之书必已不在少数，这口气何等狂傲！我爱这句话，不是因为我也感染了几分狂傲，而是因为我确实知道自己的谫陋，许多该读而未读的书太多，故此时时记挂着这句名言，勉励自己用功。

我自三十岁才知道自动的读书恶补。恶补之道首要的是先开列书目，何者宜优先研读，何者宜稍加参阅，版本问题也是非常重要。此时我因兼任一个大学的图书馆长，一切均在草创，经费甚为充足，除了国文系以外各系申请购书并不踊跃，我乃利用机会在英国文学图书方面广事购储。标准版本的重要典籍以及参考用书乃大致齐全。有了书并不等于问题解决，要逐步一本一本地看。我哪里有充分时间读书？我当时最羡慕英国诗人弥尔顿，他在大学卒业之后听从他父亲的安排到郝尔顿乡下别墅下帷读书五年之久，大有董仲舒三年不窥园之概，然后他才出而问世。我的父亲也曾经对我有过类似的愿望，愿我苦读几年书，但是格于环境，事与愿违。我一面教书，一面恶补有关的图书，真所谓是困而后学。例如莎士比亚剧本，我当时熟悉的不超过三分之一，例如弥尔顿，我只读过前六卷。这重大的缺失，以后才得慢慢弥补过来。至于国学方面更是多少年茫然不知如何下手。

### 读书乐

读书好像是苦事，小时嬉戏，谁爱读书？既读书，还要经过无数次的考试，面临威胁，担惊害怕。长大就业之后，不想奋发精进则已，否则仍然要继续读书。我从前认识一位银行家，日间筹划盈虚，但是他床头摆着一套英译法朗士全集，每晚翻阅几页，日久读毕全书，引以为乐。宦场中、商场中有不少可敬的人物，品位很高，嗜读不倦，可见到处都有读书种子，以读书为乐，并非全是只知道争权夺利之辈。我们中国自古就重视读书，据说秦始皇日读一百二十斤重的竹简公文才就寝。《鹤林玉露》载："唐张参为国子司业，手写九经，每言读书不如写书。高宗以万乘之尊，万幾之繁，乃亦亲洒宸翰，遍写九经，云章烂然，始终如一日，古帝王所未有也。"从前没有印刷的时候讲究抄书，抄书一遍比读书一遍还要受用。如今印刷发达，得书容易，又有缩印影印之术，无辗转抄写之烦，读书之乐乃大为增加。想想从前所谓"学富五车"，是指以牛车载竹简，仅等于今之十万字弱。公元前一千年以羊皮纸抄写一部《圣经》需要三百只羊皮！那时候图书馆里的书是用铁链锁在桌上的！《听雨纪谈》有一段话：

苏文忠公作《李氏山房藏书记》曰："予犹及见老儒先生言其少时欲求《史记》、《汉书》而不可得，幸而得之，皆手自书，日夜诵读，唯恐不及。近岁，市人转相摹刻诸子百家之书，日夜传万纸，学者之于书，多且易致如此，其文词学术当倍蓰昔人。而后生科举之士皆束书不观，游谈无根。"苏公此言切中今时学者之病，盖古人书籍既少，凡有藏者率皆手录。盖以其得之之难故，其读亦不苟。到唐世始有版刻，至宋而益盛，虽云便于学者，然以其得之之易，遂有蓄之而不读，或读之而不灭裂，则以有板刻之故。

无怪乎今之不如古也。其言虽似言之成理，但其结论今不如古则非事实。今日书多易得，有便于学子，读书之乐岂古人之所能

007

想象。今之读书人所面临之一大问题乃图书之选择。开卷有益,实未必然,即有益之书其价值亦大有差别,罗斯金说得好:"所有的书可分为两大类:风行一时的书与永久不朽的书。"我们的时间有限,读书当有选择。各人志趣不同,当读之书自然亦异,唯有一共同标准可适用于我们全体国人。凡是中国人皆应熟读我国之经典,如《诗》、《书》、《礼》,以及《论语》、《孟子》,再如《春秋左氏传》、《史记》、《汉书》以及《资治通鉴》或近人所著通史,这都是我国传统文化之所寄。如谓文字艰深,则多有今注今译之版本在。其他如子集之类,则各随所愿。

人生苦短,而应读之书太多。人生到了一个境界,读书不是为了应付外界需求,不是为人,是为己,是为了充实自己,使自己成为一个明白事理的人,使自己的生活充实而有意义。吾故曰:读书乐。我想起英国十八世纪诗人一句诗——

**Stuff the head**

**With all such reading as was never read.**

大意是:"把从未读过的书籍,赶快塞进脑袋里去。"

# 目录 CONTENTS

## 读书篇

### 漫谈 Part1

书　004
漫谈读书　008
好书谈　011
影响我的几本书　014
晒书记　028
学问与趣味　031
文艺与道德　034
作文的三个阶段　038
纽约的旧书铺　041

## Part2　我　读

044　亚瑟王的故事
047　莎士比亚与时代错误
052　斯威夫特自挽诗
057　拜　伦
063　玛丽·兰姆
067　陶渊明"室无莱妇"
069　读杜记疑
078　剑　外
081　竹林七贤
084　管仲之器小哉
087　山

## 有　感　Part3

约翰逊的字典　092

桑福德与墨顿　100

《造谣学校》　104

《大街》　108

《曾孟朴的文学旅程》　112

《传法偈》　116

《饮中八仙歌》　119

独来独往——读萧继宗《独往集》　122

书评（七则）　125

《忽必烈汗》　154

| 做人篇

## Part1 修 身

162　钱的教育
166　利用零碎时间
169　敬　老
172　谈时间
176　时间即生命
178　闲　暇
181　说　俭
184　廉
187　麻　将
192　奖　券

## 处 世 Part 2

退　休　196
脸　谱　200
厌恶女性者　204
医　生　207
好　汉　211
穷　215
升官图　219
代　沟　223
为什么不说实话　228
废　话　230
沉　默　233
生病与吃药　236
花钱与受气　239
鹰的对话　241
第六伦　244
推销术　249

# Part3　做　人

254　大学教授
256　暴发户
260　谈学者
264　剽　窃
267　谈友谊
271　了生死
274　谈幽默
278　谈话的艺术
282　教育你的父母
286　骂人的艺术
291　谈　礼
294　悲　观
296　义　愤
298　快　乐

# 读书篇

# Part 1

**漫谈** 古今来的好书,假若让我挑选,我举不出十部。而且因为年龄环境的不同,也不免随时有些更易。单就目前论,我想是:《柏拉图对话录》、《论语》、《史记》、《世说新语》、《水浒传》、《庄子》、《韩非子》,如此而已。

步，不像宋朝的"蝴蝶装"那样的娇嫩，但是读书人通常还是爱惜他的书，新书到手先裹上一个包皮，要晒，要揩，要保管。我也看见过名副其实的收藏家，爱书爱到根本不去读它的程度，中国书则锦函牙签，外国书则皮面金字，庋置柜橱，满室琳琅，真好像是琅嬛福地，书变成了陈设、古董。

有人说"借书一痴，还书一痴"。有人分得更细："借书一痴，惜书二痴，索书三痴，还书四痴。"大概都是有感于书之有借无还。书也应该深藏若虚，不可慢藏诲盗。最可恼的是全书一套借去一本，久假不归，全书成了残本。明人谢肇淛编《五杂俎》，记载一位："虞参政藏书数万卷，贮之一楼，在池中央，小木为彴，夜则去之。榜其门曰：'楼不延客，书不借人。'"这倒是好办法，可惜一般人难得有此设备。

读书乐，所以有人一卷在手往往废寝忘食。但是也有人一看见书就哈欠连连，以看书为最好的治疗失眠的方法。黄庭坚说："人不读书，则尘俗生其间，照镜则面目可憎，对人则语言无味。"这也要看所读的是些什么书。如果读的尽是一些猥屑的东西，其人如何能有书卷气之可言？宋真宗皇帝的《劝学文》，实在令人难以入耳："富家不用买良田，书中自有千钟粟；安居不用架高堂，书中自有黄金屋；出门莫恨无人随，书中车马多如簇；娶妻莫愁无良媒，书中自有颜如玉；男儿欲遂平生志，五经勤向窗前读。"不过是把书当作敲门砖以遂平生之志，勤读六经，考场求售而已。十载寒窗，其中只是苦，而且吃尽苦中苦，未必就能进入佳境。倒是英国十九世纪的罗斯金，在他的《芝麻与百合》第一讲里，劝人读书尚友古人，那一番道理不失雅人深致。古圣先贤，成群的名世的作家，一年四季地排起队来立在书架上面等候你来点唤,呼之即来挥之即去。行吟泽畔的屈大夫,一邀就到;饭颗山头的李白、杜甫也会联袂而来;想看外国戏,环球剧院的拿手好戏都随时承接堂会;亚里士多德可以把他逍遥廊下的讲词对你重述一遍。这真是读书乐。

我们国内某一处的人最好赌博,所以讳言书,因为书与输同音,读书曰读胜。基于同一理由,许多地方的赌桌旁边忌人在身后读书。人生如博弈,全副精神去应付,还未必能操胜算。如果沾染书癖,势必呆头呆脑,变成书呆子,这样的人在人生的战场之上怎能不大败亏输?所以我们要钻书窟,也还要从书窟钻出来。朱晦庵有句:"书册埋头何日了,不如抛却去寻春。"是见道语,也是老实话。

## 漫谈读书

我们现代人读书真是幸福。古者,"著于竹帛谓之书",竹就是竹简,帛就是缣素。书是稀罕而珍贵的东西。一个人若能垂于竹帛,便可以不朽。孔子晚年读《易》,韦编三绝,用韧皮贯联竹简,翻来翻去以至于韧皮都断了,那时候读书多么吃力!后来有了纸,有了毛笔,书的制作比较方便,但在印刷之术未行以前,书的流传完全是靠抄写。我们看看唐人写经,以及许多古书的钞本,可以知道一本书得来非易。自从有了印刷术,刻版、活字、石印、影印,乃至于显微胶片,读书的方便无以复加。

物以希为贵。但是书究竟不是普通的货物。书是人类智慧的结晶，经验的宝藏，所以尽管如今满坑满谷的都是书，书的价值不是用金钱可以衡量的。价廉未必货色差，畅销未必内容好。书的价值在于其内容的精到。宋太宗每天读《太平御览》等书二卷，漏了一天则以后追补，他说："开卷有益，朕不以为劳也。"这是"开卷有益"一语之由来。《太平御览》采集群书一千六百余种，分为五十五门，历代典籍尽萃于是，宋太宗日理万机之暇日览两卷，当然可以说是"开卷有益"。如今我们的书太多了，纵不说粗制滥造，至少是种类繁多，接触的方面甚广。我们读书要有抉择，否则不但无益而且浪费时间。

那么读什么书呢？这就要看各人的兴趣和需要。在学校里，如果能在教师里遇到一两位有学问的，那是最幸运的事，他能适当地指点我们读书的门径。离开学校就只有靠自己了。读书，永远不恨其晚。晚，比永远不读强。有一个原则也许是值得考虑的：作为一个地道的中国人，有些书是非读不可的。这与行业无关。理工科的、财经界的、文法的，都需要读一些蔚成中国文化传统的书。经书当然是其中重要的一部分，史书也一样的重要。盲目地读经不可以提倡，意义模糊的所谓"国学"亦不能餍现代人之望。一系列的古书是我们应该以现代眼光去了解的。

黄山谷说："人不读书，则尘俗生其间，照镜则面目可憎，对人则语言无味。"细味其言，觉得似有道理。事实上，我们所看到的人，确实是面目可憎语言无味的居多。我曾思索，其中因果关系安在？何以不读书便面目可憎语言无味？我想也许是因为读书等于是尚友古人，而且那些古人著书立说必定是一时才俊，与古人游不知不觉受其熏染，终乃收改变气质之功，境界既高，胸襟既广，脸上自然透露出一股清醇爽朗之气，无以名之，名之曰书卷气。同时在谈吐上也自然高远不俗。反过来说，人不读书，则所为何事，大概是陷身于世网尘劳，困厄于名缰利锁，五烧六蔽，苦恼烦心，自然面目可憎，焉能语言有味？

当然，改变气质不一定要靠读书。例如，艺术家就另有一种修为。"伯牙学琴于成连先生，三年不成。成连言吾师方子春今在东海中，能移人情。乃与伯牙偕往，到蓬莱山，留伯牙宿，曰：'子居此习之，吾将迎之。'刺船而去，旬时不返。伯牙遥望无人，但闻海水渢洞崩坼之声，山林杳冥，怆然叹曰：'先生将移我情。'乃援琴而歌，作山仙操，曲终，成连回刺船迎之而返。伯牙遂为天下妙绝。"这一段记载，写音乐家之被自然改变气质，虽然神秘，不是不可理解的。禅宗教外别传，根本不立文字，靠了顿悟即能明心见性。这究竟是生有异禀的人之超绝的成就。以我们一般人而言，最简便的修养方法还是读书。

书，本身就有情趣，可爱。大大小小形形色色的书，立在架上，放在案头，摆在枕边，无往而不宜。好的版本尤其可喜。我对线装书有一分偏爱。吴稚晖先生曾主张把线装书一律丢在茅厕坑里，这偏激之言令人听了不大舒服。如果一定要丢在茅厕坑里，我丢洋装书，舍不得丢线装书。可惜现在线装书很少见了，就像穿长袍的人一样的稀罕。几十年前我搜求杜诗版本，看到古逸丛书影印宋版蔡梦弼《草堂诗笺》，真是爱玩不忍释手，想见原本之版面大，刻字精，其纸张墨色亦均属上选。在校勘上、笺注上此书不见得有多少价值，可是这部书本身确是无上的艺术品。

## 好书谈

从前有一个朋友说,世界上的好书,他已经读尽,似乎再没有什么好书可看了。当时许多别的朋友不以为然,而较年长一些的朋友就更以为狂妄。现在想想,却也有些道理。

世界上的好书本来不多,除非爱书成癖的人(那就像抽鸦片抽上瘾一样的),真正心悦诚服地手不释卷,实在有些稀奇。还有一件最令人气短的事,就是许多最伟大的作家往往没有什么凭藉,但却做了后来二三流的人的精神上的财源了。柏拉图、孔子、屈原,他们一点一滴,都是人类的至宝,可是要问他们从谁学来的,或者读什么人的书而成就如此,恐怕就是最善于说谎的考据家也束手无策。这事有点儿怪!难道真正伟大的作家，读书不读书没有什么关系么？读好书或读坏书也没有什么影响吗？

叔本华曾经说好读书的人就好像惯于坐车的人，久而久之，就不能在思想上迈步了。这真唤醒人的不小迷梦！小说家瓦塞曼竟又说过这样的话，认为倘若为了要鼓起创作的勇气，只有读二流的作品。因为在读二流的作品的时候，他可以觉得只要自己一动手就准强。倘读第一流的作品却往往叫人减却了下笔的胆量。这话也不能说没有部分真理。

也许世界上天生有种人是作家，有种人是读者。这就像天生有种人是演员，有种人是观众；有种人是名厨，有种人却是所谓老饕。演员是不是十分热心看别人的戏，名厨是不是爱尝别人的菜，我也许不能十分确切地肯定。但我见过一些作家，却确乎不大爱看别人的作品。如果是同时代的人，更如果是和自己的名气不相上下的人，大概尤其不愿意寓目。我见过一个名小说家，他的桌上空空如也，架上仅有的几本书是他自己的新著，以及自己所编过的期刊。我也曾见过一个名诗人（新诗人），他的唯一读物是《唐诗三百首》，而且在他也尽有多余之感了。这也不一定只是由于高傲，如果分析起来，也许是比高傲还复杂的一种心理。照我想，也许是真像厨子（哪怕是名厨），天天看见油锅油勺，就腻了。除非自己逼不得已而下厨房，大概再不愿意去接触这些家伙，甚而不愿意见一些使他可以联想到这些家伙的物什。职业的辛酸，也有时是外人不晓得的。唐代的阎立本不是不愿意自己的儿子再作画师吗？以教书为生活的人，也往往看见别人在声嘶力竭地讲授，就会想到自己，于是觉得"惨不忍闻"。做文章更是一桩呕心血的事，成功失败都要有一番产痛，大概因此之故不忍读他人的作品了。

撇开这些不说，站在一个纯粹读者的角度而论，却委实有好书不多的实感。分量多的书，糟粕也就多。读读杜甫的选集十分快意，虽然有些佳作也许漏过了选者的眼光。读全集怎么样？叫人头痛的作品依然不少。据说有把全集背诵一字不遗的人，我想这种人不是缺乏美感，就只是为了训练记忆。顶讨厌的集子更无过于陆放翁，分量那么大。而佳作却真寥若晨星。反过来，《古诗十九首》、郭璞《游仙诗》十四首却不能不叫人公认为人类的珍珠宝石。钱钟书的小说里曾说到一个产量大的作家，在房屋恐慌中，忽然得到一个新居，满心高兴，谁知一打听，才知道是由于自己的著作汗牛充栋的结果，把自己原来的房子压塌，而一直落在地狱里了。这话诚然有点刻薄，但也许对于像陆放翁那样不知趣的笨伯有一点点儿益处。

古今来的好书，假若让我挑选，我举不出十部。而且因为年龄环境的不同，也不免随时有些更易。单就目前论，我想是：《柏拉图对话录》、《论语》、《史记》、《世说新语》、《水浒传》、《庄子》、《韩非子》，如此而已。其他的书名，我就有些踌躇了。或者有人问：你自己的著作可以不可以列上？我很悲哀，我只有毫不踌躇地放弃附骥之想了。一个人有勇气（无论是糊涂或欺骗）是可爱的，可惜我不能像上海某名画家，出了一套《世界名画选集》，却只有第一本，那就是他自己的"杰作"！

# 影响我的几本书

我喜欢书,也还喜欢读书,但是病懒,大部分时间荒嬉掉了!所以实在没有读过多少书。年届而立,才知道发愤,已经晚了。几经丧乱,席不暇暖,像董仲舒三年不窥园,弥尔顿五年隐于乡那样有良好环境专心读书的故事,我只有艳羡。多少年来我所读之书,随缘涉猎,未能专精,故无所成。然亦间有几部书对于我个人为学做人之道不无影响。究竟哪几部书影响较大,我没有思量过,直到八年前有一天邱秀文来访问我,她提出了这么一个问题,问我所读之书有哪几部使我受益较大。我略为思索,举出七部书以对,略加解释,语焉不详。邱秀文记录得颇为翔实,亏她细心地联缀成篇,并标题以"梁实秋的读书乐"，后来收入她的一个小册《智者群像》，由时报文化出版公司出版。最近《联副》推出一系列文章，都是有关书和读书的，编者要我也插上一脚，并且给我出了一个题目：影响我的几本书。我当时觉得自己好像是一个考生，遇到考官出了一个我不久以前做过的题目，自以为驾轻就熟，写起来省事，于是色然而喜，欣然应命。题目像是旧的，文字却是新的。这便是我写这篇东西的由来。

第一部影响我的书是《水浒传》。我在十四岁进清华才开始读小说，偷偷地读，因为那时候小说被目为"闲书"，在学校里看小说是悬为厉禁的。但是我禁不住诱惑，偷闲在海淀一家小书铺买到一部《绿牡丹》，密密麻麻的小字光纸石印本，晚上钻在蚊帐里偷看，也许近视眼就是这样养成的。抛卷而眠，翌晨忘记藏起，查房的斋务员在枕下一摸，手到擒来。斋务主任陈筱田先生唤我前去应询，瞪着大眼厉声叱问："这是嘛？"（天津话"嘛"就是"什么"）随后把书往地上一丢，说："去吧！"算是从轻发落，没有处罚，可是我忘不了那被叱责的耻辱。我不怕，继续偷看小说，又看了《肉蒲团》、《灯草和尚》、《金瓶梅》等。这几部小说，并不使我满足，我觉得内容庸俗、粗糙、下流。直到我读到《水浒传》才眼前一亮，觉得这是一部伟大的作品，不愧金圣叹称之为第五才子书，可以和庄、骚、史记、杜诗并列。我一读，再读，三读，不忍释手。曾试图默诵一百零八条好汉的姓名绰号，大致不差（并不是每一人物都栩栩如生，精彩的不过五分之一，有人说每一个人物都有特色，那是夸张）。也曾试图搜集香烟盒里（是大联珠还是前门？）一百零八条好汉的图片。这部小说实在令人着迷。

《水浒传》作者施耐庵在元末以赐进士出身,生卒年月不详,一生经历我们也不得而知。这没有关系,我们要读的是书。有人说《水浒传》作者是罗贯中,根本不是他,这也没有关系,我们要读的是书。《水浒传》有七十回本,有一百回本,有一百十五回本,有一百二十回本,问题重重;整个故事是否早先有过演化的历史而逐渐形成的,也很难说;故事是北宋淮安大盗一伙人在山东寿张县梁山泊聚义的经过,有多大部分与历史符合有待考证。凡此种种都不是顶重要的事。《水浒传》的主题是"官逼民反,替天行道"。一个个好汉直接间接地吃了官的苦头,有苦无处诉,于是铤而走险,逼上梁山,不是贪图山上的大碗酒大块肉。官,本来是可敬的。奉公守法公忠体国的官,史不绝书。可是一朝权在手便把令来行的贪污枉法的官却也不在少数。人踏上仕途,很容易被污染,会变成为另外一种人,他说话的腔调会变,他脸上的筋肉会变,他走路的姿势会变,他的心的颜色有时候也会变。"尔俸尔禄,民脂民膏",过骄奢的生活,成特殊阶级,也还罢了,若是为非作歹,鱼肉乡民,那罪过可大了。《水浒传》写的是平民的一股怨气。不平则鸣,容易得到读者的同情,有人甚至不忍深责那些非法的杀人放火的勾当。有人以终身不入官府为荣,怨毒中人之深可想。

较近的人民叛乱事件,义和团之乱是令人难忘的。我生于庚子后二年,但是清廷的糊涂、八国联军之肆虐,从长辈口述得知梗概。义和团是由洋人教士勾结官府压迫人民所造成的,其意义和梁山泊起义不同,不过就其动机与行为而言,我怜其愚,我恨其妄,而又不能不寄予多少之同情。义和团不可以一个"匪"字而一笔抹杀。英国俗文学中之罗宾汉的故事,其劫强济贫目无官府的游侠作风之所以能赢得读者的赞赏,也是因为它能伸张一般人的不平之感。我读了《水浒传》之后,认识了人间的不平。

我对于《水浒传》有一点极为不满。作者好像对于女性颇不同情。《水浒传》里的故事对于所谓奸夫淫妇有极精彩的描写,而显然的,对于女性特别残酷。这也许是我们传统的大男人主义,一向不把女人当人,即使当作人也是次等的人。女人有所谓贞操,而男人无。《水浒传》为人抱不平,而没有为女人抱不平。这虽不足为《水浒传》病,但是对于欣赏其不平之鸣的读者在影响上不能不打一点折扣。

第二部书该数《胡适文存》。胡先生和我们同一时代,长我十一岁,我们很容易忽略其伟大,其实他是我们这一代人在思想学术道德人品上最为杰出的一个。我读他的文存的时候,尚在清华没有卒业。他影响我的地方有三:

一是他的明白清楚的白话文。明白清楚并不是散文艺术的极致,却是一切散文必须具备的起码条件。他的《文学改良刍议》,现在看起来似嫌过简,在当时是振聋发聩的巨著。他的《白话文学史》的看法,他对于文学(尤其是诗)的艺术的观念,现在看来都有问题。例如他直到晚年还坚持的说律诗是"下流"的东西,骈四俪六当然更不在他眼里。这是他的偏颇的见解。可是在五四前后,文章写得像他那样明白晓畅不枝不蔓的能有几人?我早年写作,都是以他的文字作为模仿的榜样。不过我的文字比较杂乱,不及他的纯正。

二是他的思想方法。胡先生起初倡导杜威的实验主义,后来他就不弹此调。胡先生有一句话,"不要被别人牵着鼻子走!"像是给人的当头棒喝。我从此不敢轻信人言。别人说的话,是者是之,非者非之,我心目中不存有偶像。胡先生曾为文批评时政,也曾为文对什么主义质疑,他的几位老朋友劝他不要发表,甚至要把已经发排的稿件擅自抽回,胡先生说:"上帝尚且可以批评,什么人什么事不可批评?"他的这种批评态度是可佩服的。从大体上看,胡先生从不侈言革命,他还是一个"儒雅为业"的人,不过他对于往昔之不合理的礼教是不惜加以批评的。曾有人家里办丧事,求胡先生"点主",胡先生断然拒绝,并且请他阅看《胡适文存》里有关"点主"的一篇文章,其人读了之后翕然诚服。胡先生对于任何一件事都要寻根问底,不肯盲从。他常说他有考据癖,其实也就是独立思考的习惯。

三是他的认真严肃的态度。胡先生说他一生没写过一篇不用心写的文章,看他的文存就可以知道确是如此,无论多小的题目,甚至一封短札,他也是像狮子搏兔似的全力以赴。他在庐山偶然看到一个和尚的塔,他作了八千多字的考证。他对于《水经注》所下的功夫是惊人的。曾有人劝他移考证《水经注》的功夫去做更有意义的事,他说不,他说他这样做是为了要把研究学问的方法传给后人。我对于《水经注》没有兴趣,胡先生的著作我没有不曾读过的,唯《水经注》是例外。可是他治学为文之认真的态度,是我认为应该取法的。有一次,他对几个朋友说,写信一定要注明年、月、日,以便查考。我们明知我们的函件将来没有人会来研究考证,何必多此一举?他说不,要养成这个习惯。我接受他的看法,年、月、日都随时注明。有人写信谨注月日而无年份,我看了便觉得缺憾。我译莎士比亚，大家知道，是由于胡先生的倡导。当初约定一年译两本，二十年完成，可是我拖了三十年。胡先生一直关注这件工作，有一次他由台湾飞到美国，他随身携带在飞机上阅读的书包括《亨利四世·下篇》的译本。他对我说他要看看中译的莎士比亚能否令人看得下去。我告诉他，能否看得下去我不知道，不过我是认真翻译的，没有随意删略，没敢潦草。他说俟全集译完之日为我举行庆祝，可惜那时他已经不在了。

第三本书是白璧德的《卢梭与浪漫主义》。白璧德（Irving Babbitt）是哈佛大学教授，是一位与时代潮流不合的保守主义学者。我选过他的"英国十六世纪以后的文学批评"一课，觉得他很有见解，不但有我们前所未闻的见解，而且和我自己的见解背道而驰。于是我对他发生了兴趣。我到书店把他的著作五种一股脑儿买回来读，其中最有代表性的是他的这一本《卢梭与浪漫主义》。他毕生致力于批判卢梭及其代表的浪漫主义，他针砭流行的偏颇的思想，总是归根到卢梭的自然主义。有一幅漫画讽刺他，画他匍匐地面揭开被单窥探床下有无卢梭藏在底下。白璧德的思想主张，我在《学衡》杂志所刊吴宓、梅光迪几位介绍文字中已略为知其一二，只是《学衡》固执地使用文言，在一般受了五四洗礼的青年很难引起共鸣。我读了他的书，上了他的课，突然感到他的见解平正通达而且切中时弊。我平素心中蕴结的一些浪漫情操几为之一扫而空。我开始省悟，五四以来的文艺思潮应该根据历史的透视而加以重估。我在学生时代写的第一篇批评文字《中国现代文学之浪漫的趋势》就是在这个时候写的。随后我写的《文学的纪律》、《文人有行》，以至于较后对于辛克莱《拜金艺术》的评论，都可以说是受了白璧德的影响。

　　白璧德对东方思想颇有渊源,他通晓梵文经典及儒家与老庄的著作。《卢梭与浪漫主义》有一篇很精彩的附录,论老庄的"原始主义",他认为卢梭的浪漫主义颇有我国老庄的色彩。白璧德的基本思想是与古典的人文主义相呼应的新人文主义。他强调人生三境界,而人之所以为人在于他有内心的理性控制,不令感情横决。这就是他念念不忘的人性二元论。中庸所谓"天命之谓性,率性之谓道,修道之谓教",孔子所说的"克己复礼",正是白璧德所乐于引证的道理。他重视的不是 é lan vital(柏格森所谓的"创造力")而是 é lan frein(克制力)。一个人的道德价值,不在于做了多少事,而是在于有多少事他没有做。白璧德并不说教,他没有教条,他只是坚持一个态度——健康与尊严的态度。我受他的影响很深,但是我不曾大规模的宣扬他的作品。我在新月书店曾经辑合《学衡》上的几篇文字为一小册印行,名为《白璧德与人文主义》,并没有受到人的注意。若干年后,宋淇先生为美国新闻处编译一本《美国文学批评》,其中有一篇是《卢梭与浪漫主义》的一章,是我应邀翻译的,题目好像是"浪漫的道德"。三十年代"左"倾仁兄们鲁迅及其他谥我为"白璧德的门徒",虽只是一顶帽子,实也当之有愧,因为白璧德的书并不容易读,他的理想很高,也很难身体力行,称为门徒谈何容易!

　　第四本书是叔本华的《隽语与谶言》(*Maxims and Counsels*)。这位举世闻名的悲观哲学家,他的主要作品 *The World as Will and Idea* 我没有读过,可是这部零零碎碎的札记性质的书却给我莫大的影响。

叔本华的基本认识是：人生无所谓幸福，不痛苦便是幸福。痛苦是真实的、存在的、积极的；幸福则是消极的，并无实体的存在。没有痛苦的时候，那种消极的感受便是幸福。幸福是一种心理状态，而非实质的存在。基于此种认识，人生努力方向应该是尽量避免痛苦，而不是追求幸福，因为根本没有幸福那样的一个东西。能避免痛苦，幸福自然就来了。

我不觉得叔本华的看法是诡辩。不过避免痛苦不是一件简单的事，需要慎思明辨，更需要当机立断。

第五部书是斯陶达的《对文明的反叛》（Lothrop Stoddard: *The Revolt against Civilization*）。这不是一部古典名著，但是影响了我的思想。民国十四年，潘光旦在纽约哥伦比亚大学念书，住在黎文斯通大厦，有一天我去看他，他顺手拿起这一本书，竭力推荐要我一读。光旦是优生学者，他不但赞成节育，而且赞成"普罗列塔利亚"少生孩子，优秀的知识分子多生孩子，只有这样做，民族的品质才有希望提高。一人一票的"德谟克拉西"是不合理的，古希腊的"亚里士多克拉西"较近于理想。他推崇孔子，但不附和孟子的平民之说。他就是这样有坚定信念而非常固执的一位学者。他郑重推荐这一本书，我想必有道理，果然。

斯陶达的生平不详，我只知道他是美国人，一八八三年生，一九五〇年卒，《对文明的反叛》出版于一九二二年，此外还有《欧洲种族的实况》（一九二四年）、《欧洲与我们的钱》（一九三二年）及其他。这本《对文明的反叛》的大意是：私有财产为人类文明的基础。有了私有财产的制度，然后人类生活形态，包括家庭的、社会的、政治的、经济的各方面，才逐渐地发展而成为文明。

文明发展到相当阶段会有不合理的现象，也可称之为病态。所以有心人就要想法改良补救，也有人就想象一个理想中的黄金时代，悬为希望中的目标。《礼记·礼运》所谓的"大同"，虽然孔子说"大道之行也，与三代之英，丘未之逮也"，实则大同乃是理想世界，在尧舜时代未必实现过，就是禹、汤、文武周公的"小康之治"恐怕也是想当然耳。西洋哲学家如柏拉图、如斯多亚派创始者季诺（Zeno）、如陶斯玛·莫尔，及其他，都有理想世界的描写。耶稣基督也是常以慈善为教，要人共享财富。许多教派都不准僧侣自蓄财产。英国诗人柯勒律治与骚赛（Coleridge and Southey）在一七九四年根据卢梭与戈德文（Godwin）的理想，居然想到美洲的宾夕法尼亚去创立一个共产社区，虽然因为缺乏经费而未实现，其不满于旧社会的激情可以想见。不满于文明社会之现状，是相当普遍的心理。凡是有同情心和正义感的人对于贫富悬殊壁垒分明的现象无不深恶痛绝。不过从事改善是一回事，推翻私有财产制度又是一回事。像一七九二年巴黎公社之引起恐怖统治就是一个极不幸的例子。至若以整个国家甚至以整个世界孤注一掷地做一个渺茫的理想的实验，那就太危险了。文明不是短期能累积起来的，却可毁于一旦。斯陶达心所谓危，所以写了这样的一本书。

第六部书是《六祖坛经》。我与佛教本来毫无瓜葛。抗战时在北碚缙云山上的缙云古寺偶然看到太虚法师领导的汉藏理学院，一群和尚在翻译佛经，香烟缭绕，案积贝多树叶帖帖然，字斟句酌，庄严肃穆。佛经的翻译原来是这样谨慎而神圣的，令人肃然起敬。知客法舫，彼此通姓名后得知他是《新月》的读者，相谈甚欢，后来他送我一本他作的《金刚经讲话》，我读了也没有什么领悟。一九四九年我在广州，中山大学外文系主任林文铮先生是一位狂热的密宗信徒，我从他那里借到《六祖坛经》，算是对于禅宗做了初步的接触，谈不上了解，更谈不到开悟。在丧乱中我开始思索生死这一大事因缘。在六榕寺瞻仰了六祖的塑像，对于这位不识字而能顿悟佛理的高僧有无限的敬仰。

《六祖坛经》不是一人一时所作，不待考证就可以看得出来，可是禅宗大旨尽萃于是。禅宗主张不立文字，但阐明宗旨还是不能不借重文字。据我浅陋的了解，禅宗主张顿悟，说起来简单，实则甚为神秘。棒喝是接引的手段，公案是参究的把鼻。说穿了即是要人一下子打断理性的逻辑的思维，停止常识的想法，蓦然一惊之中灵光闪动，于是进入一种不思善不思恶无生无死不生不死的心理状态。在这状态之中得见自心自性，是之谓明心见性，是之谓言下顿悟。

有一次我在胡适之先生面前提起铃木大拙，胡先生正色曰："你不要相信他，那是骗人的！"我不做如是想。铃木不像是有意骗人，他可能确是相信禅宗顿悟的道理。胡先生研究禅宗历史十分渊博，但是他自己没有做修持的功夫，不曾深入禅宗的奥秘。事实上他无法打入禅宗的大门，因为禅宗大旨本非理性的文字所能解析说明，只能用简略的、象征的文字来暗示。在另一方面，铃木也未便以胡先生为门外汉而加以轻蔑。因为一进入文字辩论的范围便必须使用理性的逻辑的方式才足以服人。禅宗的境界用理性逻辑的文字怎样解释也说不明白，须要自身体验，如人饮水，冷暖自知。所以我看胡适、铃木之论战根本是不必要的，因为两个人不站在一个层次上。一个说有鬼，一个说没有鬼，能有结论吗？

我个人平素的思想方式近于胡先生类型，但是我也容忍不同的寻求真理的方法。《哈姆雷特》一幕二景，哈姆雷特见鬼之后对于来自威吞堡的学者何瑞修说："宇宙间无奇不有，不是你的哲学全能梦想得到的。"我对于禅宗的奥秘亦做如是观。《六祖坛经》是我最初亲近的佛书，带给我不少喜悦，常引我做超然的遐思。

第七部书是卡莱尔的《英雄与英雄的崇拜》（Carlyle: *On Heroes and Hero-worship*）原是一系列的演讲，刊于一八四一年。卡莱尔的文笔本来是汪洋恣肆，气势不凡，这部书因为原是讲稿，语气益发雄浑，滔滔不绝有雷霆万钧之势。他所谓的英雄不是专指褰旗斩将攻城略地的武术高超的战士而言，举凡卓越等伦的各方面的杰出人才，他都认为是英雄，神祇、先知、国王、哲学家、诗人、文人都可以称为英雄，如果他们能做人民的领袖、时代的前驱、思想的导师。卡莱尔对于人类文明的历史发展有一基本信念，他认为人类文明是极少数的领导人才所创造的。少数的杰出人才有所发明，于是大众跟进。没有睿智的领导人物，浑浑噩噩的大众就只好停留在浑浑噩噩的状态之中。证之于历史，确是如此。这种说法和孙中山先生所说"先知先觉、后知后觉、不知不觉"，若合符节。卡莱尔的说法，人称之为"伟人学说"（Great Man Theory）。他说政治的妙谛在于如何把有才智的人放在统治者的位置上去。他因此而大为称颂我们的科举取士的制度。不过他没注意到取士的标准大有问题，所取之士的品质也就大有问题。好人出头是他的理想，他们憧憷的是贤人政治。他怕听"拉平者"（Levellers）那一套议论，因为人有贤不肖，根本不平等。尽管尽力拉平世间的不平等的现象，领导人才与人民大众对于文明的贡献不能等量齐观。

我接受卡莱尔的伟人学说，但是我同时强调伟人的品质。尤其是政治上的伟人责任重大，如果他的品质稍有问题，例如轻言改革，囿于私见，涉及贪婪，用人不公，立刻就会灾及大众，祸国殃民。所以我一面崇拜英雄，一面深厌独裁。我愿他泽及万民，不愿他成为偶像。卡莱尔不信时势造英雄，他相信英雄造时势。我想是英雄与时势交相影响。卡莱尔受德国费希特（Fichte）的影响，以为一代英雄之出世含有"神意"（divine idea），又受加尔文（Calvin）一派清教思想的影响，以为上帝的意旨在指挥英雄人物。这种想法现已难以令人相信。

第八部书是马可·奥勒留（Marcus Aurelius Antoninus）的《沉思录》（*Meditations*），这是西洋斯多葛派哲学最后一部杰作，原文是希腊文，但是译本极多，单是英文译本自十七世纪起至今已有二百多种。在我国好像注意到这本书的人不多。我在一九五九年将此书译成中文，由协志出版公司印行。作者是一千八百多年前的罗马帝国的皇帝，以皇帝之尊而成为苦修的哲学家，给我们留下这样的一部书真是奇事。

斯多葛派哲学涉及三个部门：物理学、论理学、伦理学。这一派的物理学，简言之，即是唯物主义加上泛神论，与柏拉图之以理性概念为唯一真实存在的看法正相反。斯多葛派认为只有物质的事物才是真实的存在，但是物质的宇宙之中偏存着一股精神力量，此力量以不同的形势出现，如人，如气，如精神，如灵魂，如理性，如主宰一切的原理，皆是。宇宙是神，人所崇奉的神祇只是神的显示。神话传说全是寓言。人的灵魂是从神那里放射出来的，早晚还要回到那里去。主宰一切的神圣原则即是使一切事物为了全体利益而合作。人的至善的理想即是有意识地为了共同利益而与天神合作。至于这一派的论理学则包括两部分，一是辩证法，一是修辞学，二者都是思考的工具，不太重要。马可最感兴趣的是伦理学。按照这一派哲学，人生最高理想是按照宇宙自然之道去生活。所谓"自然"不是任性放肆之意，而是上面说到的宇宙自然。人生除了美德无所谓善，除了罪行无所谓恶。美德有四：一为智慧，所以辨善恶；二为公道，以便应付一切悉合分际；三为勇敢，借以终止痛苦；四为节制，不为物欲所役。人是宇宙的一部分，所以对宇宙整体负有义务，应随时不忘本分，致力于整体利益。有时自杀也是正当的，如果生存下去无法善尽做人的责任。

《沉思录》没有明显地提示一个哲学体系，作者写这本书是在做反省的功夫，流露出无比的热忱。我很向往他这样的近于宗教的哲学。他不信轮回不信往生，与佛说异，但是他对于生死这一大事因缘却同样地不住地叮咛开导。佛圆寂前，门徒环立，请示以后当以谁为师，佛说："以戒为师。"戒为一切修行之本，无论根本五戒、沙弥十戒、比丘二百五十戒，以及菩萨十重四十八轻之性戒，其要义无非是克制。不能持戒，还说什么定慧？佛所斥为外道的种种苦行，也无非是戒的延伸与歪曲。斯多葛派的这部杰作坦示了一个修行人的内心了悟，有些地方不但可与佛说参证，也可以和我国传统的"天行健，君子以自强不息"以及"克己复礼"之说相印证。

英国十七世纪剧作家范布勒（Vanbrugh）的《旧病复

发》（*Relapse*）里有一个愚蠢的花花大少浮平顿爵士（Lord Foppington），他说了一句有趣的话："读书乃是以别人脑筋制造出的东西以自娱。我以为有风度有身份的人可以凭自己头脑流露出来的东西而自得其乐。"书是精神食粮。食粮不一定要自己生产，自己生产的不一定会比别人生产的好。而食粮还是我们必不可或缺的。书像是一股洪流，是多年来多少聪明才智的人点点滴滴的汇集而成，很难得有人能毫无凭藉地立地涌现出一部书。读书如交友，也靠缘分，吾人有缘接触的书各有不同。我读书不多，有缘接触了几部难忘的书，有如良师益友，获益匪浅，略如上述。

## 晒书记

《世说新语》："郝隆七月七日，出日中仰卧，人问其故，曰：'我晒书。'"

我曾想，这位郝先生直挺挺地躺在七月的骄阳之下，晒得浑身滚烫，两眼冒金星，所为何来？他当然不是在作日光浴，书上没有说他脱光了身子。他本不是刘伶那样的裸体主义者。我想他是故作惊人之状，好引起"人问其故"，他好说出他的那一句惊人之语"我晒书"。如果旁人视若无睹，见怪不怪，这位郝先生也只好站起来拍拍衣服上的灰尘而去。郝先生的意思只是要向侪辈夸示他的肚里全是书。书既装在肚里，其实就不必晒。

不过我还是很羡慕郝先生之能把书藏在肚里。至少没有晒书的麻烦。我很爱书，但不一定是爱读书。数十年来，书也收藏了一点，可是并没有能尽量地收藏到肚里去。到如今，腹笥还是很俭。所以读到《世说新语》这一则，便有一点惭愧。

先严在世的时候，每次出门回来必定买回一包包的书籍。他喜欢研究的主要是小学，旁及于金石之学，积年累月，收集渐多。我少时无形中亦感染了这个嗜好，见有合意的书即欲购来而后快。限于资力学力，当然谈不到什么藏书的规模。不过汗牛充栋的情形却是体会到了，搬书要爬梯子，晒一次书要出许多汗，只是出汗的是人，不是牛。每晒一次书，全家老小都累得气咻咻然，真是天翻地覆的一件大事。见有衣鱼蛀蚀，先严必定蹙额太息，感慨的说："有书不读，叫蠹鱼去吃也罢。"刻了一颗小印，曰"饱蠹楼"，藏书所以饱蠹而已。我心里很难过，家有藏书而用以饱蠹，子女不肖，贻先人羞。

丧乱以来，所有的藏书都弃置在家乡，起先还叮嘱家人要按时晒书，后来音信断绝也就无法顾到了。仓皇南下之日，我只带了一箱书籍，辗转播迁，历尽艰苦。曾穷三年之力搜购杜诗六十余种版本，因体积过大亦留在大陆。从此不敢再作藏书之想。此间炎热，好像蠹鱼繁殖特快，随身带来的一些书籍竟被蛀蚀得体无完肤，情况之烈前所未有。日前放晴，运到阶前展晒，不禁想起从前在家乡晒书，往事历历，如在目前。南渡诸贤，新亭对泣，联想当时确有不得不然的道理在。我正在佝偻着背，一册册的拂拭，有客适适然来，看见阶上阶下五色缤纷的群籍杂陈，再看到书上蛀蚀透背的惨状，对我发出轻微的嘲笑道："读书人竟放任蠹虫猖狂乃尔！"我回答说："书有

029

未曾经我读，还需拿出曝晒，正有愧于郝隆；但是造物小儿对于人的身心之蛀蚀，年复一年，日益加深，使人意气消沉，使人形销骨毁，其惨烈恐有甚于蠹鱼之蛀书本者。人生贵适意，蠹鱼求一饱，两俱相忘，何必戚戚？"客嘿然退。乃收拾残卷，抱入室内。而内心激动，久久不平，想起饱蠹楼前趋庭之日，自惭老大，深愧未学，忧思百结，不得了脱，夜深人静，爰濡笔为之记。

# 学问与趣味

前辈的学者常以学问的趣味启迪后生，因为他们自己实在是得到了学问的趣味，故不惜现身说法，诱导后学，使他们在愉快的心情之下走进学问的大门。例如，梁任公先生就说过："我是个主张趣味主义的人，倘若用化学化分'梁启超'这件东西，把里头所含一种名叫'趣味'的元素抽出来，只怕所剩下的仅有个零了。"任公先生注重趣味，学问甚是渊博，而并不存有任何外在的动机，只是"无所为而为"，故能有他那样的成就。一个人在学问上果能感觉到趣味，有时真会像是着了魔一般，真能废寝忘食，真能不知老之将至，苦苦钻研，锲而不舍，在学问上焉能不有收获？不过我尝想，以任公先生而论，他后期的著述如历史研究法，先秦政治思想史，以及有关墨子佛学陶渊明的作品，都可说是他的一点"趣味"在驱使着他，可是他在年轻的时候，从师受业，诵读典籍，那时节也全然是趣味吗？作八股文，作试帖诗，莫非也是趣味吗？我想未必。大概趣味云云，是指年长之后自动做学问之时而言，在年轻时候为学问打根底之际恐怕不能过分重视趣味。学问没有根底，趣味也很难滋生。任公先生的学问之所以那样的博大精深，涉笔成趣，左右逢源，不能不说一大部分得力于他的学问根底之打得坚固。

我曾见许多年轻的朋友，聪明用功，成绩优异，而语文程度不足以达意，甚至写一封信亦难得通顺，问其故则曰其兴趣不在语文方面。又有一些朋友，执笔为文，斐然可诵，而视数理科目如仇雠，勉强才能及格，问其故则亦曰其兴趣不在数理方面，而且他们觉得某些科目没有趣味，便撇在一边视如敝屣，怡然自得，振振有词，面无愧色，好像这就是发扬趣味主义。殊不知天下没有没有趣味的学问，端视吾人如何发掘其趣味，如果在良师指导之下按部就班地循序而进，一步一步地发现新天地，当然乐在其中，如果浅尝辄止，甚至躐等躁进，当然味同嚼蜡，自讨没趣。一个有中上天资的人，对于普通的基本的文理科目，都同样地有学习的能力，绝不会本能地长于此而拙于彼。只有懒惰与任性，才能使一个人自甘暴弃地在"趣味"的掩护之下败退。

由小学到中学，所修习的无非是一些普通的基本知识。就是大学四年，所授课业也还是相当粗浅的学识。世人常称大学为"最高学府"，这名称易滋误解，好像过此以上即无学问可言。大学的研究所才是初步研究学问的所在，在这里做学问也只能算是粗涉藩篱，注重的是研究学问的方法与实习。学无止境，一生的时间都嫌太短，所以古人皓首穷经，头发白了还是在继续研究，不过在这样的研究中确是有浓厚的趣味。

在初学的阶段，由小学至大学，我们与其倡言趣味，不如偏重纪律。一个合理编列的课程表，犹如一个营养均衡的食谱，里面各个项目都是有益而必需的，不可偏废，不可再有选择。所谓选修科目也只是在某一项目范围内略有拣选余地而已。一个受过良好教育的人，犹如一个科班出身的戏剧演员，在坐科的时候他是要服从严格纪律的，唱工、做工、武把子都要认真学习，各种角色的戏都要完全谙通，学成之后才能各按其趣味而单独发展其所长。学问要有根底，根底要打得平正坚实，以后永远受用。初学阶段的科目之最重要的莫过于语文与数学。语文是阅读达意的工具，国文不通便很难表达自己，外国文不通便很难吸取外来的新知。数学是思想条理之最好的训练。其他科目也各有各的用处，其重要性很难强分轩轾，例如体育，从另一方面看也是重要得无以复加。总之，我们在求学时代，应该暂且把趣味放在一边，耐着性子接受教育的纪律，把自己锻炼成为坚实的材料。学问的趣味，留在将来慢慢享受一点也不迟。

# 文艺与道德

在美国的《新闻周刊》上看到这样一段新闻：

"且来享受醇酒妇人，尽情欢笑；明天再喝苏打水，听人讲道。"这是英国诗人拜伦（一七八八至一八二四年）的句子，据说他不仅这样劝别人，他自己也彻底地接受了他自己的劝告；他和无数的情人缱绻，许多的丑闻使得这位面貌姣好头发鬈曲的诗人，死后不得在西敏寺内获一席地，几近一百五十年之久。一位教会长老说过，拜伦的"公然放浪的行为"和他的"不检的诗篇"使他不具有进入西敏寺的资格。但是"英格兰诗会"以为这位伟大的浪漫作家，由于他的诗和"他对于社会公道与自由之经常的关切"，还是应该享有一座纪念物的，西敏寺也终于改变了初衷，在"诗人角"里，安放了一块铜牌来纪念拜伦。那"诗人角"是早已装满了纪念诗人们的碑牌之类，包括诸大诗人如莎士比亚、弥尔顿、骚塞、雪莱、济慈，甚至还有一位外国诗人名为朗费罗的在内。

这样的一条新闻实在令人感慨万千。拜伦是英国的一位浪漫诗人，在行为与作品上都不平凡，"一觉醒来，名满天下"，他不但震世骇俗，他也愤世嫉俗，"不是英格兰不适于我，便是我不适于英格兰"，于是怫然出国，遨游欧土，卒至客死异乡，享年不过三十有六。他生不见容于重礼法的英国社会，死不为西敏寺所尊重，这是可以理解的事。一百五十年后，情感被时间冲淡，社会认清了拜伦的全部面貌，西敏寺敞开了它的严封固局的大门，这一事实不能不使我们想一想，文艺与道德究竟是怎样的一种关系。

有人说，文艺与道德没有关系。一位厨师，只要善于调和鼎鼐，满足我们的口腹，我们就不必追问他的私生活中有无放荡逾检之处。这一比喻固很巧妙，但并不十分允洽。因为烹调的成品，以其色香味供我们欣赏，性质简单。而文艺作品之内容，则为人生的写照，人性的发挥，我们不仅欣赏其文词，抑且受其内容的感动，有时为之逸兴遄飞，有时为之回肠荡气。我们纵然不问作者本人的道德行为，却不能不理会文艺作品本身所涵蓄着的道德意味。人生的写照，人性的发挥，永远不能离开道德。文艺与道德不可能没有关系。进一步说，口腹之欲的满足也并非是饮食之道的极致；快我朵颐之外，也还要顾到营养健康。文艺之于读者的感应，其间更要引起道德的影响与陶冶的功能。

所谓道德，其范围至为广阔，既不限于礼教，更有异于说教。吾人行事，何者应为，抉择之间端在一心，那便是道德价值的运用。悲天悯人，民胞物与的精神，也正是道德的高度表现。以拜伦而论，他的私人行为有许多地方诚然不足为训，但是他的作品却常有鼓舞人心向上的力量，也常有令人心胸开阔的妙处。他赞赏光荣的历史，他同情被压迫的人民，那一份激昂慷慨的精神，百余年之后仍然虎虎有生气，使得西敏寺的主持人不能不心回意转，终于奉献给他那一份积欠已久的敬意。在伟大作品照耀之下，作者私人生活的玷污终被淡忘，也许不是谅恕，这是不是英国人聪明的地方呢？我们中国人礼教的观念很强，以为一个人私德有亏，便一无是处，我们是不容易把人品和作品分开来的，而且"文人无行"的看法也是很普遍的，好像一个人一旦成为文人，其品行也就不堪闻问，甚至有些文人还有意的不肯敦品，以为不如此不能成其为文人。

文艺的题材是人生，所以文艺永远含有道德的意味；但是文艺的功用是不是以宣扬道德为最重要的一项呢？在西洋文学批评里，这是一个老问题。罗马的何瑞士采取一种折中的态度，以为文学一面供人欣赏，一面教训，所谓寓教训于欣赏。近代纯文学的观念则是倾向于排斥道德教训于文艺之外。我们中国的传统看法，把文艺看成为有用的东西，多少是从实用的观点出发，并不充分承认其本身价值。从孔子所说"诗可以兴，可以观,可以群,可以怨,迩之事父,远之事君,多识于鸟兽草木之名"起,以至于周敦颐所谓之"文以载道",都是把文艺当作教育工具看待,换言之,就是强调文艺之教育的功能,当然也就是强调文艺之道德的意味。直到晚近,文艺本身价值才逐渐被人认识,但是开明如梁任公先生的《小说与群治之关系》,仍未尽脱传统的功利观念的范围。我国的戏剧文学未能充分发达的原因之一,便是因为社会传统过分重视戏剧之社会教育价值。劝忠说孝,没有人反对;旧日剧院舞台两边柱上都有惩恶奖善性质的对联,可惜的是编剧的人受了束缚,不能自由发展,而观众所能欣赏到的也只剩了歌腔身段。戏剧有社会教育的功能,但戏剧本身的价值却不尽在此。文艺与道德有密切的关系,但那关系是内在的,不是目的与手段之间的主从关系。我们可以利用戏剧而从事社会教育,例如破除迷信,扫除文盲,以至于促进卫生,保密防谍,都可以通过戏剧的方式把主张传播给大众。但是我们必须注意,这只是借用性质,借用就是借用,不是本来用途。

文艺作品里有情感,有思想,可是里面的思想往往是很难捉摸的,因为那思想与情感交织在一起,而且常是不自觉偶然流露出来的。文艺作家观察人生,处理他选定的题材,自有他独特的眼光,他不会拘于成见,他也不会唯他人之命是从,他不可能遗世独立,把文艺与道德完全隔离,亦不可能忘却他的严肃的"观察人生,并且观察人生全体"之神圣使命。

# 作文的三个阶段

我们初学为文，一看题目，便觉一片空虚，搔首踟蹰，不知如何落笔。无论是以"人生于世……"来开始，或以"时代的巨轮……"来开始，都感觉文思枯涩难以为继，即或搜索枯肠，敷衍成篇，自己也觉得内容贫乏索然寡味。胡适之先生告诉过我们："有什么话，说什么话；话怎么说，就怎么说。"我们心中不免暗忖：本来无话可说，要我说些什么？有人认为这是腹笥太俭之过，疗治之方是多读书。"读万卷书，行万里路"，固然可以充实学问增广见闻，主要的还是有赖于思想的启发，否则纵然腹笥便便，搜章摘句，也不过是饾饤之学，不见得就能做到"文如春华，思若涌泉"的地步。想象不充，联想不快，分析不精，辞藻不富，这是造成文思不畅的主要原因。

度过枯涩的阶段，便又是一种境界。提起笔来，有个我在，"纵横自有凌云笔，俯仰随人亦可怜"。对于什么都有意见，而且触类旁通，波澜壮阔，有时一事未竟而枝节横生，有时逸出题外而莫知所届，有时旁征博引而轻重倒置，有时作翻案文章，有时竟至"骂题"，洋洋洒洒，拉拉杂杂，往好听里说是班固所谓的"下笔不能自休"。也许有人喜欢这种"长江大河一泻千里"式的文章，觉得里面有一股豪放恣肆的气魄。不过就作文的艺术而论，似乎尚大有改进的余地。

作文知道割爱，才是进入第三个阶段的征象。须知敝帚究竟不值珍视。不成熟的思想，不稳妥的意见，不切题的材料，不扼要的描写，不恰当的词字，统统要大刀阔斧地加以削删。芟除枝蔓之后，才能显着整洁而有精神，清楚而有姿态，简单而有力量。所谓"绚烂之极趋于平淡"，就是这种境界。

文章的好坏，与长短无关。文章要讲究气势的宽阔、意思的深入，长短并无关系。长短要求其适度，性质需要长篇大论者不宜过于简略；性质需要简单明了者不宜过于累赘，如是而已。所以文章之过长过短，不以字数计，应以其内容之需要为准。常听见人说，近代人的生活忙碌，时间特别宝贵，对于文学作品都喜欢短篇小说、独幕剧之类，也许有人是这样的。不过我们都知道，长篇小说还是有更多的人看的；多幕剧也有更多的观众。人很少忙得不能欣赏长篇作品，倒是冗长无谓的文字，哪怕只是一两页，恹恹无生气，也令人难以卒读。

文章的好坏与写作的快慢无关。顷刻之间成数千言，未必斐然可诵，吟得一个字捻断数根须，亦未必字字珠玑。我们欣赏的是成品，不是过程。袁虎倚马前令作，"手不辍笔，俄得七纸"，固然资为美谈，究非常人规范。文不加点的人，也许是早有腹稿。我们为文还是应该刻意求工，千锤百炼，虽不必"掷地作金石声"，总要尽力洗除一切肤泛猥杂的毛病。

文章的好坏与年龄无关。姜愈老愈辣，但"辣手著文章"的人并不一定即是耆耄。头脑的成熟，艺术的造诣，与年龄时常不成正比。不过就一个人的发展过程而言，总要经过上面所说的三个阶段。

# 纽约的旧书铺

我所看见的在中国号称"大"的图书馆，有的还不如纽约下城十四街的旧书铺。纽约的旧书铺是极引诱人的一种去处，假如我现在想再到纽约去，旧书铺是我所要首先去流连的地方。

有钱的人大半不买书，买书的人大半没有多少钱。旧书铺里可以用最低的价钱买到最好的书。我用三块五角钱买到一部 Jewett 译的《柏拉图全集》，用一块钱买到第三版的《亚里士多德之诗与艺术的学说》就是最著名的那个 Butcher 的译本——这是我买便宜书之最高的纪录。

罗斯丹的戏剧全集，英文译本，有两大厚本，定价想来是不便宜，有一次我陪着一位朋友去逛旧书铺，在一家看到全集的第一册，在另一家又看到全集的第二册，我们便不动声色地用五角钱买了第一册，又用五角钱买了第二册。用同样的方法我们在三家书铺又拼凑起一部《品内罗戏剧全集》。后来我们又想如法炮制拼凑一部《易卜生全集》，无奈工作太伟大了，没有能成功。

别以为买旧书是容易事。第一，你这两条腿就受不了，串过十几家书铺以后，至少也要三四个钟头，则两腿谋革命矣。饿了的时候，十四街有的是卖"热狗"的，腊肠似的鲜红的一条肠子夹在两爿面包里，再涂上一些芥末，颇有异味。再看看你两只手，可不得了，至少有一分多厚的灰尘。然后你左手挟着一包，右手提着一包，在地底电车里东冲西撞地跟跄而归。书铺老板比买书的人精明。什么样的书有什么样的行市，你不用想骗他。并且买书的时候还要仔细，有时候买到家来便可发现版次的不对，或竟脱落了几十页。遇到合意的书不能立刻就买，因为顶痛心的事无过于买妥之后走到别家价钱还要便宜；也不能不立刻就买，因为才一回头的工夫，手长的就许先抢去了。这里面颇有一番心机。

在中国买英文书，价钱太贵还在其次，简直的就买不到。因此我时常的忆起纽约的旧书铺。

# Part 2

**我读**

最近有幸,连读两本出色的新诗。一是夏菁的《山》,一是楚戈的《散步的山峦》。两位都是爱山的诗人。诗人哪有不爱山的?可是这两位诗人对于山有不寻常的体会、了解,与感情。使我这久居城市樊笼的人,读了为之神往。

## 亚瑟王的故事

亚瑟王和他的圆桌武士的故事，一向流行很广，尤其是丁尼生把这些故事写成了叙事诗，多有渲染，使其更近于人情，遂成为每个儿童都耳熟能详的通俗读物。骑士踏上征途，茫茫然不知所之，寻求刺激，扶弱抑强，以游侠自任，或除暴客，或斩妖邪，一波未平一波又起的永无休止。中古时期特有的一种浪漫的恋爱观，所谓"高雅的爱"，对意中人奉若神明，唯命是听，赴汤蹈火，在所不辞，而对象又往往是有夫之妇，于是幽会私奔，高潮迭起。凡此种种，把这中古罗曼史点缀得花团锦簇，色彩鲜明，至今仍能给人以新奇的喜悦。

亚瑟的故事有很多荒诞不经的地方，像亚瑟的那一把魔剑，能削铁如泥，插在石头里谁也拔不出来，一定要等待"真命天子"

才能一拔即出,亚瑟垂死之际这把剑又被抛在水里,水里伸出一只怪手把剑接了过去而逝。帮助亚瑟杀敌致果的魔师梅林,幻术百出,真是神通广大。像这样奇异的穿插,一望而知是诗人的捏造,无论是儿童或成年的爱听故事的人都不妨姑妄听之。但是也有喜欢刨根问底的人,要进一步问亚瑟与其圆桌武士究竟有无其人,是历史上的真实人物,抑或是诗人向壁虚造的资料?因为亚瑟王是第五或第六世纪的人物,而当时各家史籍竟无片言只语涉及其人,偶有提到他的文字亦语焉不详,甚至带有神话意味。所以研究文学与历史的人,大概都对亚瑟故事之真实性持保留的态度。近阅六月二十一日《新闻周刊》,有一段关于亚瑟的报道,如下:

> 亚瑟王的传说,一直有人信以为真,最近英国的历史学家顿宁(Robert Dunning)在反对方面又添上了他的异议。他写了一本书关于萨摩塞郡的基督教的历史,他说亚瑟王故事至少有一部分是十二世纪的格拉斯顿伯里寺院中的僧侣搞的一项招揽生意的噱头,这寺院据说是亚瑟王及其不贞之后桂妮维亚的埋身之所。据传说,亚瑟王在六世纪中叶,在战斗中受了致命伤,然后由一船载之而去,到了一个名为阿瓦龙的魔岛之上,其地在英格兰之西方。格拉斯顿伯里寺就是建在那个地方,但后于一一八四年毁于火灾。有一天,寺僧掘地为墓,掘出了一个铅质十字架,上有拉丁文字:"著名的亚瑟王长眠于此阿瓦龙岛上。"再往深处掘,乃发现庞大的橡木棺,内有一躯体壮大的男子骨骼及一骷髅,左耳上方有曾被击碎模样。尸骨

的一边又有一副较小的骷髅，几缕细弱的黄发。

当时一般人都以为这遗骸就是亚瑟王及桂妮维亚。但是顿宁于仔细研究一切有关文献之后，乃得一结论，这可能全是那些僧人编造出来的谎言，借以敛财重建寺院。捐款纷纷而来，但是被狮心王截断了，因为他更感兴趣的是第三次十字军。"人们必须加以诱骗使之继续地慷慨输将，"顿宁说，"伪造文书与欺骗行为好像在最虔诚的宗教人士之间，也不是不常见的。格拉斯顿伯里建筑基金的来势渐行疲软之际，硬指格拉斯顿伯里为阿瓦龙而且发现了亚瑟的墓，岂不是最好的宣传手段？"

凡是传说，当然是不易消灭的。在格拉斯顿伯里之南仅仅十英里的地方，有一群英国考古学家，号称"卡美洛特研究委员会"已经在一座山下掘了好几年，以为那就是亚瑟王宫廷所在的卡美洛特之故址。已故的丘吉尔对于揭发亚瑟王故事之虚伪的人也不大以为然。在他的《英语民族史》里，丘吉尔描述亚瑟王的传说为："其题材之踏实，其灵感之丰富，其为人类遗产之不可分割的一部分，较之《奥德赛》或《旧约》皆无逊色。全是真实的，或者说应该是……"

丘吉尔最后一句话是很狡狯的。他知道那不是真实的，所以他补加一句转语"或者说应该是……"凡是神话之类的东西，日久逐渐成为传统或历史的一部分，一般人明知其虚伪也不愿加以揭发，因为一经揭发，传统或历史不免要损失一部分色彩。传统与历史需要装潢。

# 莎士比亚与时代错误

所谓时代错误（anachronism）即把一个人、一件事，或一个东西于其尚未出生、尚未发生或尚未产生的时候就提前予以陈述或提及。在一个人已不存在的时候而误以为他尚在人间，这当然也是时代错误。文学作品里这是常见的事，古今中外的大作家有时亦不能免。莎士比亚当然不是例外。且举一些例子如下：

《冬天的故事》里提到雕刻家朱利欧·拉曼诺为赫迈欧尼画像的事，按拉曼诺卒于一五四六年，和《冬天的故事》时代相距有一千六百多年之遥。这一错误近似"宋版的康熙字典"了。在这出戏里我们知道赫迈欧尼的父亲是俄罗斯的皇帝，但是这故事的背景是放在耶稣纪元以前,彼时俄罗斯尚是一个未开化的地方,哪里能有皇帝存在?这个故事既然是发生在耶稣诞生以前,如何可以提到"清教徒"、"原始罪"、"犹大卖主"、"圣灵降临节"?

《尤利乌斯·凯撒》一剧里也有严重的时代错误。布鲁特斯一派的人定钟鸣三声为分手的时刻。钟而能鸣,当然是自鸣钟。这样的钟是很晚近的事。自鸣钟的发明只有三百多年。"明万历二十八年大西洋人利玛窦来献自鸣钟,秘不知其术,大钟鸣时,正午一击,初未二击,以至初子十二击;正子一击,初丑二击,以至初午十二击。小钟鸣刻,一刻一击,以至四刻四击。"按万历二十八年为公元一六〇〇年,利玛窦以钟来献,想来钟在彼时尚是新奇之物,距新发明当不甚远。凯撒卒于纪元前四十四年,距自鸣钟之发明当有一千六百多年。故凯撒时代的人不可能知道有自鸣钟其物。那个时代报时的工具应该是"漏",水漏。还有,剧中提到布鲁特斯"读书时把书页折了一角"。按罗马时代的书只有"卷"而无"页",故书页折角乃绝无可能之事。

《伯利克里斯》剧中提到"手枪"。按手枪始创于意大利,约在十九世纪中叶。伯利克里斯是纪元前五世纪希腊政治家,在这样古的时代怎能说到手枪?

《泰特斯·安庄尼克斯》剧中萨特奈诺斯与塔摩拉结婚前发誓说:"牧师与圣水就在近边……"按牧师与圣水为天主教堂举行婚礼时所必需,而此剧背景是在罗马时代,与天主教堂根本风马牛不相及。又,此剧中之陆舍斯扬言要"砍下'俘虏们的'肢体,放在柴堆上燔烧……祭奠我们的弟兄们的亡魂"。按罗马一向没有燔祭人肉的习惯，罗马人固然强悍残忍，但是杀死俘虏燔其肢体以飨阵亡将士之灵，罗马文化中尚无此一项目。

《考利欧雷诺斯》剧中拉舍斯赞美马尔舍斯之勇敢善战曰："凯图理想中的军人。"按凯图生的那一年，考利欧雷诺斯已死去了二百五十五年之久。拉舍斯是考利欧雷诺斯同时期的人，如何能在他的口中说出凯图？莎士比亚此一错误亦有其根据，他根据的是普鲁塔克的传记。须知普鲁塔克的传记，是叙事体，作者以第三人的地位尚论古人，引用较晚的凯图的理想来赞美较早的马尔舍斯，固未尝不可。但莎士比亚的作品是戏剧，句句话都是对话，那便不可让拉舍斯口中吐出凯图这个人名。莎士比亚喜用普鲁塔克的文句，偶一不慎，遂生纰漏。

《亨利八世》剧中，诺佛克公爵对白金安公爵说："法国破坏盟约，扣留英商货物。"按扣留货物一事发生在一五二二年三月，而根据历史白金安公爵已于前一年五月十七日被斩首。

《理查三世》二幕一景中格劳斯特乞求大家对他谅解，一位一位地数着，把乌德维尔大人、黎佛斯大人和斯凯尔斯大人当作了三个人。其实所谓乌德维尔大人，根本无其人。事实上王后的弟弟安东尼·乌德维尔即是后来的黎佛斯伯爵，亦即斯凯尔斯大人，一个人有两个勋衔，莎士比亚遂误以为是三个不同的人了。这倒不是时代错误，不过也是错误。

《亨利六世》上篇五幕四景约克称阿朗松为"声名狼藉的马基雅维利"，是把马基雅维利当作野心家的别名，因为马基雅维利著《君主论》，申述用人处事以及纵横捭阖之术，一般人（尤其是未读过其书的人）斥为有关霸道权术之作，不合于宗教道德之理想。但是《君主论》之刊行乃在一五一三年，而亨利六世在一四七一年就死了！又，三幕二景琼恩对白德福公爵说："你要做什么，白胡子老头儿？"按白德福即《亨利四世》中之兰卡斯特亲王约翰，为四世之第三子，死于一四三五年，时仅四十五岁，比琼恩还晚死四年，焉得称之为"白胡子老头儿"？又，二幕五景毛提摩临死前自述家世谱系，"从我母亲方面讲，我是老王爱德华三世的第三子……之后"。按母亲是祖母之误。莎士比亚之所以有此误，乃由于叔侄同名为毛提摩之故。英国王家谱系甚为繁杂，有时很难弄得清楚。

《亨利四世》上篇三幕二景有"苏格兰的毛提摩"一语，怎么苏格兰又有一个毛提摩？原来是乔治·顿巴尔，只因他也拥有"玛尔赤勋爵"衔，故与英国的毛提摩相混了。

在地理方面莎士比亚也出过乱子。《冬天的故事》把阿波罗在 Delphi 的神庙说成在 Delphos 岛上，其实是在大陆上的 Phocis。莎士比亚把阿波罗出生地 Delos 岛与 Delphic 神谕混为一谈了。这还不太严重，较严重而最成为话柄的是莎士比亚误以为波希米亚是一个滨海的国家，其实波希米亚在内陆，根本没有海岸。他这两个错误，都是沿袭格林的一篇散文传奇而以讹传讹。另一剧《维洛那二绅士》说起瓦伦坦由维洛那"搭船到米兰"也颇引人非议。有人为莎士比亚开脱，说那时候两地之间是有一条运河。其实这也是多余，因为剧中后来明说瓦伦坦是从陆路回来的。

以上举例，仅是其作品中一小部分的疵谬，不足为莎士比亚病。幸亏他的戏剧不是教科书，否则就难免误人子弟之咎，幸亏他的戏剧不是推行社会教育的工具，否则亦难免要遭受学人的非难。可是事实上,莎士比亚的戏早已成为许多学校的教科书,他的戏(尤其是历史剧)早已成为英国一般民众认识英国历史的主要工具之一。而戏中这许多瑕疵,还任由它谬种流传,没有人能成功地予以纠正,其故安在,可深长思。

# 斯威夫特自挽诗

斯威夫特以《格列佛游记》一书闻名于世，若干讽刺性的散文亦颇脍炙人口，但他的诗作近亦越来越为人所注意。其中一首自挽的诗，《悼斯威夫特博士之死》(*Verses on the Death of Dr. Swift*) 是最著名的。据作者于一七三一年十二月一日给他的好友约翰·盖的信上说："我最近数月写了近五百行，题目甚为有趣，只是叙说我的朋友与敌人在我死后有何话说，不久即可脱稿，因我每日添加两行，删削四行，修改八行。"诗成后未即发表，第一版刊于伦敦，一七三九年，未得作者许可，原文约三分之一以及作者原注均被略去，因为刊行的人恐怕开罪当道而受连累之故。同年都柏林又有一版本刊行，仍不完善，但已较为忠实。有若干处作者原意不明，有待于后之编者的悉心编纂。最严谨的重纂本是H. Williams的，见《斯威夫特诗集》卷二。

　　诗人大概都很旷达，所以不讳言死，有些人常自撰墓铭，但是像斯威夫特之写长篇自悼诗者却不多见。斯威夫特此诗在标题下有两行小字，说明此诗之缘起系读到法国格言作家拉饶施福谷的一句格言有感而作，格言是这样的："在我们的知交遭受困难之际，我们会发现一点什么，可使我们并不感觉难过。"幸灾乐祸是人性的一部分，谁也免不了，纵然不形之于色，内心里总不免要兴起"我多幸运，这灾祸没有发生在我头上"之感。所以斯威夫特预料自己死后他的朋友与敌人都不免有话要说。照例，人死之后专说好话，在他生时舍不得说的赞美之词一定要在他的耳朵听不到的时候才毫不吝啬地讴颂出来。不过也不一定永远如此。有些怀有敌意的人，就是在一个人已经盖棺之后也还饶不了他，在死人身上戳几刀也觉惬意。斯威夫特是一个极敏感的人，这一切他早料到，所以，与其让别人在身后说三话四，倒不如自己把那些悦耳的与逆耳的话先说出来。英国十八世纪是一个党争甚烈的时期，几乎没有一个文人不卷入派系斗争的旋涡里去。斯威夫特一生在这旋涡里翻滚，他的讽刺的文才就是这样培养出来的。

　　讲到讽刺，斯威夫特也有他的分寸。他借了一个朋友的口说：

　　　　也许我应该承认，
　　　　堂长血脉里有太多讽刺的成分，

> 他好像决意不要它消乏,
> 因为没有时候比如今更需要它。
> 但是他从来没有恶意,
> 他打击罪恶,总把姓名隐起。
> 没有任何个人会表示不满,
> 因为有成千上万的人同样受谴。
> 他的讽刺不指向任何毛病,
> 除非是大家都可加以改正;
> 有一种人他最厌恶,
> 明明是谩骂,偏说是幽默……

换言之,他的讽刺是以认事不认人为原则的。这是一个理想,讽刺罪恶而能保持温柔敦厚的气度,是很难的。谩骂与幽默其间的差别有时也是颇为微妙的。斯威夫特死后,遗产捐给公家用以兴建一所疯人院,这是他一生中最后一次幽默作风的表现。

> 他捐出他的小小的资产,
> 去建立一所疯人院,
> 他用这样一个讽刺的手法,
> 说明这个国家最迫切地需要它。
> ……

其实斯威夫特毕生为自由而奋斗,领导爱尔兰人反抗英国的压迫,那锲而不舍的精神也可以说是疯狂的。他最大的一项贡献是以纱布商 W. B. Drapier 的假名写五篇公开函反对半便士铜币的发行，这铜币是由一个名叫 Wood 的人在英国以贿赂方式取得铸造特权，如果得以发行则爱尔兰的金银全被剥夺，其害甚大。斯威夫特这一举动，功在国家。英爱两国政府各悬三百镑重赏缉拿该函作者，时爱尔兰人无人不知其作者为斯威夫特，但没有一个人为贪求赏金而告密。关于此事，斯威夫特颇为自负，念念不忘：

因为"自由"是他唯一的口号；
为了她，他准备随时死掉；
为了她，他曾勇敢地独立，
为了她，他常暴露了自己。
两个国家，由于党派倾轧，
都曾悬赏来查缉他；
但是找不到一个肯出卖他的人，
为了那六百镑的赏金。

斯威夫特一方面尽管是热情奔放，另一方面却是冷静得出奇，他临文非常沉着，他看准了一个问题的核心所在，不慌不忙，抓紧了那个中心概念，然后使用他的绝招——反语，毫不留情地予以针砭！对于他的文笔他有自知之明：

他好用反语，而态度谨严，
暴露愚冥，打击凶顽；
别人的牙慧他从不拾取，

他所写的都是他自己的。

所谓反语,即是字面上的解释与作者真实的意向正好相反的话。明明是恭维,实际是挖苦;明明是斥责,实际是颂扬。他的散文《一个小小的提议》——提议把爱尔兰的孩子宰了给英国地主们吃掉以解决饥荒,便是最佳的反语文学作品之一例。他怨恨他的朋友阿布兹诺:

阿布兹诺不再是我的友人,
他胆敢使用反语行文。
那乃是由我把它引入,
首先加以改进,展示它的用途。

这不是嫉妒,这是一方面称赞朋友,一方面又十分自负。

# 拜 伦

三年前在美国《新闻周刊》上看到这样的一条新闻：

且来享受醇酒妇人，尽情欢笑；
明天再喝苏打水，听人讲道。

这是英国诗人拜伦（一七八八—一八二四）的诗句，据说他不仅这样劝别人，他自己也彻底接受了他自己的劝告。他和无数的情人缱绻，包括他自己的异母所生的妹妹在内，许多的丑闻使得这位面貌姣好头发鬈曲的诗人死后不得在西敏寺内获一席地，几近一百五十年之久。一位教会长老说过，拜伦的"公然放浪行为"和他的"不检的诗篇"使他不具有进入西敏寺的资格。但是"英格兰诗会"以为这位伟大的浪漫作家，由于他的诗和"他对于社会公道与自由之经常的关切"，还是应该享有一座纪念物的，西敏寺也终于改变了初衷，在"诗人角"里安放了一块铜牌来纪念拜伦。那"诗人角"是早已装满了纪念诗人们的碑牌之类，包括诸大诗人如莎士比亚、弥尔顿、骚塞、雪莱、济慈，甚至于还有一位外国诗人名为朗费罗的在内。

我当时看了这一段新闻，感慨万千，顺手译了出来，附上一篇按语，题为"文艺与道德"，以应某一刊物索稿之命。刊登出来之后发现译文中少了"包括他自己的异母所生的妹妹在内"一语。拜伦的种种丑行已见宥于西敏寺的长老，我们中国的缙绅大夫似乎还以为那些乱伦的事是不可以形诸文字的！

乱伦的事无须多加渲染，甚至基于隐恶扬善之旨对于人的隐私更不要无故揭发。但是拜伦之事早已喧腾众口，近来我尚看到一本专书考证拜伦这一段畸恋的前因后果，书名为"拜伦的女儿"，旁征博引，不厌其详，可是我终觉得是浪费笔墨。说来说去，不过是叙说拜伦于漫游欧陆归来之后，和他的异母所生的妹妹奥格斯塔如何的交往日密，以至于私生了一个女儿。当时奥格斯塔已嫁，嫁给了一位上校，名乔治·李，但是婚姻不幸，时起勃谿。拜伦因同情而怜惜而恋爱，在拜伦心目中奥格斯塔是最美丽最纯洁的女子，可是他并不是不知道乱伦是一件严重的罪愆。他有一首诗,题为《为谱乐的诗章》(*Stanzas for Music*),是写给奥格斯塔的,有这样的句子:

> 没有一个美貌的女人
> 有像你这样的魅力;
> 我听到你说话的声音
> 与水上的音乐无异。

> There be none of beauty's daughters
> with a magic like thee;
> And like music on the waters
> Is thy voice to me.

女性说话的声音往往最能打动男人的心。看这几行诗可以知道拜伦对他妹妹如何倾倒。但是下面几行诗充分显示这一段畸恋如何使他忐忑不安:

> 你的名字我不说出口,我不思索,
> 那声音中有悲哀,说起来有罪过:
> 但是我颊上流着的热泪默默地
> 表示了我内心深处的情意。
> 为热情嫌太促,为宁静嫌太久,
> 那一段时光——其苦其乐能否小休?
> 我们忏悔,弃绝,要把锁链打破——
> 我们要分离,要飞走——再度结合!

I speak not, I trace not, I breathe not thy name,

There is grief in the sound, there is guilt in the fame:

But the tear which now bums on my cheek may impart

The deep thoughts that dwell in that silence of heart.

Too brief for our passion, too long for our peace,

Were those hours—can their joy or their bitterness cease?

We repent, we abjure, we will break from our chain, —

We will part, we will fly to—unite again!

他感到悲苦，他意识到罪过，但是他于决定分手之际仍企望着再度的结合。拜伦与奥格斯塔生下了一个女儿，一直在拜伦夫人的照顾下，夫人是以严峻著名的女人，对奥格斯塔所生的孩子当然没有感情，但是对于这可怜的孩子却也给了多年的相当的抚养，不过二人之间的感情极不融洽，孩子认为没有得到她所应得的一份遗产，夫人觉得她忘恩负义。这可怜的孩子身世坎坷，一再被人欺凌失身，颠连困苦，终于流浪到了法国，最后和一个年纪相当大的法国农夫结婚，不久又成了孀居。关于这个孩子的苦难，无须详加叙述，令人不能溢于言者就是拜伦当初未能克制自己，铸此大错，始乱终弃，并且殃及后人！

拜伦的很多行为不能见谅于社会，所以他终于去父母之邦，漫游欧陆，身死他乡。"不是我不够好，不配居住在这个国家，便是这个国家不够好,不配留我住下来。"历来文人多为拜伦辩护,例如,在最重视道德的维多利亚时代,麦考莱有一篇文章评论穆尔(Moore)所作的《拜伦爵士传》,便有这样的话:

> 我们知道滑稽可笑的事莫过于英国社会之周期性爆发的道德狂。一般讲来,私奔、离婚、家庭纠纷,大家不大注意。我们读了轰动的新闻,谈论一天,也就淡忘了。但是六七年之中,我们的道德观念要大为激动一次。我们不能容忍宗教与礼法被人违犯。我们必须严守反抗罪恶的立场。我们必须训告一般浪子英国的人民欣赏家庭关系的重要性。于是有一些运气坏的人,其行为并不比数以千百计的犯有错误而受宽容的人更为堕落,但被挑选出来成为示众的牺牲。如果他有儿女,便被强夺了去。如果他有职业,便被迫失业。他受较高阶层人士的打击,受较低阶层人士的奚落。事实上他成了一个代人受罚的人,借他所受的苦痛收惩一儆百之效。我们严责于人,沾沾自喜,扬扬得意地以英国高水准的道德与巴黎的放荡生活相比较。我们的愤怒终于消歇。受我们迫害的人身败名裂,伤心欲绝。我们的道德一声不响地再睡七年。

好像拜伦就是这样狼狈地被迫离开了他的祖国!事隔一百五十年,我们现在应该心平气和地做一更公正的论断。有一件小事值得提及,他走的时候并不狼狈,他定制了一辆马车,是按照拿破仑御用马车的形式复制的,极富丽堂皇之能事,他驱车渡海，驰骋于低地国家，凭吊著名的战场！拜伦对于拿破仑特有好感，室内摆着他的雕像，处处为他辩护，虽然对于他的残酷不是没有微言。"他的性格与事业无法不令人倾倒。"有人问拜伦当年风云人物有哪几个人，他回答说有三个，一个是花花公子 Beau Brummell，一个是拿破仑，一个是他自己！这倒也并非完全是吹嘘，十九世纪的前四分之一，拜伦在英国以及欧陆的名气确是震烁一时的。

作为一个诗人，拜伦的隆誉现在显然地在低落。文人名世，主要的是靠他的作品的质地。拜伦的诗好像是多少为他自己的盛名所掩。不过，在西敏寺给他立一块铜牌，他还是当之无愧的。

**后记：**

奥格斯塔是拜伦的异母所生的姐姐，不是妹妹。我所以有此误，不是由于写作匆忙，也不是由于记忆错误，纯粹的是由于无知。英文 sister 一词，可姐可妹，我就随便地写成妹妹了。承读者黄天白先生为文指正，我非常感谢。

## 玛丽·兰姆

《莎士比亚的戏剧故事》是一本世界著名的书，许多人没读过莎士比亚的戏剧而读过这本故事。著者是玛丽·兰姆与查尔斯·兰姆。玛丽是姐姐，比查尔斯年长十一岁，一七六四年生，比他晚死十三年，一八四七年卒。姐弟二人合著这一本书，也是偶然的，他们的朋友高德文主编一部青年丛书（Juvenile Library），约他们参加一本著作，所以这本书有一个副标题"为年轻人而作"。里面包括莎士比亚的二十部戏，其中六部悲剧的故事是查尔斯所作，十四部喜剧故事是玛丽的手笔，英国历史剧和罗马剧以及另外两部喜剧则付阙如。在前几版中玛丽的名字未列在标题页上，虽然她出力较多，而且查尔斯说她写得比他好。这本书刊于一八〇七年，文笔雅洁，保存了不少原剧的字句，而且还时而以不触目的笔调指点出一些道德的教训，所以出版后广受欢迎。我国最早有关莎士比亚的书就是这部书的中译本，好像是林琴南译的，书名是"吟边燕语"。

玛丽有遗传的疯病，查尔斯也有一点点。玛丽的情形比较严重，时发时愈，一七九六年她三十二岁，九月二十五日，病发不可收拾，竟至杀死了她天天陪伴同床睡觉的四肢瘫痪的老母亲。这段悲惨的经过，最好是看查尔斯写给柯勒律治的一封信——

> 我最亲爱的朋友——怀特或是我的朋友或是报纸在此际可能已经让你知道了我家发生的惨祸。我只要简单说一下：我的可怜的、可爱的、最可爱的姐姐，一阵病发，杀死了她自己的母亲。我就在近旁，只来得及从她手中夺过刀来。她目前在疯人院。上帝保全了我的神志：我吃、喝、睡，我相信我的判断还很健全。我的可怜的父亲略受微伤，我现在要照料他和我的姑母。基督医院公学的诺利斯先生对我们甚为关拂，我们没有别的朋友；但是，感谢上帝，我很镇定，能办善后之事。请尽量写富于宗教性的信，但别提已过的事。对我而言，"以前的事已属过去"，我要做的事多于我所要感受的。
>
> 愿上帝掌管我们一切！
>
> 【附注】不要提起诗。我已毁弃那种一切的表面虚荣。你随你的便，如果你要发表，可以发表（我给

你全权)我的,但毋用我的名字或简名,也别送书给我,我求你。你自己的判断力会教你暂勿将此事告知尊夫人。你照顾你的家;我尚有足够的理性与力量照顾我的。我求你,不要起前来看我的念头。写信。你若是来,我不见你。愿上帝眷爱你以及我们所有的人!

这封信凄惨极了,关于玛丽发疯的情形写得不够详尽,是年九月二十六日伦敦的《晨报》(*The Morning Chronicle*)有较多的报道,其文如下——

星期五午后,验尸官及陪审员们检验霍尔邦区内一位妇人的躯体,她是于前一天被她的女儿杀伤致死的。

前此数日,家人已看出她疯狂的一些迹象,到了星期三晚上日益加剧,第二天早晨她的弟弟一清早就去请皮卡因医生——如果他遇到了那位医生,这场灾难就可能避免。

这位年轻的女士早年曾经一度发疯,由于工作过度疲乏所致。——她对母亲的态度一向极为孝顺,据说就是因为父母健康不佳需要日夜照料,所以才造成这位不幸的年轻女士这次的疯狂。

有些早报说她有一个疯了的弟弟也在疯人院里——这是不实的。

陪审团当然做了判决,疯狂。

根据所举证据,情形是这样的,家人正在准备晚餐之际，这位年轻小姐抓起桌上放着的一把原来带鞘的餐刀，以威吓的态势追逐一个小女孩满屋跑，小女孩是她的学徒（玛丽在家收学徒为人缝制衣服贴补家用），她的瘫痪不能行动的母亲急叫她不要这样，她放弃原来追逐的目标，尖叫一声扑向她的母亲。

那孩子的叫嚷声惊动了这家的男主人，但是晚了一步——母亲在座椅上已经没有命了，她的女儿手持致命的刀茫然地站在旁边，那个老迈的人，她的父亲，额上也淌着血，是因她满屋乱抛叉子而受到重重一击之所致。

疯狂者犯罪不处刑，玛丽在疯人院住了一阵也就没事了。但是，她清醒的时候，她不能没有记忆，她比查尔斯多活了十三年，直到一八四七年才逝世，这漫长的岁月她是怎样过的！哈兹利绝口称赞她，说她是他所见到的最聪明最理智的女性。惨剧发生的时候，查尔斯只有二十三岁，他哥哥约翰主张把玛丽长久地送进疯人院，一了百了，但是查尔斯不肯，他坚决在家里服侍姐姐，自己一生未娶，这份牺牲奉献的精神伟大极了。看查尔斯的小品文，温柔细腻，想见其为人。人生苦痛，谁也不免，而凄惨酷烈乃一至于斯！

# 陶渊明"室无莱妇"

萧统《陶渊明传》:"其妻翟氏亦能安勤苦,与其同志。"李延寿《南史·隐逸传》:"其妻翟氏,志趣亦同,能安苦节,夫耕于前,妻锄于后云。"皆谓翟氏安贫,与其夫志同道合。

读陶作《与子俨等疏》:"余尝感孺仲贤妻之言,败絮自拥,何惭儿子?此既一事矣。但恨邻靡二仲,室无莱妇,抱兹苦心,良独内愧。"所谓"室无莱妇",言自己没有像老莱子之妇那样的贤妻。刘向《列女传》:"楚老莱子逃世,耕于蒙山之阳……楚王欲使吾守国之政……妻曰:'妾闻之,可食以酒肉者,可随以鞭捶;可授以官禄者,可随以鈇钺。今先生食人酒肉,受人官禄,为人所制也。能免于患乎?……'遂行不顾,至江南而止。"是翟氏之贤不及莱妇,而陶公黾勉辞世,乃是自作主张,以至于使子等幼而饥寒,"抱兹苦心,良独内愧"也。

妻而能安勤苦,自非易事,翟氏之"夫耕于前,妻锄于后"可能亦是事实。若谓其志在固穷,与其夫同志趣,恐未必然。传陶公者见陶氏夫妇躬耕乡里,遂信笔及于翟氏,不吝称其苦节耳。萧统《陶渊明传》:"公田悉令吏种秫,曰:'吾常得醉于酒足矣!'妻子固请种秔,乃使二顷五十亩种秫,五十亩种粳。"是翟氏较渊明为达事处。先生但求有酒,主妇不能不顾一家之食。似不应因此遂兴"室无莱妇"之叹。

《咏贫士》七首,显然是先生自况,其七云:"年饥感仁妻,泣涕向我流。丈夫虽有志,固为儿女忧。"言妻子饥寒,应涕直流,但未能挠其志,而丈夫志在固穷,但亦不能不为儿女忧。妻不挠夫之志,可敬之至,但不能禁其泣涕直流;夫不为妻所累而改其志,但衷心亦不能不为儿女忧。夫耕于前,妻锄于后,是一幅美丽图画,不知二人心中亦正各有所感,不足为外人道也。先生诗乃直言"丈夫虽有志,固为儿女忧",道出先生心事,是先生率真可爱处。一说"丈夫虽有志……"二语乃妻子语,恐非。丈夫犹言君子,非妻对夫之称。

# 读杜记疑

## 卖药与药栏

杜甫进三大礼赋表有云："顷者，卖药都市，寄食友朋……"卖药恐怕不是真的卖药，是引用韩康"卖药长安市中，口不二价"的典故，自述旅食京华之意。有人写《杜甫传》，把杜甫真个说成一个卖药郎中，疑误。

杜诗《有客》云："不嫌野外无供给，乘兴还来看药栏。"按药草之属亦是娱目欢心之物。石崇《金谷诗序》："有清泉茂林，众果竹柏，药草之属……其为娱目欢心之物备矣。"可见杜公植药，未必是为卖药之资。何况所谓药栏亦未必就是种植草药之栏，因草药亦不需栏。《开元天宝花木记》云："禁中呼木芍药为牡丹。"木芍药即今之牡丹。药恐即是木芍药之简称。《独异志》上云："唐裴晋公度寝疾永乐里，暮春之月，忽过游南园，令家仆童舁至药栏，语曰：'我不见此花而死，可悲也。''怅然而返。明早报牡丹一丛先发，公视之，三日乃薨。"药栏即种植木芍药之栏，此一明证。又按范摅《云溪友议》："致仕尚书白舍人，初到钱塘，令访牡丹花，独开元寺僧惠澄，近于京师得此花栽，始植于庭，栏圈甚密，他处未之有也。"栏圈字样，值得注意。白乐天携酒赏牡丹，张祜题诗云："浓艳初开小药栏，人人惆怅出长安。风流却是钱塘寺，不踏红尘见牡丹。"是药栏明指牡丹。不过杜甫多病，亏药结不解缘，也是事实，在诗中班班可考。如谓凡药皆视为配病之药，则有时不免失误。杨伦《杜诗镜铨》注："药栏，花药之栏也。"语意模棱矣。

## 况余白首

《观公孙大娘弟子舞剑器行》序文有句："玉貌锦衣，况余白首。"人多认为费解。《苕溪渔隐丛话》引秦观语："杜子美诗冠古今，而无韵者殆不可读。"仇注引申涵光曰："诗序太剥落，'玉貌锦衣'下如何接'况余白首'？"指为文字剥落，殆为贤者讳耶？近人傅东华先生注杜诗，"言公孙玉貌锦衣尚归寂寞，何况己年之易老乎？"（见商务人人文库本杜甫诗页二三七）似嫌牵强，且与下文，气亦不顺。疑"况"字当作"甚"解，言公孙当年风采当已不复存在，其衰朽之态恐有甚于余之白首者。杜甫初观公孙舞，在开元三载（一作五载），尚在童稚，此诗作于大历二年，从开元五载算起，相距五十一年矣。公孙焉得不比杜公更老？下云"今兹弟子，亦匪盛颜"，正与上文语气连贯。

## 乌 鬼

《戏作俳谐体遣闷二首》："家家养乌鬼，顿顿食黄鱼。"乌鬼究竟是何物，众说纷纭。或谓养乌鬼，乃赛神也，养可能是赛之误，鬼者乌蛮鬼也。元微之《江陵》诗"病赛乌称鬼，巫占瓦代龟"。可为此说之有力的佐证。但养乌鬼与食黄鱼若为一事，则乌鬼殆为鸬鹚。黄山谷外集《次韵裴仲谋同年》有句"烟沙篁竹江南岸，输与鸬鹚取次眠"，所谓鸬鹚，即《本草》所谓之水老鸦，一名乌鬼，能捕鱼。因家家养乌鬼，故而顿顿食黄鱼，似亦顺理成章。魏子华《寒夜话黑鹭》一文，有云：

黑鹭浑身黑羽毛，是一种善捕鱼的鹭鸶，它的体形比普通鹭鸶肥壮，看起来很像大型的乌鸦，所以，家乡成都一带又叫它鱼老鸦，每年一入隆冬，天寒水浅，放鱼老鸦的人们，这就赶鸦下河，大发利市去了。

放鱼老鸦的人，他们出发之前，总是把小船或竹筏顶在头上，鱼老鸦就栖息在船或竹筏上打瞌睡。可是，当它们一见到水，可就立刻精神百倍，一头钻得不见踪影了。当它们再度浮出水面，十之八九都会嘴里衔着一条鱼，渔人只消把篙竿伸过去，它们就会乖乖地飞到竿上来，然后收回船上。取下它们的猎获物。

这"鱼老鸦"如果就是《本草》上说的"水老鸦"，当然也就是杜诗中的"乌鬼"了。

宋马永卿《懒真子录》卷四："乌鬼，猪也。峡中人家多事鬼，家养一猪，非祭鬼不用，故于猪群中特呼乌鬼以别之。"此说亦可通，川中确是家家养猪，而杀猪祭鬼亦是习见之事，至今犹然。

数说皆有可取处，均非定论。姑且存疑，不必强作解人也。

## 他 日

《秋兴》八首"丛菊两开他日泪"句，"他日"应作"往日"解，非谓将来。《孟子·梁惠王下》，两次用"他日"："他日见于王曰"，他日是过后有一天，"他日君出"，他日则是往日。"他日"本有二义，视其上下文义而定。丛菊两开，是两年已过，他日是指已过的这两年，两年之内陨泪多少，感慨系之！

《滕王阁序》："他日趋庭，叨陪鲤对；今兹捧袂，喜托龙门。"此"他日"亦昔日之意也。

## 不觉前贤畏后生

《戏为六绝句》有云："今人嗤点流传赋，不觉前贤畏后生。"语意含糊。清人汪师韩《诗学纂闻》谓："乃诘问之言，今人诋毁庾信之赋，岂前贤如庾者，反畏尔曹后生耶？"按《论语》"后生可畏，焉知来者之不如今？"原意是说后生可能有可畏之处也。杜意今人并无超越前人之处，奈何妄议古人，故曰"不觉前贤畏后生"。贤者虚怀若谷，皆应深觉后生可畏。唯今人诋毁庾信，吾则不觉前贤应畏后生。不觉是杜甫不觉也，汪师韩释为诘问之语，反似多事。

## 鸡狗亦得将

《新婚别》有句："生女有所归，鸡狗亦得将。"仇注云："嫁时将鸡狗以往，欲为室家久长计也。"疑不洽，恐是"嫁鸡随鸡，嫁狗随狗"之意。女人出嫁，焉有携鸡狗以俱往者？杨伦《杜诗镜铨》注："用谚语。"所见是也。将，从顺之意，不是"之子于归，百两将之"之将。陶诗《读史述九章》咏夷齐："二子让国，相将海隅。"亦相从之意。

宋庄绰《鸡肋编》："杜少陵《新婚别》云：'鸡狗亦得将'世谓谚云：'嫁得鸡，逐鸡飞；嫁得狗，逐狗走'之语也。"葛立方《韵语阳秋》："谢师厚生女，梅圣俞与之诗曰：'……男大守诗书，女大逐鸡狗。'"亦同一意义。是宋人早有此解，仇沧柱殆未之见？

## 漫 舆

杜诗《江上值水如海势聊短述》有句："老去诗篇浑漫舆，春来花鸟莫深愁。"漫舆，何谓也？舆，或作兴，然乎否耶？

仇注："浑，皆也。漫，徒也。"又云，"黄鹤本，及赵次公注，皆作漫舆。韵府群玉引此诗，亦作漫舆。王介甫诗，'粉墨空多真漫舆'；苏子瞻诗，'袖手焚笔砚，清篇真漫舆'。皆可相证。诸家因前题《漫兴九首》，遂并此亦作漫兴。按上联有'句'字，次联又用'兴'字，不宜叠见去声。"

俞樾《茶香室丛钞》引朱彝尊《静志居诗话》云："在杜子美集有漫舆五绝九首，又七言云'老去诗篇浑漫舆，春来花鸟莫深愁'。浑漫舆者，言即景口占，率意而作也。自元以前，无有读作漫兴者，迨杨廉夫作漫兴七首，而世之人遂尽去杜集之旧，易舆为兴矣。"此说是也。

## 丧家狗

杜诗："昔如纵壑鱼，今如丧家狗。"丧家狗，典出《史记·孔子世家》，"郑人或谓子贡曰：'东门有人，其颡似尧，其项类皋陶，其肩类子产，然自要以下不及禹三寸，累累若丧家之狗。'子贡以实告孔子。孔子欣然笑曰：'形状，未也，而似丧家之狗，然乎哉！然乎哉！'"此丧字应作平声读，抑应作去声读耶？

《群书札记》："《瓮牖闲评》：家语，累累然若丧家之狗，丧字当作去声，言如失家之狗耳。故苏东坡诗云'惘惘可怜真丧狗'，是矣。而元微之诗乃云'饥摇困尾丧家狗'，又却作平声用，何也？按：王肃注'丧家狗，主人哀慌，不见饮食，故累然不得意'。孔子生于乱世，道不得行，故累然，是不得意之貌也。韩诗外传，'丧家之狗，既敛而椁，布器而祭，顾望无人，意欲施之。'丧字作平声读。唯孔颖达《春秋正义序》，'虚叹衔书之凤，乃似丧家之狗'，丧字作去声读，不得执此而议彼也。"

按，丧字本可有两种读法，意义迥然有别。世家丧家之狗，依王肃注读平声，近是。杜诗以丧家狗对纵壑鱼，就意义而论，似宜作去声。

## 不是烦形胜，深愁畏损神

《上白帝城二首》的第一首，前四句写景，后八句感怀，最后两句"不是烦形胜，深惭畏损神"作何解？

傅东华注《杜甫诗》二〇三页云："言若徒深惭而不借形胜以自解，则恐损神耳。旧注以烦为烦厌之烦，则与前'一上一回新'句不合矣。"此说恐非。第一，因"一上一回新"，故"不是烦形胜"，意义连贯，并无不合。第二，烦字不作厌解，当作何解？傅说对此点无交代。

杜诗《江畔独步寻花七绝句》有云："不是爱花即欲死，只恐花尽老相催。"其句法可供参照。"不是……"是否定，"只恐……"是肯定。"不是烦形胜"，《杜诗镜铨》注"言形胜非不可喜"，仇注云"我非厌烦此间形胜"，似均不误。

平心而论，此两句不佳，不但意义嫌晦，构想亦殊平庸。《杜诗集评》引李因笃批语云，"畏损神三字李本抹云'凑而混'"。凑而混者其实不只此三字。

## 天子呼来不上船

《饮中八仙歌》写李白"天子呼来不上船"，船即是舟船之船，一般均如此解释。

元人熊忠撰《古今韵会举要》，据云"衣领曰船"。明人张自烈撰《正字通》，据云"蜀人呼衣系带为穿，俗因改穿作船"似此船字乃另有解释。

《钱笺杜诗》曰："玄宗泛白莲池，命高力士扶白登舟，此诗证据显然。注家谓：'关中呼衣襟为船；不上船者醉后披襟见天子也。'穿凿可笑。赵次公云：'白在翰院被酒。扶以登舟，则竟上船矣，非不上船也。'此尤似儿童之语。夫天子呼之而不上船，正以扶曳登舟状其酒狂也。岂竟不上船耶？"钱笺是也。

偶阅国语日报副刊《书和人》第二二〇期（六二、九、二十九），罗锦堂先生讲《英文本中国文学史初探》，评及柳无忌著《中国文学概论》，说到"不上船"的问题：

"上船"两字，一般人都根据范传正的李公新墓碑，说是玄宗泛舟，李白不在，因而命高力士扶李白登船。……我觉得这种说法不太妥当，因为李白明明是上船了，为什么说"不上船"呢？根据《荥阳县志》卷十四提到人的鞋底就叫船。此外，《韵会》说："衣襟谓之船。"《正字通》说："衣领谓之船。"我们现在不讨论"船"到底是指鞋子、衣襟，或衣领，但"不上船"是表示衣服没有穿整齐的意思，而不是指真的船。

罗先生的主张似是没有脱离赵次公的窠臼与《韵会》、《正字通》的别解。钱笺未被驳倒之前，船字似以仍从正解为妥。

## 藤　轮

《赠王二十四侍御契四十韵》："长歌敲柳瘿，小睡凭藤轮。"（鲍照诗"花蔓引藤轮"）藤轮，何物也？蔡梦弼以为是车轮，人焉有凭车轮而睡者？王洙以为是蒲团，未闻有以藤制团者。仇兆鳌以王说为是。施鸿保《读杜诗说》认为皆非，"疑即藤枕，今犹有之，以其体长而圆故称为轮"。其实藤枕固今犹有之，但以其长而圆而称为轮则甚牵强，轮非长而圆者也，且凭枕而睡事属寻常,了无诗意,与上句敲柳瘿不相称。

疑宜就字面解释,无须更进一层。藤轮即是藤干盘曲之做轮形者,轮者,圆圈也。老藤近根之巨干多作轮形,故藤轮即藤之干。敲柳瘿而长歌,凭藤轮而小睡,诗意亦相称。

# 剑  外

杜诗《闻官军收河南河北》一首是众所熟知的，有人对第一句"剑外忽传收蓟北"中之"剑外"二字发生疑问。剑是剑阁，或剑门，剑外系何所指？是指剑南，还是指剑北？二说似皆可通。"剑外忽传……"可以解为剑阁以南一带正在传说，也可以解为收蓟北的消息正在从剑北长安方面传了过来，但究竟何所指则颇费思量。

按剑门天险，抗战期间我曾途经其地，是自广汉穿过剑阁而入汉中的必经之地。李白《蜀道难》所谓"剑阁峥嵘而崔嵬，一夫当关，万夫莫开……"确是形容尽致。我因为汽车抛锚，在县城外一小茅店留宿一夜，印象益为深刻。李白诗《上皇西巡南京歌》有"剑阁重关蜀北门"之句。剑阁实乃蜀之北门。蜀地难攻易守,剑门之险阻乃其原因之一。《晋书·张载传》:"太康初,至蜀省父,道经剑阁,载以蜀人恃险好乱,因著铭以作诫。益州刺史张敏奇之,表上其文,武帝遣使镌之于剑阁山焉。"这《剑阁铭》我是读过的,虽然没有看过山上的镌刻。铭里有这样的句子:"唯蜀之门,作固作镇,是曰剑阁。"凡此可见剑阁是蜀之北方门户,所以拒外人之南侵,而非秦地之人在此设险以防蜀人之北犯也。

杜甫作此诗时在梓州,即今之梓橦一带,剑阁即在梓橦之东北,诗作于广德元年。杜甫在此地听到剑北传来捷报,所以才涕泪满衣裳。捷报是从河南河北传到长安,再由长安传到剑南。剑外传来的消息使得剑南的人闻之大喜若狂,这不是很自然的吗?

再举一例以为旁证。号称天下第一关之山海关,据《读史方舆纪要》云:"渝关,一名临渝关,亦曰临闾关,今名山海关……明初以其倚山面海,故名山海关,筑城置卫,为边郡之咽喉,京师之保障。"山海关虽然是通往东三省之咽喉,但是其建立实乃是为了"京师之保障",不是为了东北之保障,俗语说"少不入川,老不出关",出关,出山海关也。到关外去,是出了山海关到东北去也。关外指东北,因为山海关屏障京师,站在京师的立场上说话,关外当然是指东北了。杜甫身在蜀地,所谓剑外似乎当然是指剑门以北长安一带了。

苏东坡《满江红寄鄂州朱使君寿昌》,"君是南山遗爱守,我为剑外思归客,对此间风物岂无情,殷勤说"。他也使用"剑外"一语,不知他是否袭用杜甫诗中"剑外"二字。按东坡写此词时是在黄州，和杜甫之身在四川不同。东坡所谓剑外，可能是指剑南，其意若曰"我是四川人，想回四川去"，但亦可能是说自己现在是流落在剑门山以外的人，所以想回家乡去。剑外泛指任何剑门山以外之地，不知孰是。

# 竹林七贤

《水经注》："魏步兵校尉陈留阮籍，中散大夫谯国嵇康，晋司徒河内山涛，司徒琅邪王戎，黄门郎河内向秀，建威参军沛国刘伶，始平太守阮咸等，同居山阳，结自得之游，时人号之为竹林七贤。"

《世说新语·任诞》："陈留阮籍、谯国嵇康、河内山涛，三人年皆相比，康年少亚之。预此契者，沛国刘伶、陈留阮咸、河内向秀、琅邪王戎。七人常集于竹林之下，肆意酣畅，故世谓竹林七贤。"

何启明先生著《竹林七贤研究》，对于七贤事迹考证綦详，洵为最新之佳构。何先生在《前言》云："竹林七贤，名属后起；

竹林之事，亦难信真。"又曰："竹林之事，既初传于晋世中朝以后，初非七贤生时之本有……而山阳故居，亦本无竹林。竹林诸人但如建安之七子，正始、中朝之名士，不过后人一时意兴所至，聊加组合耳。"结论曰："竹林之事为后所造作。"此一论断似甚正确。不过何先生也承认"七贤生时固有所交往遇合也"，否则后人亦不可能加以组合。

关于竹林，陈寅恪先生曾经有说，陈文我未读过，杨勇先生《世说新语校笺》（一九六九年十月初版）页五四八转引陈先生文曰："竹林七贤，清谈之著者也。其名七贤，本论语贤者避世，作者七人之义。乃东汉以来，名士标榜事数之名，如三君、八厨、八及之类。后因僧徒格义之风，始比附中西而成此名；所谓'竹林'，盖取义于内典（Lenuvena），非其地真有此竹林，而七贤游其下也。《水经注》引竹林古迹，乃后人附会之说，不足信。"陈先生博览群籍，时有新解，此其一例也。此处 Lenuvena 一字系误植，应为 Venuvena，梵文"竹林精舍"之意，音译为鞞纽婆那。

按：《卫辉府志》"竹林寺在县西南六十里，旧为七贤观，后改为尚贤寺，又改今名，即晋七贤所游之地"云云。这是沿用《水经注》之说，不过标出了"竹林寺"之名，按晋时洛阳即有竹林寺，与内典所谓"竹林精舍"似相暗合。杨勇先生《世说新语校笺》认为"陈说有见"，从而论断曰"竹林为一假设之地"。并且更进一步，根据"《文物》一九六五年八月期，有南京西善桥晋墓砖，刻竹林八贤图，则有嵇康、阮籍、山涛、向秀、刘伶、阮咸、荣启期等八人"，从而论断曰："七贤、八贤亦一通名耳。"（八贤只举七人，王戎未列入。）晋砖之发现，饶有趣味，唯七贤之外加入荣启期，则事甚离奇。荣启期，春秋时人，与七贤相距约有千年，何以于隐逸高贤之中独选荣启期，与七贤并列，似嫌不伦。荣启期之为高人，吾人并无间言，其事见《列子·天瑞篇》。"孔子游于泰山，见荣启期行乎郕之野，鹿裘带索，鼓琴而歌，孔子问曰：'先生何乐也？'对曰：'吾乐甚多。天生万物，唯人为贵，而吾得为人，是一乐也。男女之别，男尊女卑，故以男为贵，吾既得为男矣，是二乐也。人生有不见日月不免襁褓者，吾既已行年九十矣，是三乐也。贫者士之常也，死者人之终也，处常得终，当何忧哉？"这一段记载，写出荣启期之旷达，跻于八贤之列，自无愧色，唯冠以竹林字样，一似与七贤亦有交往者，斯可怪耳。

竹林也好，竹林寺也好，黄河流域一带可以有竹林则为不争之事实，晋戴凯之《竹谱》以为竹之为物"九河鲜育，五岭实繁"，实非笃论。远至北平西山八大处，亦有竹林可以供人啸傲其间，何况河洛？竹林二字久已成为隐逸之代名词，所以竹林七贤、八贤之说，亦不必拘泥字面多所考证矣。

# 管仲之器小哉

以前在一张国语日报上偶然看到一位胡坤仲先生写的《管仲之器小乎》一文，他说起高一国文第十二课司马光的《训俭示康》有"管仲镂簋朱纮，山节藻棁，孔子鄙其器小"一语，当时学生提出质问："管仲那么奢侈，孔子怎么说他器量狭小？"这一问把胡先生问得愣住了。

《论语·八佾》："子曰：'管仲之器小哉！'或曰：'管仲俭乎？'曰：'管氏有三归，官事不摄，焉得俭？''然则管仲知礼乎？'曰：'邦君树塞门，管氏亦树塞门；邦君为两君之好，有反坫，管氏亦有反坫；管氏而知礼，孰不知礼。'"孔子说管仲器小，是以俭与礼二事为证。在孔门哲学中，俭与礼都是极关重要的修身法门，所以子贡称赞孔子的美德是温良恭俭让，俭最要紧，由俭可以知礼，因为都是属于克己的功夫。管仲奢侈，有三个小公馆，生活靡费，所以孔子说他器小。所谓器，就是器量，也可解为器识。器有大小，非关才学。镂簋朱纮，山节藻棁，都是俭德有亏的明证。

何谓器小，何谓量大？于此有一旁证说明之。《魏志·文帝纪》注："若贾谊之才敏，筹画国政，特贤臣之器，管晏之姿，岂若孝文大人之量哉？"孝文是否大人之量，姑不具论。我们要注意的是，行文之间"贤臣之器"与"大人之量"是对等的名词。贤臣之器，管晏之姿，是比较小的。贤臣而器小，即管晏之辈也。

管仲不是一个简单的人，虽然在私人品德方面不无出入，在事功方面却颇有可称者。《论语·宪问》："子曰：'桓公九合诸侯，不以兵车，管仲之力也。如其仁，如其仁！'"九合诸侯（纠合诸侯之谓），不用战争手段，谁能像他这样的仁！所谓仁，是指他之不用武力而能纠合诸侯这件事而言。孔子又说："管仲相桓公，霸诸侯，一匡天下，民到于今受其赐。微管仲，吾其披发左衽矣！"这是说管仲不比匹夫匹妇之短见，不肯自经于沟渎，留着自己的一条命为国家人民办大事，故不能说"管仲非仁者"。这也是就事论事，赞美管仲之事功而已，并不是泛论管仲之全部的人格，更没有说管仲是一个品学无亏的仁者。

太史公于《管晏列传》之篇末，另有一解，他说："管仲世所谓贤臣，然孔子小之。岂以为周道衰微，桓公既贤，而不勉之至王，乃称霸哉？"不辅弼桓公为帝为王，而乃以称霸为终极之目的，孔子之所以小管仲者盖在于此。这是司马迁的臆测，孔子未必有这种想法，看孔子对管仲的事功之极口称赞，便可知孔子必无是想。据《论语》所载，孔子小管仲，只是批评他的俭与礼方面的缺乏。司马光在《训俭示康》文中所涉及的管仲一事，显然与司马迁的解释毫不相干。孔子鄙薄管仲之为人，并不抹杀其事功，月旦人物不是正应如此吗？

# 山

最近有幸,连读两本出色的新诗。一是夏菁的《山》,一是楚戈的《散步的山峦》。两位都是爱山的诗人。诗人哪有不爱山的?可是这两位诗人对于山有不寻常的体会、了解,与感情。使我这久居城市樊笼的人,读了为之神往。

夏菁是森林学家,游遍天下,到处造林。他为了职业关系,也非经常上山不可。我曾陪他游过阿里山,在传说闹鬼的宾馆里住了一晚,杀鸡煮酒,看树面山(当然没有遇见鬼,不过夜月皎洁,玻璃窗上不住的有剥啄声,造成近似"咆哮山庄"的气氛,实乃一只巨大的扑灯蛾在扑通着想要进屋取暖)。夏菁是极好的游伴,他不对我讲解森林学,我们只是看树看山,有说有笑,不及其他。他在后记里说:"我的工作和生活离不开山,而爬山最能表达一种追求的恒心及热诚。然而,山是寂寞的象征,诗是寂寞的,我是寂寞的:

> 有一些空虚
> 就想到山,或是什么不如意。
> 山,你的名字是寂寞,
> 我在寂寞时念你。

普通人在寂寞时想找伴侣,寻热闹。夏菁寂寞时想山。山最和他谈得来。其中有一点泛神论的味道,把山当做是有生命的东西。山不仅是一大堆、高高一大堆的石头,要不然怎能"相对两不厌"呢?在山里他执行他的业务,显然的他更大的享受是进入"与自然同化"的境界。

山,凝重而多姿,可是它心里藏着一团火。夏菁和山太亲密了,他也沾染上青山一般的妩媚。他的诗,虽然不像喜马拉雅山,不像落矶山那样的岑崟参差,但是每一首都自有丘壑,而且蕴藉多情。格律谨严,文字洗炼,据我看像是有英国诗人郝斯曼的风味,也有人说像佛劳斯特。有一首《每到二月十四日》,我读了好多遍,韵味无穷:

> 每到二月十四
> 我就想到情人市,
> 想到相如的私奔,
> 范仑铁诺的献花人。

每到二月十四
　　想到献一首歌词。
　　那首短短的歌词
　　十多年还没写完：
　　还没想好意思，
　　更没有谱上曲子。
　　我总觉得惭愧不安，
　　每到二月十四。
　　每到二月十四，
　　我心里澎湃不停，
　　要等我情如止水，
　　也许会把它完成。

　　原注："情人市（Loveland）在科罗拉多北部，每逢二月十四日装饰得非常动人。"我在科罗拉多州住过一年，没听说北部有情人市，那是六十多年前的事了（一九六〇年时人口尚不及万），不过没关系，光是这个地方就够引起人的遐思。凡是有情的人，哪个没有情人？情人远在天边，或是已经隔世，都是令人怅惘的事。二月十四是情人节，想到情人市与情人节，难怪诗人心中澎湃。

　　楚戈是豪放的浪漫诗人。《散步的山峦》有诗有书有画，集三绝于一卷。楚戈的位于双溪村绝顶的"延宕斋"，我不曾造访过，想来必是一个十分幽雅穷居独游的所在，在那里可以看到：

山外还有

山山山山

山外之山不是只露一个山峰

而是朝夕变换

呈现各种不同的姿容

谁知望之俨然的山也是如此多情

谢灵运《山居赋》序："古巢居穴处者曰岩栖，栋宇居山者曰山居……山居良有异乎市尘，抱疾就闲，顺从性情。"楚戈并不闲，故宫博物院钻研二十年，写出又厚又重的一大本《中国古物》，我参观他的画展时承他送我一本，我拿不动，他抱书送我到家，我很感动。如今他搜集旧作，自称是"古物出土"，有诗有画，时常是运行书之笔，写篆书之体，其恣肆不下于郑板桥。

山峦可以散步吗？出语惊人。有人以为"有点不通"，楚戈的解释是："我以为山会行走……我并不把山看成一堆死岩。"禅家形容人之开悟的三阶段：初看山是山、水是水，继而山不是山、水不是水，终乃山还是山、水还是水。是超凡入圣、超圣入凡的意思。看楚戈所写"山的变奏"，就知道他懂得禅。他不仅对山有所悟，他半生坎坷，尝尽人生滋味，所谓"烦恼即菩提"，对人生的真谛他也看破了。我读他的诗，有一种说不出的震撼。

夏菁和楚戈的诗，风味迥异，而有一点相同：他们都使用能令人看得懂的文字。他们偶然也用典，但是没有故弄玄虚的所谓象征。我想新诗若要有开展，应该循着这一条路走。

# Part 3

## 有感

人除了身之外，还有心。心不是四大和合的产品，可是我们能思维，有喜怒哀乐，好像随时可以证明心的存在是确实不虚的。偈云"心本无生因境有"，如何解释呢？这一疑问困扰了我好几年。读佛学书困难之一是其术语很多，有时含义亦不一致，故难索解。翻《汉英佛学词典》，发现"无生"可以译为 immortal，我这才自以为恍然大悟。

## 约翰逊的字典

约翰逊的英文字典刊于一七五五年,除了在规模较大的图书馆里,现在很少人有机会看见这部字典的原貌,但是这部字典有其不可磨灭的位置。我幼时在教科书里读到约翰逊致柴斯菲德伯爵书,即心仪其人,后来读了麦考莱的《约翰逊传》,得知其生平梗概,越发对他向往。

近年来我与字典编纂的工作结了不解缘,深知其中甘苦,对于约翰逊的字典遂有较为深入的了解。我从书架上取下这部一七五五年出版的字典的复制版,展开来看,原书面貌丝毫不爽,纸是黄的,墨色是暗淡的,字形是粗陋的,古色古香,但是我面对着二百多年前的外国的这位前贤的力作,不胜敬服,感慨万千。

　　约翰逊这个人，很不平凡。他的一只眼差不多瞎了，另一只患极度近视。脸上有疤，皮肤患有瘰疬。虽然经过女王触摸亦未治愈。时常口中念念有词，自言自语，有时用舌端舐着口腔上膛突然向后一抽，发出母鸡似的咯咯声，有时用舌端突然向外一吐做嘟嘟声，有时和人争论之后仰天吐一口大气如鲸鱼喷水。走路先抬左脚或右脚都有一定，走到门口一共多少步也有一定，如果错了需要回转重新走过。他头向右歪斜，身驱前后摇动，手掌不断地搓着膝头，他声若洪钟，他衣裳褴褛，他鞋底上尽是污泥，他吃起东西来狼吞虎咽，油渍可以溅到旁边客人身上。与贵妇同席，可以忽然蹲伏到桌底下偷偷地剥落一只女人鞋。他体格强健，膀大腰圆，有人说他应该以"脚行"为业，他在剧院发现他的座位被人占据而勃然大怒时把那个人连人带椅一起掷到楼下去！约翰逊就是这样的一个怪人。可是他为人正直，心地忠厚，自奉甚俭，而家里却养着一大堆闲人。他的妻比他大廿岁，肥头大耳，而伉俪情感甚笃。他读书涉猎很广，对于希腊罗马的古典文学作品寝馈尤深，谈话时口若悬河，为文亦气势磅礴。文学家以作品行世，克享大名历久弗衰，唯约翰逊异于是。他是以他的特立独行的人格彪炳千古，并不靠任何一部著作。在十八世纪下半叶，他真的是称得起"文坛盟主"。一七六四年间成立的"文学社"，那是历史上罕有的风云际会的结合，一共九个人，每星期在酒店中聚餐一次，晚七时起，夜深始散，其中包括演员加立克，画家雷诺兹，诗人小说家高尔斯密，戏剧家谢立敦，政治家柏尔克和他的传记作家鲍斯威尔，而约翰逊实为其中之灵魂。他的一生行谊，他的作品所表现出来的道德的严肃性，使得他成为一个令人敬爱的不朽的人物。他最初成名的作品便是他的字典。我们现在谈谈他的字典，仍然是颇有兴会的事。

文人自古与穷结不解之缘。约翰逊一生潦倒，一起始即沦为文丐。字典是几个出版家提议约请他编的，创议的是书贾道兹雷。在那个时代以一个人的力量编一部字典，是太不容易的事。原计划是以三年为期，事实上是七年才得竣事。鲍斯威尔记载有一位亚当博士自始就怀疑他能在三年之内完成，他提出疑问说："先生，你三年怎能完成呢？"约翰逊说："我毫无疑问三年可以完成。""但是法兰西学院有四十位院士，他们合编一部字典用掉四十年的工夫。"约翰逊的回答是："先生，确是如此。比例是如此的。让我来计算一下：四十乘四十，是一千六百，正是一个英国人对一个法国人的比例。"约翰逊是何等的自负！事实上编字典是他煮字疗饥的手段。约翰逊在26岁时结婚，生活一直狼狈，他希望能从这部字典上得到经济上的帮助。编工具书是吃力不讨好的工作，好人不愿意做，坏人做不好。约翰逊若非不得已，不会接受这样的工作。他的字典于一七五五年四月十五日出版，他的老妻于三年前逝世，他认为最大的悲哀之一便是他的老妻贫苦多年未及亲见字典出版分享他的荣誉。书贾给他的报酬是一千五百基尼，合一千五百七十五镑，雇用助手抄写费用均需从这笔款项中支出，约翰逊的"三年期限"估计错误，拖延到七年之久，其间陆续动用稿酬贴补家用，到了字典出版之时实际已多支了一百余镑之数，翌年且有两度因债被捕入狱，字典给他的经济帮助究有多大可想而知。这真是文人的可怜的遭遇。

约翰逊的字典不是英文的第一部字典，但是在规模上、在分量上、在实质上不愧为第一部重要的字典。最早的英文字典当推一六二三年考克拉姆的字典，虽然在一六二三年以前不是没有性质近于字典的辞书。约翰逊的字典里收的单字大多数是采自前人的字典，但其余的部分都是他自己从各项书籍里检出来的。他的书架上约有上千种的书，供他检寻单字。他要从各个作家的书里找出每个字的重要用法的例句。他主要参考了三本字典：

（一）倍来的英文字典（一七二一年本）

（二）安斯渥兹的拉丁字典（一七三六年本）

（三）菲利浦斯的英文字典（一六五八年本）

他所参考的书籍，从而摘取例句的书籍，都是复辟时代（一六六〇年）以前的作品。他用黑铅笔在借来的字典上及其他书籍上画了记号，然后由缮写员誊录。誊录时在每个单字下面预留空白，由约翰逊填写定义。他共雇用了六名缮写人，其中五人是苏格兰人，都是穷寒之士，后来得约翰逊之恩惠不少。

这部字典的正式标题是："英文字典：所收单字均溯及字源，并从优秀作家采取不同意义之例句。卷首弁以英国文字史及英文文法各一文。"从这标题亦可推测出这部字典的性质。共两册，对折本，定价九十先令，于一七五五年四月十五日在伦敦出版。英国博物院现藏有三部。以后重版多次，第四版（一七七三年）曾经修正，第八版（一七九九年四开本二册）及第九版（一八〇五年八开本四册）亦有改正。但以最后的第十版为最佳，一八一〇年出版，四开本二册。一八一八年陶德之改编本出版，内容颇有增益，较原作多出数千字。以后续有删节本、续编本、翻译本、改编本出现，不胜枚举。原本字典，序占十页，英国文字史占二十七页，英文法占十三页。

这部字典在当时可以说是搜罗宏富，定义精审。以著《英国文明史》闻名的巴克尔曾读这部字典以求多识字；诗人勃朗宁也曾熟读这部字典。读字典是不足为训的读书方法，在从前或许不失为一种方法。卡莱尔在《英雄与英雄崇拜》里说："假如约翰逊的作品只留下一部字典，我们也可看出他是一个智力伟大而又实事求是的人。试看他的定义的清晰，内容的坚实、诚恳、透彻，以及其成功的方法，这部字典便可认为是最好的一部了。"

约翰逊的最大的短处在于字源方面，因为他不是文字学家，科学的文字学研究在十八世纪还不曾出现。据鲍斯威尔的记载，约翰逊的书架上有朱尼阿斯与斯金纳的书，这两个人都是十七世纪的英国学者，写过关于字源学的书，显然约翰逊对于文字学的知识是不够的。不过此外还另有一个缺点，他时常不能抑制自己的情感与偏见，在定义上露出主观的见解，有时且流于滑稽讽刺。例如：

燕麦——在英格兰通常用以饲喂马的一种谷类，但在苏格兰供人食用。

恩俸——对不作任何等值的服务者之酬金。在英格兰通常认为是对国家雇员之背叛国家者所给付之薪水。

领恩俸者——一个国家的奴才，受雇支薪，以服从其主人者。

编字典者——编写字典的人，一个无害的文丐。

进步党——一个小派系的名字。

骸骨——马的膝盖。

"燕麦"的定义表示他对苏格兰人的厌恶，但是事实上他有好多苏格兰人的朋友，包括鲍斯威尔在内，可见约翰逊这人嘴硬心软。关于"恩俸"两条定义，在后来他自己也领取恩俸的时候（一七六二年），使他感到很尴尬。"编字典者"的定义含有无限辛酸。"进步党"是他所痛恨的，所以不惜加以那样的一条定义。"骸骨"的定义显然是错误的，有一位夫人问他何以要下这样的定义，他回答说，"无知，夫人，由于纯粹的无知。"

最后要谈到约翰逊与柴斯菲德的一段关系。在约翰逊的时代，教育尚不普及，读众因之很少，以写作为职业的人无法以出卖作品的方法得到充分的经济报酬，所以保护人制度一直继续存在。富有的贵族，是最适当的保护人，把一部分作品奉献给他，使他得到名誉，他对作家予以经济上的照拂，这可以说是在不得已的情形下之一种交易行为。约翰逊是一个贫穷而高傲的人，从来不曾有过保护人，他年轻的时候，他的鞋子破得露出了脚趾头，有人悄悄地放一双新鞋在他门前，他发现之后一脚踢开。他受不了人家的恩惠。他编这部字典，受了生意人的怂恿，把字典的"计划书"献给了柴斯菲德伯爵。柴斯菲德伯爵是当时政界显要，曾出使海牙，做过爱尔兰总督，并且是一个有才学的人，他最著名的著作是写给他的一个私生子的《书翰集》。约翰逊，像其他穷文人一样，奔走于柴斯菲德门下，受到他的接待，并且获得小小数目的资助，但是没有得到热烈的欢迎。哪一个贵族家庭愿意看到他们的地毯被一只脏脚给污损呢？约翰逊去拜谒伯爵的时候，门人告诉他伯爵不在家。他恼了。据近代学者研究，柴斯菲德有点冤枉，他很忙，把他疏忽了是可能的，但并无意侮辱他。字典将近出版的时候，柴斯菲德从书商道兹雷那里得到了消息，立刻写了两篇文章称赞约翰逊的勤劳，登在一七五四年十一月二十八日及十二月五日的两期《世界报》上。可能这完全是出于善意，不料竟惹起了约翰逊的愤怒，使得约翰逊于一七五五年二月七日写了给柴斯菲德那封著名的信：

伯爵大人阁下：

　　近承《世界报》社长见告，介绍拙编字典之两篇文字乃出自阁下之手笔。愚过去从无受名公巨卿垂青之经验，今遇此殊荣，诚不知如何接受，何词以谢也。

　　忆昔在轻微鼓励之下，初趋崇阶，余与世人无异，窃为阁下之风度所倾倒，不禁沾沾自喜，自以为"世界之征服者"亦不过如是矣；举世竟求之恩宠，余从此可以获得矣；但余之趋候似不受欢迎，自尊与谦逊之心均不许我继续造次。昔曾公开致书阁下，竭布衣之士所能有之一切伎俩以相奉承。余已尽余之所能为；纵微屑不足道，但任何人皆不愿见其奉承之遭人轻蔑也。

　　阁下乎，自余在尊府外室听候召见，或尝受闭门羹之滋味以来，已七年于兹矣！在此期间，余备尝艰苦，努力推进余之工作，终于将近杀青，曾无一臂之助，无一言温勉，无一笑之宠。此种遭遇非余始料所及。因余以前从无保护人也。

　　维吉尔诗中之牧羊人终于认识爱情之真面目，发现爱情乃如山居野人一般之残酷。

所谓保护人者，阁下乎，岂见人溺水做生命挣扎而无动于衷，方其抵岸乃援以手耶？今谬承关注余之艰苦工作，设能早日来到，则余受惠不浅矣。但迟迟不来，今则余已不复加以重视，无从享受；余已丧偶，无人分享；余已略有声名，不再需要。对于不曾从中受益之事不表感激，关于上天助我独力完成之事不愿世人误为得力于保护人，此种态度似不能视为狂傲无礼也。

余既已进行工作至此阶段，曾无任何学术为人眷顾，则于完成工作之际如遭受更少之眷顾，假使其为可能，余亦将不觉失望；因余已自大梦初醒，不复怀有希望，如往昔之怀抱满腔热望，自命为
　　　　　阁下之最低微最忠顺之门下士
　　　　　　　　　　约翰逊

这一篇文情并茂的文字一直被后人视为近代文人的"独立宣言"。因为这是最富有戏剧性的对于保护人制度的反抗。此后保护人制度即逐渐被社会的广大读众所代替。作家不必再看保护人的眼色，但是要看读者大众的眼色！这一封著名的信直到一七九〇年鲍斯威尔才把它正式发表，售价半基尼。

# 桑福德与墨顿

儿童读物除了具备高度趣味之外,总不免带有教育的意义,或是旨在益智,或是注重道德修养。过去的儿童读物有些特别成功的,流传至今,成为古典,其所描写必定是千古不变之人性,纵然其故事部分情节或已成明日黄花,其中议论或有不合现时潮流之处,但趣味犹存,无伤大雅。读十八世纪英国的一部小说《桑福德与墨顿的故事》(*The History of Sandford and Merton*),作者是托马斯·戴(Thomas Day),深觉一部作品之禁得起时间考验,必有其永恒之价值。

托马斯·戴是伦敦人,一七四八至一七八九年,出身牛津及中殿法学院,毕生致力于道德的与社会的改革运动。其最著名的作品便是一七八三至一七八九年出版的《桑福德与墨顿的故事》,好像是专为儿童阅读的,虽然他没有打出"儿童文学"的旗号。

英国西部有富翁墨顿者,在牙买加岛拥有巨产,雇用奴工种植甘蔗,仅有一子陶美,钟爱异常。陶美在奴仆环侍之下养成骄奢狂放的恶习,其母又溺爱不明,不使读书,任其纵心所欲。贪食致病,不肯服食药饵,亦听之。在宾客面前毫无礼貌,跳踉恣肆,有一回几被一壶沸水烫死。身体羸弱,弱不禁风。陶美六岁时返回英伦,四体不勤,读写算一概不通,而骄傲使气,无一是处。墨顿家附近有一诚实农人,姓桑福德,亦有一独子,名哈利,与陶美年相若,哈利奔驰田野,体健活泼,性情良善,特富同情心,有时泽及动物,地上昆虫亦避免践踏。乡村牧师巴娄先生特喜爱之,教以读写,提携备至。哈利养成不诳语之习惯,而且不贪食,食取果腹,饱食之后虽糖果当前亦不顾。一偶然之机会使此身世性格全然不同的两个孩子聚在一起。一日夏晨,陶美与女婢在乡间采花捕蝶为戏,丰林长草之间忽然巨蛇缠在陶美腿上,二人惊骇欲绝,不知所措。哈利适过其地,乃奋勇抓住蛇颈,掷之于数步之外,陶美得免于难。墨顿夫人等闻讯而来,对哈利·桑福德深表感激,乃邀至其家,款以饮食。哈利初入豪富之寓邸,所闻所见无不新奇,然不为之炫,以为金杯银盏不及农家牛角杯之禁得起磕碰。饭后饮酒,哈利又拒之,盖受巴娄先生之教,非渴勿饮,非饥勿食。墨顿夫妇大异之,以为哈利在巴娄教导之下深明道理,俨然哲学家之口吻,乃有送陶美亦去受教之意。哈利回家之后,以经过告知乃父,力言富室之家不及农舍之舒适。

墨顿夫人以为哈利豪爽善良，但嫌粗鲁，中下层社会之子弟究不如时髦人士家中子弟之高雅，墨顿先生的想法不同，仪表风度无关宏旨，且容易学习，真正的文质彬彬的君子应有高尚的情操、出众的勇敢，益以真诚的礼貌，于是他决定送他的陶美到巴娄先生处受教育，并且造访桑福德，请以哈利为陶美之读书伴侣，哈利之一切食宿费用由他负担。巴娄先生初则谦逊不遑，终于接受了他的请求。翌日正式教学，第一桩事是巴娄先生持铲，哈利持锄，在园圃做工。"要吃东西，就要帮助生产。"陶美也分得一畦地，而陶美说："我是绅士，不能像农夫似的做苦工。"巴娄先生也不勉强他，但是巴娄完工之后和哈利食樱桃，没有他的份，陶美哭了。等到吃晚饭的时候，也没有他的份。哈利于心不忍，把自己的食物分给他吃。

翌日，巴娄先生和哈利又上工做园艺，陶美自动要求也要一把锄。他不会使用，屡次砍了自己的腿，巴娄先生教他如何挥动锄头，不久他就会了。工作完后一起吃水果，陶美胃口大开，其快乐为生平所未有。巴娄要他读个故事给大家听，他又窘了，他不能读，只好由哈利来读。陶美因此发愤，请哈利教他读，由识字母起进展很快，不久读故事已能琅琅上口，巴娄先生亦为之欣喜不已。陶美得意忘形，自以为知识已丰，巴娄先生诫之曰："若无人帮你，你一无所知，即是现在你亦所知甚少。"

陶美非驽，学习很快。但是他对贫苦的人傲慢无礼，有一次吃了苦头。他击球落于篱外，适有衣衫褴褛的儿童经过，陶美以命令口吻令他拾捡起来。童子不理，遂生口角。陶美大怒，跃过篱笆欲饱以拳，不料下临泥沟，陷入污泥而不能自拔，赖童子援手始得出困，浑身泥染狼狈不堪。

陶美和哈利合作造一间茅舍，初则风吹壁倒，继则雨水渗漏，他们不气馁努力改善，深深打桩以固墙基，无虞风暴，屋顶倾斜使不积水，即可不至渗漏。

有一天，陶美的父亲突然来接他回家，陶美已完全变了一个新人，他哭哭啼啼地说："我过去累及父母，实在不配享有那样的爱。"桑福德先生也来了，墨顿把他拉在一旁，除了申谢之外他以数百镑的钞票作为赠礼，桑福德坚不肯受，而墨顿则坚求其收下。陶美临别时对哈利说："我不会和你离别太久的，我如有寸进皆是由于你的榜样：你教导了我，做一个有用的人比富有或华丽好得多，做一个好人要比伟大的人好得多。"

故事的梗概约略如此，其中还穿插着若干短篇故事。这部小说在当时流行很广，许多父母教导儿女："读你们的《桑福德与墨顿》去！"显然的这部小说是受卢梭的教育小说《爱弥儿》的影响，但是在自然主义的教育精神之外，又加上了道德教训，这就是英国民族性和法国民族性不同的地方。

# 《造谣学校》

好的文学作品，不分古今中外，亦不拘是否反映了多少的时代精神，总是值得我们阅读的，谢立敦的《造谣学校》（Sheridan：*The School for Scandal*）即为一例。

谢立敦是英国的戏剧作家，生于一七五一年，卒于一八一六年，原籍爱尔兰。英国有许多喜剧作家都是爱尔兰人。爱尔兰人好像是有俊俏幽默的民族性，特别宜于刻画喜剧中的人物。《造谣学校》是他的代表作，布局之紧凑，对话之幽默、俏皮、雅洁，以及主题之严肃，均无懈可击，上承复辟时代喜剧的特殊作风，下开近代喜剧如萧伯纳作品的一派作风，全属于"世态喜剧"的一个类型。

《造谣学校》主要布局是写两个性格不同的弟兄,弟弟查尔斯是一个挥霍成性的浪荡子,但是宅心忠厚禀性善良;哥哥是表面上循规蹈矩,满口仁义道德的文质彬彬的君子,实则是贪婪伪善的小人。经过几度测验,终于露出了本来面目,显示了无所逃遁的真形,其间高潮迭起,趣味横生,舞台的效果甚大。像这样的布局,在戏剧中并不稀罕,但是背景的穿插布置颇具匠心,所以能引人入胜。最能令人欣赏的不是戏中所隐含的劝世的意味。戏剧不是劝善惩恶的工具,戏剧是艺术,以世故人情为其素材,固不能不含有道德的意义,但不必有说教的任务。此剧最有趣味的地方之一应该是司尼威夫人所领导的谣言攻势。此剧命名为《造谣学校》,作者寓意所在,亦可思过半矣。

长舌妇是很普遍的一个类型,专好谈论人家的私事,嫉人有、笑人无,对于有名望有财富有幸福生活的人们,便格外地喜欢飞短流长,总要"横挑鼻子竖挑眼"地找出一点点可以訾议的事情来加以诽谤嘲笑,非如此则不快意,有时候根本是空穴来风,出于捏造。《造谣学校》一剧有很著名的一例:

> 有一晚,在庞陶太太家里聚会,话题转到在本国繁殖诺瓦斯考西亚品种羊的困难。在座的一位年轻女士说:"我知道一些实例,丽蒂夏·派泊尔小姐乃是我的亲表姐,她养了一只诺瓦斯考西亚羊,给她生了一对双胞胎。"——"什么!"丹狄赛老太婆(你知道她是耳聋的)大叫起来:"派泊尔小姐生了一对双胞胎?"这一错误使在座的人哄堂大笑。可是,第二

天早晨到处传言，数日之内全城的人都信以为真，丽蒂夏·派泊尔小姐确实生了胖胖的一男一女；不到一星期，有人能指出父亲是谁，两个婴儿寄在哪个农家养育。

谣言是这样的，有人捏造，有人传播，传播的时候添油加醋，说得活灵活现，听的人不由得不信，说派泊尔小姐生了双胞胎，这还不够耸动，一定要说明其细节才能取信于人，所以双胞胎是一男一女，生身父是谁，寄养在什么地方，都要一一说得历历如绘，不如此则不易取信于人，这是造谣艺术基本原则之一。再如一个女人的年龄永远是一项最好的谈论资料。如果一个女人驻颜有术，则不知有多少人千方百计地要揭发她的真正年龄，种种考据的方法都使用得上，不把一位风姿绰约的女人描写成一个半老徐娘则不快意。如果一个女人慷慨豪迈，则必有人附会一些捕风捉影的流言，用一些谰言套语，暗示她过去生活的糜烂。对女人最狠毒的诽谤往往是来自女人。《造谣学校》里的几位夫人、太太是此道的高手。捏造谣言的，其心可诛，传播谣言的人，其行亦同样的可鄙，而假装正经表面上代人辟谣，实际上加强诬蔑者，则尤为可哂，例如《造谣学校》中的坎德尔夫人即是。彼特爵士说："当我告诉你她们诽谤的人是我的朋友，坎德尔夫人，我希望你别为她辩护。"因为她越辩护，越加深了那诽谤的效果。

彼特爵士说："上天做证，夫人，如果他们（国会）以为戏弄他人名誉是和在花园里偷取猎物一样的严重，而通过一个'保存名誉法案'，我想很多人要因此而感谢他们。"司尼威夫人说:"啊,主啊,彼特爵士,你想剥夺我们的权利吗?"彼特爵士说:"是的,夫人;以后不准任何人糟蹋人的名誉,除了有资格的老处女和失望的寡妇。"这是讽刺。遏止谣言不能寄望于立法。我们中国有一句老话:流言止于智者。流言到了智者的耳里,即不再生存。可惜的是,智者究竟不多。

# 《大街》

《大街》是美国辛克莱·路易斯(一八八五——一九五一)的重要作品之一,刊于一九二〇年。中文译本张先信译。

厚厚的一部小说,拿在手里几乎像是一块砖头似的重,能令人从头看到尾,这就不简单。一个故事并不等于是一部小说,可是一部小说一定要有一个故事。《大街》的故事是这样的——

凯洛尔·密尔福特是美国明尼亚波利斯附近一所小型学院的毕业生。她在学校里是相当活跃的,有多方面的兴趣,有轻盈的体态,有反叛的性格,有改革家的抱负。毕业之后在芝加哥学习图书馆学。后来在一个偶然的机会里遇到了维尔·肯尼柯特,他是明尼苏达州地鼠草原的一位医师,此人性情和善,头脑冷静,但无太多的想象,比她大十二三岁。一个秀丽少女和一个富裕的未婚男子遇在一起,发生恋爱是很自然的事,那种关系是"生理和神秘的混合"。结果是他们结婚了。她当然是跟了他到地鼠草原去,去做家庭主妇,但是她并不志在做家庭主妇。他告诉她,地鼠草原需要她去做一番改革。

可惜一到了地鼠草原,凯洛尔大失所望,原来那地方是风气闭塞的穷乡僻壤,人民抱残守缺,愚蠢落后,并不欢迎改革。那条大街便是标准的丑陋的标志。"传统的故事为什么都是谎话?人们总把新娘进门形容得美好无比,认为姻缘都是十全十美。实际上完全不是那么一回事。我现在没有任何改变。而这小镇——我的天哪!我怎能住得下去,这是一座垃圾堆!"她的丈夫很满意于他的家,他说:"这是一个真正的家!"他唱起灶神歌:

> 我有一个家,
> 可以随心所欲,
> 随心所欲,
> 这是我和妻儿的窝,
> 我自己的家!

他不是不明白凯洛尔的心情,他说:"我不期望你认为地鼠草原是天堂。我也不期望你一开头就特别喜欢这个地方。但是慢慢地你会喜欢它的——在这里,自由自在;所接触的都是世界上最好的人。"

但是事实上凯洛尔所接触的净是一些庸俗而鄙陋的人。他们喜欢的是瞎嚼嘴、玩桥牌、谈汽车、打猎捕鱼。

她的家庭内最初一场风波是因钱而起,她手里没有钱,有时候很穷。"我用钱的时候必须向你恳求,每天如此!"于是他塞给她五十块钱,以后总记得按时给她钱。

在校园中她努力应付,但是究竟品类不同,难以水乳交融。有几个人比较谈得来,例如,她丈夫从前追求过的一位女教师维达·薛尔文,一位有学问的律师盖·包洛克,一位瑞典的流浪汉迈尔斯·勃尔斯泰姆。但是在凯洛尔的生活中引起轩然大波的,是新来镇上在一家裁缝店里工作的二十五岁的小伙子。他名叫埃里克·华尔柏,瑞典人,大家取笑他,说他的服装和言谈都有点女人气,称他为"伊丽莎白"。凯洛尔觉得他"光芒四射,与众不同……从他的脸上可以看到济慈、雪莱……"她径自到裁缝店去见华尔柏,谈得甚为投机,以后便常有来往,一同出去散步、划船。有一天趁医师不在家,他溜进她的院子,她引他入室、登楼、参观卧室……然后"她不禁全身瘫痪,头往后仰,两眼微闭,陷入一阵多彩多姿的迷惘"。男女之事,有太多的人喜欢做义务的传播,于是风风雨雨,她的丈夫焉能不有所闻?有一次撞见他们在野外,遂使事情到了摊牌阶段。肯尼柯特一点也不鲁莽,只要求她和他一刀两断,并且以引咎的口吻向她解释说:"你明白我的工作性质吗?我一天二十四小时,马不停蹄地在泥浆和大风雪中到处奔跑,拼命救人,不分贫富,一视同仁。你常说这个世界应该由科学家来统治,不应该让热狂的政客来统治,你难道不明白我就代表着此地所有的科学家吗?"言外之意是说,莫怪一个做医师的丈夫为工作所限制而无暇和你经常地谈情说爱。事实上,除了无暇之外,这位医师的气质也是一个问题。凯洛尔敬重他，但很难在爱的方面得满足。多少妻子因此饮恨终身而不敢表达她的衷曲！这一场风波的结果是夫妻外出旅行三个半月。凯洛尔随后离家，远赴华盛顿觅得一份工作，但是一年后对工作也不无厌倦，"觉得自己不再是一个目中无人的哲学家，只是一个已经衰老的女公务员"。她的丈夫到华盛顿来看她，对她说："我希望你回来，并不请求你回来。"最后，凯洛尔回去了，可是并不觉得自己完全失败，她于表现反抗精神之后回到地鼠草原去继续做一个贤妻良母，继续对社区活动积极参加。

　　这样的一个故事，平铺直叙，很少曲折。背景是美国中西部的一个小镇，时间是第一次世界大战前后，主要人物与情节是一对夫妻的悲欢离合。作者对于庸俗的乡镇做了深入的讽刺，对那些知识浅陋、头脑顽固、胸襟狭隘，而又自满自足的人物做了相当含蓄的攻击。我们要注意：这庸俗与阶级无关。哪一个阶层都有它的庸俗分子与庸俗见解。《大街》里的人物包括了上中下三个阶层，各有其可厌的人物画像。凯洛尔值得同情，但是肯尼柯特不仅值得同情而且值得敬重。一个家庭应该由男人做一家之主，使女人沦于奴隶地位，以烧菜洗盘断送其一生吗？一个女人应该接受传统环境所炼成的缰锁，在感情生活方面永远受着压抑，而不许越雷池一步吗？这样的问题，《大街》都提出来了，虽然不曾说出明确的答案。文学作品的目的，就是要提出问题，而不是一定要提供答案。像《大街》这样一部有名的小说，在美国现代文学中已有定评，中译本前无序言，后无跋语，我想这缘故大概即是要读者自己去体会其中的意义。最后应该一提的是译者张先信先生的译笔既忠实又流利。

## 《曾孟朴的文学旅程》

曾孟朴先生生于清同治十一年（一八七二），卒于民国二十四年（一九三五），是清末民初的一位著名的作家。他的家在江苏常熟县，是有钱的大地主家庭，从南宋以来八百年间即定居该地，拥有良田约一千亩。六岁开始读书，但不喜研习经典，喜作文学探险，广泛涉猎中国的传统文学。十八岁，秀才院试，第七名。二十岁，中举，一百零一名。二十一岁进京会试，因试卷污墨被刷。捐官为七品内阁中书。在京为官期间认识了洪钧和赛金花。二十三岁入同文馆法文班，就学八个月拂衣而去。从此不再尝试入仕清廷。研读法国文学名著，此后不断地从事翻译介绍。光绪三十年（一九〇四）联合友人创立"小说林书社",致力于小说的创作与出版,这正是林纾等人在商务印书馆大量印行小说译作的时候。翌年《孽海花》出版,署名"东亚病夫编述"。民国元年当选江苏省议员,嗣后,转入仕途,历任官产处处长,兼办淮南垦务局事宜,财政厅长,政务厅长,民国十五年结束了他的从政时期。为官十五年,两袖清风。此后乃专心致力于出版与写作,创立真美善书店于上海,修续《孽海花》,翻译法国文学。晚年因健康关系放弃文学活动,消磨岁月于灌园莳花之中。这是孟朴先生一生经历的概要,比较详尽的资料具见《曾孟朴的文学旅程》一书,李培德著,传记文学出版社印行。

关于孟朴先生有几件事特别值得我们注意。首先我们注意他的时代,光绪二十年中日战争爆发,他二十二岁,战事的惨败彻底暴露了清廷的无能与维新运动之禁不得考验,有志之士没有不感慨奋发的。孟朴先生是当时的觉悟的分子之一,在竞相学习声光化电的潮流之中,他走的是研究法国文学的路子,这显然与他的学殖和交游有关,究竟他的眼光不同凡响。文学也不失为救国之一道。他说:"不要局于一国的文学,嚣然自足,该推广而参加世界的文学!"这是何等的胸襟。

林纾是孟朴先生同时代的人,他翻译的小说在数量方面是惊人的,商务印书馆出版了一百九十三部小说,大部分是他译的。林纾的功绩不可没,但是成绩却不高明。孟朴先生对他进了两项忠告:一是劝林纾用白话;二是建议林氏对他的译品应预定标准,多加抉择。可惜林纾成见甚深,没有接纳他的意见。小说不用白话,是自寻苦恼;译书而无抉择,是浪费精神。孟朴先生所译,包括雨果作品七种,莫里哀一种,左拉两种，都是第一流的法国文学作品。在这一点上孟朴先生似应在林纾之上。

《孽海花》这部小说，据光绪三十年有关该书的广告，是这样说的："此书述赛金花一生历史，而内容包含中俄交涉、帕米尔界约事件、俄国虚无党事件、东三省事件、最近上海革命事件、东京义勇队事件、广西事件、日俄交涉事件，以至今俄国复据东三省止。又含无数掌故、学理、逸事、遗闻。精彩焕发，趣味浓深……"被称为"政治小说"。光绪三十一年该书正式出书，广告措辞大致相同："本书以名妓赛金花为主人公，纬以近三十年新旧社会之历史，如旧学时代、中日战争时代、政变时代，一切琐闻逸事，描写尽情。小说界未有之杰作也。"又被称为"历史小说"。我看称之为历史小说较为妥当。我不知道孟朴先生当初撰写小说时，对于西方历史小说这一类型有无明显的认识，但是我知道他在光绪三十三年的时候看到林纾于六个月内译成英国小说家司各特的两部小说《十字军英雄记》与《剑底鸳鸯》而感到非常欢喜，以为从此吾道不孤。司各特实乃近代西方历史小说之奠基者，他虽是苏格兰人，他的小说在欧陆上影响很大，像大仲马、雨果、托尔斯泰，都曾步武他的后尘。把历史人物与事实和虚构的角色与情节糅合在一起，乃是古已有之的一种文章技巧，但是在西方严肃的历史小说，则到了一八一四年司各特的《威弗利》才算正式形成。所谓历史小说，大概要包括下述的几个条件——

第一，作者须对所描写的过去一段历史有深入而广阔的了解。历史小说之典型的公式是描写两个矛盾冲突的文化，一个是式微的文化，一个是新兴的文化。

第二，虚构的人物与真实的人物一同在历史的环境中出现，而且同样的是那一个时代环境影响下的产物。

第三，所描写的历史与写作的时代有相当的距离，其中人物具有相当的重要性，其中事迹有相当重大的影响。

第四，也可以有例外，纯以人物描写为主，历史只是一个背景，或以冒险故事为主，以历史为纯粹的背景。

《孽海花》似乎是具备了历史小说的主要条件，只是故事发生的期间距离他写作的时候稍近一些，以至带有相当浓厚的写实的色彩，而又成为社会抗议的小说了。不管它是归于哪一类型，这部小说都是一部成功的作品，至于其中是否含有倾向于革命的色彩，那倒无关紧要。

# 《传法偈》

偶读明代高僧憨山大师文集,他屡次提到毗舍浮佛传法偈。他说当初黄山谷以书法及诗作名天下,很多人来求墨宝,他不大写他自己的诗,他最爱写的是这一首《传法偈》。偈云:

> 假借四大以为身,心本无生因境有。
> 前境若无心亦无,罪福如幻起亦灭。

黄鲁直如此推崇此偈,其中必有深意。从字面上看,好像并无什么奥秘,不外是普通的佛家说教,"但欲空诸所有,不愿实诸所无"。可是仔细钻研了几年,自以为除了一点点粗浅的了解之外也还不能无疑。

　　第一句没有什么困难，熟读《金刚般若波罗蜜经》，便可明白四大皆空的道理。人之大病在于有身，其实此身并非实有，不过是地、水、火、风四种元素的组合。《圆觉经》："我今此身四大和合，所谓毛发爪齿皮肉筋骨脑髓垢色，皆归于地；唾涕脓血涎沫津液痰泪精气大小便利，皆归于水；暖气归火；动静归风。四大各离，今者妄身，当在何处？"《菩萨璎珞经》"四大有二种，一有识，二无识。"有识即是指身内之四大，无识指身外之地水火风。人在物故之后，此身之四大和合不复存在，分别归于四大，这道理非常清楚。但是一息尚存之际，即难不有物我之分，耳之于声，目之于色，肌肤之于感触，处处皆足以提示此身乃我之所属有。若说这是"妄身"，那也只有在"四大各离"之后才能有此想法，而我们知道在"四大各离"之后，便什么想法也没有了！没有实，也没有妄！不过若说此身的存在时间有限，早晚归于四大，不能长久存在，这当然是无可否认的事实。

　　人除了身之外，还有心。心不是四大和合的产品，可是我们能思维，有喜怒哀乐，好像随时可以证明心的存在是确实不虚的。偈云"心本无生因境有"，如何解释呢？这一疑问困扰了我好几年。读佛学书困难之一是其术语很多，有时含义亦不一致，故难索解。翻《汉英佛学词典》，发现"无生"可以译为 immortal，我才自以为恍然大悟。翻译时常能帮助我们理解原文，因为译文是经过咀嚼的，可能是冲淡了的，可是容易消化吸收，"无生"二字在此应作为形容词。有生即有死，无生即无死。心原是无生无死的。佛学上所谓"无生法忍"，所谓"明心见性",我仿佛都可以明白是怎样一回事了。"因境有"三字又作何解?我们常听说,"境由心生",现在怎么又说"由境有心"呢?我想,这个"有"字大概是"无生"中的"无"字之对。immortal 又变成 mortal 了,于是遇境则七情六欲种种颠倒妄想纷然而生,此境一旦幻灭不复存在,则此心仍恢复其本来湛然寂静的状态,即所谓"时时勤拂拭,莫使染尘埃"了。《金刚经》:"一切有为法,如梦幻泡影,如露亦如电,应作如是观。"即是"罪福如幻起亦灭"的意思。

# 《饮中八仙歌》

杜工部《饮中八仙歌》，章法错落有致。吴见思《杜诗论文》："此诗一人一段，或短或长，似铭似赞，合之共为一篇，分之各成一章，诚创格也。"王嗣奭《杜臆》也有同样见解："此系创格，前无所因，后人不能学。描写八公，各极生平醉趣，而都带仙气，或两句，或三句四句，如云在晴空，卷舒自如，亦诗中之仙也。"前无所因，是真的；后人不能学，倒也未必。学尽管学，未必学得好耳。不过此诗也有几点问题在。

八仙是①四明狂客贺知章，②汝阳王琏，③左丞相李适之，④侍御史崔宗之，⑤中书舍人苏晋，⑥诗仙李白，⑦草圣张旭，⑧布衣焦遂。杜工部自己不与焉。《新唐书》说李白"与贺知章、李适之、汝阳王琎、崔宗之、苏晋、张旭、焦遂，为酒中八仙人"，是又一说。杜工部虽然也好饮酒，也被人泥饮过，并不以剧饮名，后来病起就索性停了酒杯。何况八个人和杜工部也并不全是属于同一辈分。此诗成于何年，固难确定，要之总是天宝之初。仇沧柱注："按吏，汝阳王天宝九载已薨，贺知章天宝三载，李适之天宝五载，苏晋开元二十二年，并已殁。此诗当是天宝间追忆旧事而赋之，未详何年。"所论甚是。至于范传正"李白新墓碑"所谓"在长安时，时人以公及贺监、汝阳王、崔宗之、裴周南等八人为酒中八仙"，则又是一说，无可稽考。无论八仙是怎个计算法，不能把杜工部计算进去。

八仙之中每个人酒量如何，也是一个问题。清嘉同年间施鸿保著《读杜诗说》，他说："今按此诗于汝阳则言三斗，于李白则言一斗，于焦遂则言五斗。即李适之言'日费万钱'，据《老学庵笔记》等书，言唐时酒价每斗三百钱，故公有'速来相就饮一斗，恰有三百青铜钱'之句。此云万钱，则日饮且三石余矣，虽不定是此数，然亦当以斗计也。独于张旭但言三杯，杯即有大小，要不可与斗较，岂旭好饮而量非大户耶？然与汝阳等并称饮仙，不应相悬若此，或杯字有误。"施鸿保所提问题不能说没有道理，唯于此我们应有数事注意。

首先，所谓饮仙乃是着眼于其醉趣。尤其是要看在他醉趣之中是否带有仙气，并非纯是计较其饮量之大小。能牛饮者未必能成仙，可能不免于伧父之讥。所谓仙气，我想大概就是借酒力之兴奋与麻醉的力量而触发灵感，然后无阻碍地发挥其天性与天才。称之为醉趣可，称之为天性与天才之表现亦可。这是我们平素不容易看到的奇迹，所以称之为仙。至若烂醉如泥，形如死猪，或使酒骂座，或呕吐狼藉，则都是酒后丑态，纵然原是海量，亦属无趣。所以饮中八仙，量不相同，正无足异。唯所谓"日费万钱"，则须知李适之是左丞相，焉能日饮三石？所谓"费"，是指用于饮酒之钱。故仇注引"黄布曰：'日费万钱，饷客之用，皆出于此。'是也。"且人之酒量本有大小之不同，故酒曰"天禄"。我拍浮酒中者，也有五十余年，所遇善饮者无数，亲自所见最善饮者三五辈也不过黄酒三五斤耳（已醉之后狂饮，可能不止此数）。文人之笔下，好事者之传说，时常夸大其词，好像真有人能"长鲸吸百川"的样子。还有，酒与酒不同，要谈酒量必先确知其为何种之酒酿。如是醇醪，则不觉易醉，如是薄酒，多饮亦无妨。饮中八仙所饮何酒，我不确知。贺知章是会稽人，可能他所饮酒是秫制，秫即糯稻，可能即是今之黄酒。八仙虽根本未在一处饮宴，但诗中皆以斗为单位，这个斗字又是一个问题。斗若作为十升解，其容积为三百十六立方寸，约合美国二点六四加仑，一斗酒是相当多，三斗五斗岂不更吓煞人？假如斗作为酒器解，虽然我们不知道这斗究有多么大，只知道其形如斗，好像这样解释就比较容易接受似的。《诗经·大雅·生民之什·行苇》："曾孙维主，酒醴维醹，酌以大斗，以祈黄耇。"可见大斗即是大杯，用以敬老。大斗不会是十升为斗的斗，老年人不可能喝下那么多的味道浓醇的酒。施鸿保的疑虑可能是多余的吧？

# 独来独往——读萧继宗《独往集》

狮子和虎，在猎食的时候，都是独来独往；狐狸和犬，则往往成群结队。性情不同，习惯各异，其间并不一定就有什么上下优劣之分。萧继宗先生的集子名曰"独往"，单是这个标题就非常引人注意。

萧先生非常谦逊，在自序里说："我老觉得一旦厕身于文学之林，便有点不尴不尬，蹩手蹩脚之感，所以我自甘永远做个'槛外人'。""我几篇杂文，可说是闭着眼睛写的。所谓闭着眼睛也者，是从没有留心外界的情形，也就是说与外界毫没干涉，只是一个人自说自话，所以叫它《独往集》。"客气尽管客气，作者的"孤介"的个性还是很明显地流露了出来。所谓"自说自话",就是不追逐时髦,不被别人牵着鼻子走,不说言不由衷的话。写文章本应如此。客气话实在也是自负话。

萧先生这二十六篇杂文,确实可以证明这集子的标题没有题错,每一篇都有作者自己的见地,不人云亦云,这样的文章在如今是并不多见的。作者有他的幽默感,也有他的正义感,这两种感交织起来,发为文章,便不免有一点恣肆,嬉怒笑骂,入木三分了。

我且举一个例,就可以概其余。集中《哆嗦》一篇,对于"喜欢掉书袋做注解的先生们"该是一个何等的讽刺。我年来喜欢读杜诗,在琉璃厂收购杜诗各种版本及评解,花了足足两年多的时间买到六十几种,(听说徐祖正先生藏有二百余种,我真不敢想象!)我随买随看,在评注方面殊少当意者。我们中国的旧式的学者,在做学问方面(至少表现在注诗方面者)于方法上大有可议之处。以仇兆鳌的详注本来说,他真是"矻矻穷年",小心谨慎地注解,然后"缮写完备,装潢成帙",进呈康熙皇帝御览的,一大堆的资料真积了不少,在数量上远超过以往各家的成绩,可是该注的不注,注也注不清楚,不该注的偏偏不嫌辞费连篇累牍刺刺不休,看起来真是难过。(不仅仇兆鳌注诗如此,其他如吴见思的《杜诗论文》,其体例是把杜诗一首首做成散文提要,也一样的是常常令人摸不着要领。)对于先贤名著,不敢随意讥弹,但是心里确是有此感想。如今读了萧继宗先生的文章,真有先获我心之感,他举出了仇兆鳌所注《曲江》一首为例,把其中的可笑处毫不留情地揭发出来,真可令人浮一大白。萧先生虽未明说,

123

这篇文章实在是对旧式学究的一篇讽刺。研究中国文学的人要跳开"辞章"的窠臼，应用新的科学的整理方法方能把"文章遗产"发扬光大起来。

萧先生在最后一篇《立言》里临了说出这么一句：

"今后想要立言，而且想传世不朽的话，只有一条大路，即是向科学方面寻出路。"这一句可以发人深省的话。

# 书评（七则）

### 一、读马译《世说新语》

　　一九四九年我来台湾，值英文《自由中国评论》月刊筹划出版，被邀参加其事，我避重就轻地担任撰拟补白文字。其实补白也不容易，寻求资料颇费周章，要短，要有趣。当时我就想到《世说新语》，"人伦之渊鉴"、"言谈之林薮"，译成英文当是补白的上好材料。于是我就选译了二三十段，读者称善，偶尔还有报刊予以转载。但是我深感译事之不易，《世说》的写作在南朝文风炽烈之时，文笔非常优美，简练而隽永，涉及的事迹起于西汉止于东晋亘三百年左右，人物达六百余人，内容之丰富可想而知。其中浅显易晓者固然不少，但文字简奥处，牵涉到史实典故处，便相当难懂。虽然刘孝标之注，世称详赡，实则仍嫌不足，其着重点在于旁征博引，贯联其他文献，并不全在于文字典实之解释。近人研究"世说"者颇不乏人，多致力于版本异文之考核，而疏于文字方面的诠释。我个人才学谫陋，在《世说》中时常遇到文字的困难，似懂非懂，把握不住。其中人名异称，名与字犹可辨识，有些别号官衔则每滋混淆。谈玄论道之语固常不易解，文字游戏之作更难移译。我译了二三十段之后即知难而退，以为《世说》全部英译殆不可能。

客岁偶于《联合报》副刊中得悉美国有《世说》全部英译本问世，既未说明译者姓名，复未列出版处，我对于所谓全译疑信参半。旅美友人陈之藩先生函告将来香港教学一年，询我有无图书要他顺便购买带来，当即以《世说》全部英译本相烦。之藩在哈佛合作社查访无着，后来他在香港中文大学图书馆看到此书，乃以其标题页影印见寄。我才知道《世说》全译，真有其事，据书的包皮纸上的记载，译者是 Richard B. Mather，美国明尼苏达大学东亚语文学系主任，生于中国河北保定，出版者即明尼苏达大学出版部，一九七六年印行。我获得了这个情报，飞函美国请我的女儿女婿代为购买，一九七八年十二月十九日以航邮寄来，作为他们送给我七十七岁生日的礼物，书价三十五元，邮费亦如之。我琐述获得此书之经过，以志访购新书之困难，以及我对《世说》一书之偏爱。一九七八年一月在《中国时报周刊》读到刘绍铭先生作《方寸已乱》一文，一部分是关于这本《世说》英译的，读后获益不浅。据刘先生告诉我们：

Mather 中文名为马瑞志。据译者在引言说，翻译此书的工作，早在一九五七年开始，二十年有成，比起曹雪芹的十年辛苦，尤有过之。加上马氏两度赴日休假，请益专家如吉川幸次郎；两度获取美国时下最令人眼红的奖金。凡此种种，都令人觉得二十年辛苦不寻常。

　　马氏所花的工作，今后厚惠中西士林当然没问题。观其注释，不烦求详可知。书末所附的参考资料，如"传略"与"释名"，长达一百八十页。所举书目，罗集周详，中英之外，还有日、法、德等语言。二十年心血，做这种绣花功夫，也是值得的。

　　问题出在翻译上。笔者与马瑞志先生有两面之缘，真忠厚长者也……

　　马先生误解的地方，老前辈陈荣捷先生已就其大者举了不少（见一九七七年五月七日的 the Asian Student）。陈先生未举出来的，笔者看到的，还有很多。但这里只选两个例子……

　　刘先生对于马氏之书做了简单的介绍。我真应该感谢他，若不是有此介绍，我还不知道马氏的中文名字。刘先生推崇这一部翻译，主要的是因为它代表了"二十年辛苦"。这本书初到我手时，沉甸甸的厚厚的一大本，七百二十六页密密麻麻的小字，确实为之心头一憟。二十年的工夫，当然其中一定会有一些空当，不过一件工作历时二十年终于完成，其专心致志锲而不舍的精神自是难能可贵。"二十年辛苦"，"二十年心血"，究竟是译者个人的私事。"中西士林"所关心的是这部翻译作品的本身。翻译了《世说》的全部，固然是值得令人喝彩的盛事，翻译是否忠实，是否流利，是否传神，才是更应注意之事。刘先生说："问题出在翻译上。"想来也是注意作品本身之意。马书是一本翻译，如果翻译上出了问题，那还了得？二十年辛苦岂不白费？陈荣捷先生所举的误解，我尚未拜读。我只看到刘先生所举的两个例子，一是关于"奇丑"，一是关于"病酒"的翻译。当然，这两处译文是有应加商榷之处。不过近五百页正文翻译之中，在字词上究有多少误解，凭一两个例子恐怕无法推论出来。一个烂苹果，不必等到整个苹果吃了下去才知道它是烂的，可是有时候瑕不掩瑜，瑜不掩瑕，似亦未可一概而论。把《世说》英译全部核校一遍，其事甚难，纵然学力可以胜任，也要三年两载才能蒇事。

翻译之事，有资格的人往往不肯做，资格差一些的人常常做不好。花二十年的工夫译一部书，一生能有几个二十年？翻译固不需要创作文学那样的灵感，但也不是振笔疾书计日课功那样的机械。翻译之书，有古有今，有难有易。遇到文字比较艰深的书，不要说翻译，看懂就很费事。译者不但要看懂文字，还要了然其所牵涉到的背景，这就是小型的考证工作，常是超出了文学的范围，进入了历史、哲学等的领域。如果有前人做过的笺注考证可资依傍，当然最好，设若文献不足，或是说法抵触，少不得自己要做一些爬梳剖析的功夫。马先生的《世说》译本，除了在翻译方面煞费苦心，在研究方面亦甚有功力。卷末所附"传略"，胪列六百二十六个《世说》所提到的人名，各附简单传记，标明其别号以及小名，对于读者便利很多。杨勇先生的《世说新语校笺》卷末亦附有"常见人名异称简表",仅包括出现两次以上者,共一百一十九人,虽附有官名便于辨识,究嫌过简。马氏之传略,固然较为完整,而略去官名及尊称,似是失策。传略之外尚有词汇,占五十一页,包括字、词、官名以及若干与佛有关之梵文名词,对于读者都很有用。这些附录,实是译者二十年工夫之明显的佐证,吾人应表甚大之敬意。

常听人说,最好的翻译是读起来不像是翻译。话是不错,不过批评翻译之优劣必须要核对原文。与原文不相刺谬而又文笔流畅,读来不像翻译,这自然是翻译的上品。若只是粗解原文大意,融会贯通一番,然后用流利的本国语言译了出来,这只能算是意译,以之译一般普通文章未尝不可,用在文艺作品的翻译上则有问题。文艺作品的价值有很大一部分在其文字运用之妙。所以译者也要字斟句酌,务求其铢两悉称,所以译者经常不免于"搔首踟蹰"。若干年前,笔者曾受委托校阅某先生译的吉本《罗马帝国衰亡史》。书是第一等好书,不但是历史名著,也是文学名著,其散文风格之美,实在是很少见的。译者也是有名于时的大家。全书卷帙浩繁,我细心校阅了前几章,实在无法再继续看下去。译文流畅,无懈可击,读起来确乎不像是翻译,可是与原文核对之下,大段大段的优美的原文都被省略了。优美的原文即是最难翻译的所在。如此避重就轻地翻译,虽然读起来不像是翻译,能说是最好的翻译吗?

《世说》不是容易译的书,都三卷三十六篇,一千二百三十四条,短者八九字,长者二百字左右。马译全文照译,绝无脱漏,是最值得钦佩处。不仅特译了正文,兼及刘孝标注,有时也添加若干自己的注解。看样子参考杨勇的《世说新语校笺》之处也不算少。马氏的译文是流畅的现代英文，以视《世说》原文之时而简洁冷隽，时而不避俚俗，其风味当然似尚有间。一切文学作品之翻译，能做到相当忠实，相当可读，即甚不易。偶有神来之笔，达出会心之处，则尤难能可贵，可遇而不可强求。我以为马氏之译，虽偶有小疵，大体无讹。翻译如含饭哺人，岂止是含饭，简直是咀嚼之后再哺人。所以我们读一些典籍有时如嚼坚果，难以下咽，但读译本反觉容易吸收。翻译多少有些冲淡作用。我个人对于《世说》颇有若干条感到费解，读了译文之后再读原文，好像是明白了许多。有些条不难理解，难于移译。例如，《捷悟》第三条曹娥碑绝妙好词，我就感到非常棘手，中文的字谜游戏，用英文如何表达？不识中国字的人，纵有再好的翻译，也无法彻底了解这一条的意义。但是马译相当好，应该为他喝彩，虽然里面也有一点可怀疑的地方。原文"齑臼，受辛也，于字为辞"马译"受辛"为 to suffer hardship，似有误。所谓辛，不是辛苦之辛，应是指辛辣之物如椒姜之类。因为臼乃是捣姜蒜辛物之类的器皿，而酢菜之细切者曰齑。故受辛如解作承受辛物，似较妥切。马氏在注二提出"辞"有辞谢之一义，转觉多事。言语篇二十六："千里莼羹，未下盐豉"一语使我困扰了很久。宋本"未下"为"末下"之误，已成定论。唐·赵璘《因话录》早就说过："千里莼羹⋯⋯未用盐与豉相调和，非也。盖末字误书为未。末下乃地名，千里亦地名。此二处产此物耳。其地今属江干。"但是后人偏偏不肯改正这一项错误。宋人黄彻《巩溪诗话》卷九："千里莼羹未下盐豉，盖言未受和耳。子美'豉化莼丝紫'，又'豉添莼菜紫'。圣俞送人秀州云'剩持盐豉煮紫莼'。鲁直'盐豉欲催莼菜熟'。"然则，前贤如杜子美梅圣俞黄鲁直辈均是以耳代目以讹传讹耶？这真是令人难以索解的事，以我个人经验，莼羹鲜美，盖以其有一股清新之气，亦不需十分煮熟，若投以豉盐则混浊不可以想象。马译并无差误，唯未有片言解释，不无遗憾。再者，莼之学名为 brasenia purpurea，平常称之为 water shield，以其生于水中而叶形似盾也，马译为 waterlily，似嫌笼统。

《任诞篇》第一条竹林七贤，《杨勇笺注》引一九四九年八月十六日新加坡文史副刊陈寅恪的话："所谓'竹林'，盖取义于内典（Lenuvena），非其地真有此竹林，而七贤游其下也。《水经注》引竹林古迹，乃后人附会之说，不足信。"杨勇先生说："陈说有见。"吾意亦云然。Lenuvena 一字，系误植，应做 Venuvana，梵文竹林之意，即竹林精舍，或竹林寺。按七贤年龄相差很多，山涛与王戎、阮咸相差几乎三十岁，阮籍与王戎、阮咸亦相差二十多岁。七人常集于竹林之下肆意酣畅，其事可疑。马译之脚注亦论及此事之是否信实，唯未提起陈寅恪之见解，不知何故。

《假谲篇》第三条刘注"操题其主者，背以徇曰：'行小斛，盗军谷'遂斩之。"标点系据杨勇先生校笺。马译为：so Tsao pointed out his mess officer, and behind his back circulated the rumor: "Using a small hu-measure, he robbed the army's treasure," whereupon he had him decapitated. 按原文标点疑有误。"题其主者，背以徇曰：行小斛，盗军谷"，疑"主者"下不宜有逗点。原文之意似是曹操在主其事者的背上标写了六个字"行小斛，盗军谷"，徇是巡行宣告，亦即是于游行示众之后斩之。这样解释不知是否。马译根据校笺的标点，似牵强。

《任诞篇》第十五条，注引竹林七贤论曰："咸既追婢，于是世议纷然：自魏末沉沦闾巷，逮晋咸宁中始登王途。"文字很明显，是说阮咸穿着孝服骑驴追婢，并载而还，大悖礼法，于是大家纷纷议论，加以指斥，因此阮咸在魏末只能混迹于市井，到了晋咸宁中才得做官。马译似是会错了意，把"世议"当作了句主，说：contemporary discussions... were hushed up and relegated to back alleys. By the middle of Hsie ning... they began again to mount the king's highways. 这显然是马先生一时大意了。

《栖逸篇》第七条："孔车骑少有嘉遁意，年四十余，始应安东命。"

马译"始应安东命"为 answered the summons of the General pacifying the East, Ss U-ma Jui（later Emperor of yuan）。按司马睿乃琅琊王，后为元帝，不闻其曾为安东大将军。附录司马睿条（页五六七）谓东安王司马繇乃其叔。东安是否为安东之误？八王之乱的时代，人物众多，头绪纷繁，令人如坠云里雾中，此其一例也。

《言语篇》第五十九条："初，荧惑入太微……"何谓荧惑，何谓太微，刘注杨笺均未加解释。马译交代得十分清楚。荧惑是火星，太微是帝座，当时火星入帝座是在三七一年十一月二十四日至十二月二十二日之间。在脚注中说明火星入帝座为凶兆，复引证若干作者的研究资料。对天文星相一窍不通的人，读之当如开茅塞。译者嘉惠学人，类此者不胜枚举。

关于固有名词如人名地方，自然以国语发音为准是比较妥当的事。马瑞志先生生于保定，于国语发音应无问题。唯亦有若干偏差，例如第五页"河津"译为Hoching，津清不分，第二九三页上虞之上字译为Shan，善上不分，像是江南人的口音。诸如此类之处甚多。

本文之作不在寻疵指瑕，无非是要赞扬此书之成就。翻阅所及，偶摅鄙见，以为商榷。全书是用打字机打的，虽然也有一些疏误之处，但是打得那么整齐匀净，实在可佩之至。

## 二、《西方的典籍》

赫琴斯（Robert M. Hutchins，1899—1977）是美国学术界的一位奇才，三十岁的时候就任芝加哥大学校长，名震一时。他不满意于当时教育界之过度偏重专门知识，而疏忽了对于传统文化之一般的了解，所以他大力提倡"自由教育"。实际上他是继承英国十九世纪后半之人文主义的正统思想，不过他具有更开明更实际的眼光。他在一九五一年编竣了一部大书，《西方的典籍》（*Great Books of the Western World*），翌年由大英百科全书出版公司出版。这一部书是他实现他的"自由教育"的工具。在他以前，《哈佛的古典丛书》（*Harvard Classics*），即俗称《五英尺书架》，也是出自同样的用意。后来居上，这一部《西方的典籍》似乎是更有实用价值。

书凡五十四卷，第一卷是导言，述编纂大意，第二卷三卷是索引性质。从第四卷起是典籍本身，包括七十四个作家，完整的作品四百四十三种（节录的作品不计）。各卷的封面装订颜色不同，黄色的是文学类，蓝色的是历史、政治、经济、法律类，绿色的是天文、物理、化学、生物、心理类，红色的是哲学、宗教类。这只是大概的分类，其中很多作品是不专属于某一类的。这一套大书包括了西方两千五百年来的文化思想的精华。编者的意思不是要复古，不是要人钻故纸堆，是要人认识传统，是要人了解过去文化思想之来龙去脉，是要人借以培养其运用思维的方法，从而建立起自己独立的思考能力。文化思想乃由于不断地累积而成，欲面对现实则必须了解过去。读古书，读典籍，是认识传统之最好的方法。这部书的范围是到一九〇〇年为止。不是说二十世纪没有伟大的著作，是我们在自己这个时代中尚难取得历史的透视作取舍衡量的标准。科学作品在这套书中占相当重的分量，可能其中资料由现代眼光看来已非新奇，但在科学思想发展过程中仍有其不可磨灭的价值。

这样大的一部书读起来如何下手？编者的计划是期望读者花十年的工夫把它读完。他所想象中的读者是大学程度的人。很可能就是大学程度的人也很少能充分读懂这些书。不过编者说，年轻人越是早接触这些典籍越好，以后他会渐渐领悟，受用无穷。五十一部典籍，如果按着次序一本一本读下去，当然很好，但是很少人有这样的长久毅力，所以编者为了便利读者，提出了一个阅读计划，特编了十本阅读指导书，每年一本，内容是若干种典籍的选录，作为十五课，注明原书的卷页起讫。以第一册为例，可以看出编者费了多少苦心在编纂上：

第一课：柏拉图的《自白》及《克利图》。

第二课：柏拉图的《共和国》卷一、卷二。

第三课：索福克勒斯的《俄狄浦斯王》及《安提戈涅》。

第四课：亚里士多德的《伦理学》卷一。

第五课：亚里士多德的《政治学》卷一。

第六课：普鲁塔克的《希腊罗马名人传》四篇。

第七课：《圣经·旧约》的《约伯记》。

第八课：圣·奥古斯丁的《忏悔录》卷一至八。

第九课：蒙田的《论文集》六篇。

第十课：莎士比亚的《哈姆雷特》。

第十一课：洛克的《政府论》之第二篇论文。

第十二课：斯威夫特的《格列佛游记》。

第十三课：吉本的《罗马帝国衰亡史》第十五、第十六章。

第十四课：美国《独立宣言》、《美国宪法》及《联邦论集》。

第十五课：马克思、恩格斯的《共产党宣言》。

这十本阅读指导是一九五九年出版的，原书说明是每年读十八篇，大概是几年之后改变了主意，每年改为十五课了。阅读指导写得非常精彩，特别是指出了古代名著与现代思想的关系，启发读者的兴趣，读了指导之后不能不进一步地去读原著。本来我们应该获取第一手的资料，直接去读原书。每一课的作品，预计两个星期可以读完，一年读十五课很从容地可以竣事，十年过后大功告成。原书每一作者均附有传记一篇，但是没有编者所撰的引论，编者绝不表示他的批评的意见，他要读者自己和作者去直接接触。十册阅读指导也是只有启发，而无教训。编者最反对的就是宣传，宣传使人盲目服从。自由教育的目的乃是教人睁开眼睛，不让别人牵着鼻子走。

从上面引述的第一册阅读指导的目录,可以看出教材分布的大概。事实上每一册都是以柏拉图开始,因为那些苏格拉底的对话集是西方文化思想最重要的开端,几乎所有的后世思想家多多少少的是为柏拉图做注脚。第一册以马克思、恩格斯《宣言》殿后,也是很有意义的安排。从第一课到第十五课,每一册均是如此,把两千五百年来的文化思想的结晶有选择地陈列在我们眼前。

如果我们不能按照阅读指导的安排去读这部大书,第二、第三两卷,实际是一部索引,西方文化的基本思想分列为一百零二项,其下又胪列为两千九百八十七个题目。读者想知道西方典籍对于某一个题目有何主张,根据索引可以手到擒来。如果编者没有把全部典籍咀嚼一遍,这两卷索引是编不出来的。

西洋名著浩如烟海,要想从中选出几十名家,可能各有所好,未必尽能一致。这一部《西方的典籍》在选择上也不一定是绝对正确。也许有遗漏,也有偏差。不过大致而论,十之八九都是不会令人有异议的。与其读所谓的"畅销书",不如读这一部典籍。

这一部是美国人为了美国人而编的,不过对于我们中国人之关心西方文化的,也有极大的帮助。我不知道我们的读者们有多少人曾经涉猎过其中多少部书。我知道,若不曾读过其中相当大部分的书,便无法深入了解西方文化。若不曾对西方文化有相当深入的认识,如何能高谈中西文化之比较?

编者指出,东方人有东方的典籍,如果也参照他的计划编出一部"东方的典籍",则对于东西文化之交流将大有贡献。中国的典籍需要我们中国人编,认真负责地编,由专家学者分担合作,有中文版有英文版,那就更好了。

### 三、《青衣·花脸·小丑》

一个人嗜好一种事物,一往情深地寝馈其中。到了入迷的地步,我就觉得他痴得可爱。例如,棋迷。其艺未必高,但是他打棋谱,覆棋局,搜求棋话,打听棋讯,看人对弈,偶然也摆上一盘,枰上岁月乐此不疲。再则就是戏迷。尤其是生长在北平的人,清末民初之际,名伶辈出,耳濡目染,几乎人人都能欣赏戏,于听戏捧场之外还要评剧说剧,久而久之遂成戏迷。

燕京散人丁秉鐩先生就是标准的戏迷之一。其近作《青衣·花脸·小丑》真是内容丰富,如数家珍,他懂得那样多的事情,记得那样多的东西,实在难能可贵。

余生也晚,没有赶上谭鑫培的时代。可是有些名角演唱,我还是听过不少。有一次义务戏,我听到老乡亲孙菊仙唱《三娘教子》,出台亮相由人搀扶,唱到某一段落他扯下髯口向台下做了简短演说,倚老卖老,大家亦不以为忤。他的唱腔,如洪钟大吕,拐弯抹角的腔调一律免除,腔短而声宏,独成一派,听来尤为过瘾。俞振庭的《金钱豹》,九阵风的《泗州城》,龚云甫的《钓金龟》,余叔岩的《打棍出箱》,刘鸿声的《斩黄袍》,德珺如的《辕门射戟》,张黑的《连环套》,王瑶卿的《悦来店》,杨小楼的《安天会》,郝寿臣的《黄一刀》等,给我深刻印象,历久不忘。听过一回好戏,便是一桩永久的喜悦。戏剧的灵魂在演员,好演员难得,三年出一个状元,三十年未必能出一个好演员。好演员的拿手戏,你听过之后,心中有了至善至美的感受,以后便觉得曾经沧海难为水了。演员的艺术难以保存遗留于后世，唱片影片亦终觉有隔，这是无可奈何的事。丁秉鐩先生和我年相若，他听过的名角演过的戏，我也大部分听过，只是我了解的程度远不如他，如今读他的大作，温故知新，获益不少。

去年我在美国，辗转获得周肇良女士翻印其先君的《几礼居戏目笺》一份，是纪念杨小楼的十张戏报子。八张是第一舞台的，两张是吉祥的。十出戏是：《水帘洞》《宏碧缘》《霸王别姬》《挂印封金》《灞桥挑袍》《山神庙》《湘江会》《铁笼山》《连环套》《长坂坡》《蟠桃会》。几礼居是周志辅先生的斋名。这位周先生是杨小楼迷。我有一位朋友邓以蛰（叔存）先生也是杨小楼迷，凡有杨戏必定去看，他有一次对我说："你看杨小楼跟着锣鼓点儿在台上拿着姿势站定，比希腊雕刻的艺术还要动人！"把戏剧与雕刻相比，我还是第一次听到。丁秉鐩先生知道杨小楼的事必多，真想听他谈谈。如今看不到杨小楼的戏，听人谈谈也是好的。

戏剧演员之能享大名，第一由于苦练，第二才是天分。从前私塾读书，讲究"念、背、打"缺一不可，学戏坐科也是离不了打。戏是打出来的。有一回我问过周正荣先生在上海戏剧学校挨过打没有，他说没有一天不挨打。最近我又问过小陆光的刘陆娴小姐挨过打没有，她说不打怎么行呀？看样子，体罚是不可避免的了。凡是艺术都有其一套规矩，通了规矩之后才可以发挥个人的长处。固不仅戏剧一道为然。凡是成功的演员都是守规矩的，好的听众也是懂规矩的，所以名伶登场，观众兴奋，一张口，一投足，满堂叫好，台上台下浑然一片满足享受之感。丁秉鐩先生这本书描写了这种情况的地方很多，我读过之后恍如再度置身于五六十年前的第一舞台、吉祥、三庆。

## 四、读《烹调原理》

从前文人雅士喜作食谱，述说其饮食方面的心得，例如，袁子才的《随园食单》、李渔的《笠翁偶集·饮馔部》便是。其文字雅洁生动，令人读之不仅馋涎欲滴，而且逸兴遄飞。饮食一端，是生活艺术中重要的项目，未可以小道视之。唯食谱之作，每着重于情趣，随缘触机，点到为止。近张起钧先生著《烹调原理》（新天地书局印行），则已突破传统食谱的作风，对烹饪一道做全盘的了解，条分缕析地做理论的说明，真所谓庖丁解牛，近于道矣！掩卷之后，联想泉涌，兹略述一二就教于方家。

着手烹饪，第一件事是"调货"，即张先生所谓"选材"。北方馆子购买材料，谓之"上调货"，调货即是材料。上调货的责任在柜上，不在灶上。灶上可以提供意见，但是主事则在柜上。如何选购，如何储存，其间很有斟酌。试举一例：螃蟹。在北平，秋高气爽，七尖八团，满街上都有吆喝卖螃蟹的声音。真正讲究吃的就要到前门外肉市正阳楼去，别看那又窄又脏的街道，这正阳楼有其独到之处。路东是雅座，账房门口有一只大缸，打开盖一看，哇，满缸的螃蟹在吐沫冒泡，只只都称得上广东话所谓"生猛"。北平不产螃蟹，这螃蟹是柜上一清早派人到东火车站，等大篓螃蟹从货车上运下来，一开篓就优先选取其中之硕大健壮的货色。螃蟹是从天津方面运来，所谓胜芳螃蟹。正阳楼何以能拔头筹，其间当然要打通关节。正阳楼不惜工本，所以有最好的调货。一九一二年的时候要卖两角以至四角一只。货运到柜上还不能立即发售，要放在缸里养上几天，不时地泼浇蛋白上去，然后才能长得肥胖结实。一个人到正阳楼，要一尖一团，持螯把酒，烤一碟羊肉，配以特制的两层薄皮的烧饼，然后叫一碗氽大甲，简直是一篇起承转合首尾照应的好文章！

第二件是刀口，一点也不错，一般家庭讲究刀法的不多，尤其是一些女佣来自乡间，经常喂猪，青菜要切得碎碎细细，要煮得稀巴烂，如今给人做饭也依样葫芦。很少人家能拿出一盘炒青菜而刀法适当的。炒芥蓝菜加蚝油，是广东馆子的拿手，但是那四五英寸长的芥蓝，无论多么嫩多么脆，一端下了咽，一端还在嘴里嚼，那滋味真不好受。切肉，更不必说，需要更大的技巧。以狮子头为例，谁没吃过狮子头？真正做好却不容易。我的同学王化成先生是扬州人，从他姑妈那儿学得了狮子头做法，我曾叨扰过他的杰作。其秘诀是：七分瘦三分肥，多切少斩，芡粉抹在手掌上，搓肉成团，过油以皮硬为度，碗底垫菜，上笼猛蒸。上桌时要撇去浮油。然后以匙取食，鲜美无比。再如烤涮羊肉切片，那是真功夫。大块的精肉，蒙上一块布，左手按着，右手操刀。要看看肉的纹路，不能顺丝切，然后一刀挨着一刀地往下切，缓急强弱之间随时有个分寸。现下所谓"蒙古烤肉"，肉是碎肉，在冰柜里结成一团，切起来不费事，摆在盘里很像个样子，可是一见热就纷纷解体成为一缕缕的肉条子，谈什么刀法？我们普通吃饺子之类，那肉馅也不简单。要剁碎，可是不能剁成泥。我看见有些厨师，挥起两把菜刀猛剁，把肥肉瘦肉以及肉皮剁成了稠稠的糨糊似的。这种馅子弄熟了之后可以有汁水，但是没有味道。讲究吃馅子的人，也是赞成多切少斩，很少人肯使用碾肉机。肉里面若是有筋头马脑，最煞风景，吃起来要吐核儿。

讲到煎炒烹炸，那就是烹饪的主体了。张先生则细分为二十五项，洋洋大观。记得齐如山先生说过我们中国最特出的烹饪法是"炒"，西方最妙的是"烤"。确乎如此。炒字没有适当的英译，有人译为 scramble-fry，那意思是连搅带炸，总算是很费一番苦心了。其实我们所谓炒，必须使用尖底锅，英译为 wok，大概是广东音译，没有尖底锅便无法炒，因为少许的油无法聚在一起，而且一翻搅则菜就落在外面去了。烤则有赖于烤箱，可以烤出很多东西，如烤鸭、烤鱼、烤通心粉、烤各种点心，以至于烤马铃薯、烤菜花。炒菜，要注意火候，在菜未下锅之前也要注意到油的温度。许多菜需要旺火旺油，北平有句俗话"毛厨子怕旺火"，能使旺油才算手艺。我在此顺便提一提所谓"爆肚"。北平摊子上的爆肚，实际上是氽。馆子里的爆肚则有三种做法：油爆、盐爆、汤爆。油爆是加芡粉、葱、蒜、香菜梗。盐爆是不加芡粉。汤爆是水氽，外带一小碗卤虾油。所谓肚，是羊肚，不是猪肚，而且要剥掉草芽子，只用那最肥最厚的白肉，名之为肚仁。北平凡是山东馆子都会做，以东兴楼、致美斋等为最擅长。有一回我离开北平好几年，真想吃爆肚，后来回去一下火车便直奔煤市街，在致美斋一口气点了油爆肚、盐爆肚、汤爆肚各一，嚼得我牙都酸了。此地所谓爆双脆，很少馆子敢做，而且用猪肚也不对劲，根本不脆。再提另一味菜，炒辣子鸡。是最普通的一道菜，但也是最考验手艺的一道菜，所谓内行菜。子鸡是小嫩鸡，最大像鸽子那样大，先要把骨头剔得干干净净，所谓"去骨"，然后油锅里爆炒，这时候要眼明手快，有时候用手翻搅都来不及，只能掂起"把儿勺"，把锅里的东西连鸡汁飞抛起来，这样才能得到最佳效果，真是神乎其技。这就叫作掌勺。在饭馆里学徒，从剥葱剥蒜起，在厨房打下手，耳濡目染，要熬个好多年才能掌勺爆肚仁、炒辣子鸡。

张先生论素菜，甚获我心。既云素菜，就不该模拟荤菜取荤菜名。有些素菜馆，门口立着观音像，香烟缭绕，还真有食客在那里膜拜，而端上菜来居然是几可乱真的炒鳝糊、松鼠鱼、红烧鱼翅。座上客包括高僧大德在内。这是何等的讽刺？我永不能忘的是大陆和台湾的几个禅寺所开出的清斋，真是果蓏素食，本味本色。烧冬菇就是烧冬菇，焖笋就是焖笋。在这里附带提出一个问题：味精。这东西是谁发明的我不知道，最初是由日本输入，名味之素，现在大规模自制，能"清水变鸡汤"，风行全国。台湾大小餐馆几无不大量使用。做汤做菜使用它，烙饼也加味精，实在骇人听闻。美国闹过一阵子"中国餐馆并发症状"，以为这种 sodium salt 足以令人头昏肚胀，几乎要抵制中国菜。平心而论，为求方便，汤里素菜里加一点味精是可以的，唯不可滥用不可多用。我们中国馆子灶上经常备有"高汤"，就是为提味用的。高汤的制作法是用鸡肉之类切碎微火慢煮而成，不可沸滚，沸滚则汤混浊。馆子里外敬一碗高汤，应该不是味精冲的，应该是舀一勺高汤稍加稀释而成。我到熟识的馆子里去，他们时常给我一小饭碗高汤，醇厚之至，绝非味精汤所能比拟。说起汤，想起从前开封洛阳的馆子，未上菜先外敬一大碗"开口汤"，确是高汤。谁说只有西餐才是先喝汤后吃菜？我们也有开口汤之说，也是先喝汤。

我又联想到西餐里的生菜，张先生书里也提到它。他说他"第一次在一位英国人家吃地道的西餐,看见端上一碗生菜,竟是一片片不折不扣洗干净了的生的菜叶子,我心里顿然一凉,暗道:'这不是喂兔子的吗?'"在国内也有不少人忌生冷,吃西餐看见一小盆拌生菜(tossed salad),莴苣菜拌番茄、洋葱、胡萝卜、小红萝卜,浇上一勺调味汁,从冰箱里拿出来冰冷冰冷的,便不由得不倒抽一口凉气,把它推在一旁。其实这是习惯问题,生菜生吃也不错。吃炸酱面时,面码儿不也是生拌进去一些黄瓜丝、萝卜缨吗?我又想起"菜包",张先生书里也提到,他说:"菜包乃清朝王室每年初冬纪念他们祖先作战绝粮吃树叶的一种吃法。其法是用嫩的生白菜叶,用手托着包拢各种菜成一球状咬着吃,所以叫菜包。"我要稍作补充。白菜叶子要不大不小。取多半碗热饭拌以刚炒好的麻豆腐,麻豆腐是发酵过的绿豆渣,有点酸。然后再和以小肚丁,小肚是膀胱灌粉及肉末所制成,其中加松子,味很特别,酱肘子铺有得卖。再加摊鸡蛋也切成丁。这是标准的材料,不能改变。菜叶子上面还别忘了抹上蒜泥酱。把饭菜酌量倒在菜叶子上,双手捧起,缩颈而食之,吃得一嘴一脸两手都是饭粒菜屑。在台湾哪里找麻豆腐?炒豆腐松或是鸡刨豆腐也将就了。小肚不是容易买到的,用炒肉末算了。我曾以此飨客,几乎没有人不欣赏。这不是大吃生菜吗?广东馆子的炒鸽松用莴苣叶包着吃,也是具体而微地吃生菜了。

看张先生的书,令人生出联想太多了,一时也说不完。对于吃东西不感兴趣的人,趁早儿别看这本书!

### 五、读《文明的跃升》

畅销书不一定长久畅销,更不见得一定有多少价值。所以畅销书一语只能算是广告术语,要看过书的内容才能算数。

汉宝德译布罗诺斯基著《文明的跃升》(Bronowski: *The Ascent of Man*),景象出版社出版,不仅是一部畅销书,而且是值得关心人类文明的人一读的好书。译者在序里特别希望"文艺界的朋友也能抽暇读读这本书"。岂止文艺界的朋友应该读读这本书,别的什么界的朋友也应该人手一本。以我个人来说,我对人类文明的发展史所知至为有限,而且东鳞西爪也不能贯穿起来,今读此书确是获益不少。

这本书本来是英国广播公司邀请作者所做的一个电视节目,其目的是向观众报道科学的发展史。事实上所报道的不仅是科学,举凡文学哲学之重要的进展也包括了进去,而且和科学进展的情形配合起来,融为一体。所以这本书的中文译名称作"文明的跃升",实在是整个人类文明的发展史。这本书所要说明的是"人"。我想起英国十八世纪诗人蒲伯(Pope)有一句有名的诗:

> 人类最宜研究的是"人"。
> The proper study of man is Man.

自然界是外物,我们研究自然现象是必要的,但是人不可以为物役,一切研究皆应以人为指归。这便是所谓人文主义的思想。英国十九世纪后半阿诺德与赫胥黎的论辩,虽已成明日黄花,其意义仍然存在,如今我们读到《文明的跃升》这样的一本书,好像是得到了一个综合的结论似的。

前些时克拉克爵士(Clark)在电视讲《文明史》,侧重艺术的成就，我正好在国外旅居，有机会看到这杰出的电视节目的一部分。记得是一星期播讲一次，历时一小时余，其间没有惹人厌恶的广告穿插，观众可以一口气欣赏到底。图片当然是非常丰富，讲释当然是深入浅出，雅俗共赏。我很佩服英美国家肯播出这样有价值的节目，我也很艳羡他们有这样学问渊博而又组织力强的人才来制作主持这样的节目。《文明的跃升》电视节目，我没有赶上看，最近才看到这本书的纸面本，封面上说：拥有五百万观众。电视观众达五百万，在美国这数目不算大，可是像这样高级教育性质的节目有五百万人收视，却算是很难得了。

我特别感到兴趣的是书中讲到中国的地方也不少。人类文明的历史如何能没有中国？"二百万年前我们还不是人，一百万年前我们是人，因为约一百万年前有一种称之猿人或直立人的生物，散布在非洲之外，最有名的例子是在中国发现的猿人，即北京人，约四十万年前，他是最早确定使用火的生物。"在人类文明历史中，我们中国很早地就有光荣的位置。

从游牧生活改变为村居农业，是人类成长中很大的一步。游牧民族是好战的，他们常发动有组织的军事行动掠劫富裕的农村。作者举出成吉思汗，他自己不事生产，以掠夺为业，拓成横亘欧亚的一个王朝，但是他们征服一个地方之后，终于又让那被征服的生活方式所征服，成吉思汗的孙子忽必烈在中国做了皇帝，他要做的事是在上都盖宫殿定居下来——

忽必烈汗下令
在上都兴建华丽的夏宫。

In Xanadu did Kubla Khan

A stately pleasure dome decree.

柯勒律治的这两行诗的背景做如此的解释，真是新鲜极了。

铜里加锡，其合金便是青铜，又坚硬又耐久，这又是文明一大进步。这种铸冶青铜之术虽不是中国人的最早发明，但是青铜制作在中国达到最佳的效果。这就是公元前一千五百年之前的商朝文化最灿烂的一面。商代青铜器包含百分之十五的锡，这是最精确的比例，其硬度约三倍于铜。青铜器之留于今日者，其技巧之高明，与其艺术之美妙，皆令人叹为观止。除了青铜之外，炼金术也是来自中国，大约在两千年前就有炼金术的记录。本书作者还引用了一句中国的俗话"真金不怕火炼"来说明中国人对于黄金的抵抗侵蚀的能力之认识。

中古以后中国的文明可得而言者尚多，例如医药以及建筑等，可惜均未加以采用。最大的缺失是在人类社会组织方面孔子的伦理思想应该是重大的一项，而竟未提及。在本书的末章，作者对于"西方文明"表示悲观，他说："举目四顾，我无尽悲哀地突然发现，西方人竟已闻知识而丧胆，自知识退到——退到哪里？禅宗佛教……"又说："西方文明此时正受到考验。如果西方要放弃，则下一步仍有进展却不是西方的贡献了。"作者是站在西方人的立场说话。其实文明并无国界，凡是真理必然会流传到全世界，人的知识即是真理的认识，原无东方西方畛域之可言。据我看，西方文明没有没落，也不会倒退，不过所谓物质文明发展到一个阶段可能产生许多弊端，这时候需要考虑到价值观念，需要节制，东方的伦理哲学思想以及西方的历史悠久的人本主义都是匡济的妙方。在整个人类文明发展史中，我们中国已贡献了些什么，以后能贡献些什么，这是值得我们深虑长思的问题。

这本书虽然是通俗的性质，而其内容牵涉到的学问很广，作者从一九六九年七月写成大纲，最后到一九七二年十二月才完成，经过了三年多的努力，其内容之丰富可知。译成中文当然也是甚为困难之事。对自然科学与人文科学都能大体认识的通才是极难得的。汉宝德先生的翻译，虽然无英文原书在手边供我对看，我相信是能"传达原意"的。书中引用诗人的若干诗句，都很有趣味，如译文字句再加推敲，或附加注释，当更为完美。

## 六、祝《书评书目》五周年

苏文忠公《李氏山房藏书记》有这样一段："予犹及见老儒先生自言其少时欲求《史记》、《汉书》而不可得，幸而得之，皆手自书，日夜诵读，唯恐不及。近岁，市人转相摹刻诸子百家之书，日夜传万纸，学者之于书，多且易致如此，其文词学术当倍蓰于昔人。而后生科举之士皆束书不观，游谈无根。"在刻版、活字、石印、影印之术未发明之前，书是辗转抄写的，得来不易，所以一书在手，没有束之高阁的道理。如今读书比较起来太容易了，许多图书馆是公开的，不少古书珍籍都有了翻印本，外文书的影印与翻译也渐成时尚，而且还有像《书评书目》这样的定期刊物专为读书人服务。在这样的情形之下，如果不知读书，或有书不读，宁非是亏负自己？

历来劝人读书的箴言很多。孟子曰："天下之善士，斯友天下之善士，以友天下之善士为未足，又尚论古之人。颂其诗读其书，不知其人，可乎？是以论其世也，是尚友也。"读书就是尚友古人；读书可以打通时间空间的隔阂，直接与古人游，人生乐趣孰有逾于此者？

黄山谷说："人不读书，则尘俗生其间，照镜则面目可憎，对人则语言无味。"这话好像有一点玄，其实不然。人不读书，则何所事事？尘俗顿生是可以想象得到的。脸上没有书卷气，一定可憎。满脑子的名缰利锁世网尘劳，他的谈吐如何能够有味？

宋真宗《劝学文》："富家不用买良田，书中自有千钟粟；安居不用架高堂，书中自有黄金屋；娶妻莫愁无良媒，书中有女颜如玉；出门莫愁无人随，书中车马多如簇。"这不是说以书为敲门砖，因读书而青云直上享受荣华；这只是说读书自有乐趣，无关功利。

英国文学作品中直写读书乐而给我印象最深的，一是幼时英文课堂上所用的读本之一——罗斯金的演讲录《芝麻与茉莉》，刊于一八六五年。第一篇讲演告诉我们读什么，怎样读。最令我不能忘的是其中关于弥尔顿《黎西达斯》最精彩的一段之阐释。"瞎嘴"一语好生硬，经罗斯金一解释，无视于自己的职责谓之瞎，只知道吃东西的谓之嘴，可见古人落笔之有分寸，何等浓缩有致！另一篇作品是湖区诗人之一的罗伯特·骚塞所作的一首小诗，题目是《我一生是和死人一起过的》，粗译其大意如下：

> 我一生是和死人一起过的；

我举目四顾,
无论眼光落在哪里,
全是古代的伟大人物;
他们是我的知交好友,
我和他们日日聊天叙旧。

我和他们一起享福,
苦恼来时他们为我分忧;
我得到他们多少好处,
我自明白在我心头。
我的感激的泪,
常湿润了我的腮。

我心神想的全是死人,我和他们
好多年来生活在一起,
我爱他们的长处,憎他们的缺点,
分享他们的希望与恐惧。
我以谦逊的心
从他们寻求教训。

我的希望寄托在死人,不久
我也将和他们在一处,
我将和他们一起走,
走上所有未来的路;
在人间会留下一点名,

永不磨朽在尘世中。

这首诗作于一八一八年,所谓死人指图书言,与我们所谓尚友古人之说如出一辙。书,不应限于古人,今人之书也尽有可观者。"非三代两汉之书不敢观"那时代早已过去了,不过也有人相信阿诺德的"试金石学说",没经过五十年时间淘汰的书总觉得不太可靠。书评与书目不失为一个好办法,近于培根所谓的"由人代读"之说。

## 七、读《历史研究》

翻译之事甚难。所译之书有艰深者,有浅显者,其译事之难易相差不可以道里计。

翻译,和创作一样,没有一套固定的方法可资遵循。够资格的译者运用其文字之技巧,曲达原作之意,如是而已。

翻译不待宣传鼓吹,只要有人肯埋头苦干,就行。

陈晓林先生最近一声不响地译了两部大书,一部是斯宾格勒著《西方的没落》,一部是汤因比著《历史研究》,两部书都是现代史学巨著。没有充分的知识、热心、毅力,是不可能有此成绩的。

《西方的没落》一书成于一九一四年,出版于一九一八年,正是第一次世界大战的时期。大战方过,创痛巨深,尤其是欧洲经此浩劫,疮痍满目,识者皆谓西方文化根本出了问题。我记得梁任公先生在战后游欧归来,著《欧游心影录》,在序言里就提到了斯宾格勒这一本书。我当时年纪尚轻,对于这样的大事不敢妄议,不过私心以为战争之事何代无之,一部人类史不就是一部相斫书？而且一番破坏，说不定以后还会另有一副新的面貌。至于西方的没落，并不等于东方的崛起，那是更浅而易见之事。可是《西方的没落》一书，直到陈先生的中译本出来我才得一读为快。读了之后，我的幼稚的成见依然未改。

汤因比对于斯宾格勒的见解并不满意，他说："斯宾格勒虽然提出了文化诞生、茁壮、衰老与死亡的理论，却并没有为他那文化生命的四幕神秘剧提出详细的解释……我觉得斯宾格勒是颇不光彩的教条主义与定命主义的。据他的看法，文明以固定不变的一致性与固定不变的时间表兴起、发展、没落，以至崩溃，他对任何一项都没有提出解释。"于是《历史研究》这部大书便是他对历史演化过程的解释。解释尽管解释，斯宾格勒的文化生命四幕神秘剧的看法，他依然是默认了的。这一个看法并不算错。任何事物都有兴有衰，有起有伏。犹之乎我们说"天下分久必合，合久必分"，乃是放诸四海而皆准的道理。犹之乎我们预测天气变化时说："阴久必晴，晴久必阴"，也是永远立于不败的推理。历史哲学的研究者，大概无不想从文化演变之中寻求一个合情合理的模式，鉴往知来，从而揣想以后发展的趋势。历史哲学的书不容易逃出宿命论的范畴。

历史上的剧变，以及一种文化的兴亡，其原因千头万绪。有时候偶然的事件也许能引起严重的后果。十七世纪的哲学家巴斯加说："如果克利奥帕特拉的鼻梁短一些，整个地球的面貌都会变得不同。"（《玄想集》第八章第二十九节）这不是无聊的笑话。杜牧诗："东风不与周郎便，铜雀春深锁二乔。"这也不是轻佻的讽刺。所以要找出一套文化兴亡的公式，实在困难。"汤因比不承认有什么'放之四海而皆准，俟诸百世而不惑'的模式，他说：'当历史展开了它的进程时，它是不会停止下来的。'于是，在分析与综合之间，在归纳与演绎之间，在实证与灵悟之间，在考古学家的新发现与精神史家的新著作之间，汤因比一再修正与充实他的模式。"（译者序中语）汤因比既不承认有放之四海而皆准俟诸百世而不惑的模式，可是他又旁搜幽讨各大文明的资料来修正并充实他的模式，可见他还是有他的模式。凡是钻研历史哲学的，没有不追求某一种模式的。

国家兴亡与文化盛衰，其中道理如有轨迹可寻，大概不外是天灾人祸。所谓人祸，实际上是少数的领导人物所造成的。领导人物如果是明智的、强毅的、仁慈的，如果环境许可时机成熟，他便可以做出一番辉煌的事业，一人有庆，兆民赖之。如果他是思想偏颇而又残暴自私的人物，他就会因利乘便以图一逞，结果是庐舍为墟，生灵涂炭。在文化上，有人苦心孤诣地推动发扬，也有人倒行逆施信奉蒙昧主义。像这种事迹，汤因比举出的例证太多了，普及于三十七种文明。但是他独具慧眼，特别强调领导人物的品质之重要。大多数的人民是"日出而作日入而息"的那一类型，他们对于文化的支持是不可否认的，可是他们不能和那"创造的少数"相提并论，他们是沉默的、被驱使的，无论是守成还是破坏都是被动的。关于这一点，卡莱尔的英雄崇拜之说似是一套颠扑不破的理论。英雄造时势，时势造英雄，毕竟英雄难得。英雄在何时何地出现，事前谁也不知道。

汤因比对于中国文化有相当的认识与欣赏，他到过大陆，也到过台湾。中国文化是一个庞大的整合体制，有韧性，有吸收能力,所以他说:"只要这一体制能够承续不绝,则即使中国文明中,其他要素的连续性,遇到最强烈的破坏,而呈碎裂状态,中国文明仍然可以赓续下去。"我们没有理由为了这一看法而沾沾自喜。我们的文化已有悠长历史,当然我们更希望其继续发扬,不过中国文化的体制是否能承续不绝,现在似乎是在考验之中。其中若干要素,在遭受西方文化冲击之下,是否仍能屹立不动,亦有待于事实的证明。汤因比的《历史研究》应该能激起我们对中国文化前途的关心。

# 《忽必烈汗》

英国浪漫诗人柯勒律治的短诗《忽必烈汗》，是在梦中作的，是五十四行的一首残篇。据作者小序，一七九九年因健康关系隐居乡间，一日偶感不适，服下止痛药，昏然入睡，时正在座椅上读《珀切斯游记》，读到这样的一行："忽必烈汗下令在此兴建一宫殿，附有富丽的花园。于是此围墙圈起十里肥沃的土地。"熟睡三小时中竟成一诗，不下二三百行，醒后犹能全部记忆，不幸突有人来把他唤了出去，再回室中即感记忆模糊，只有八行十行尚留有深刻印象，勉强追忆，成此断片。这情形略似我国宋时潘大临所称："秋来景物，件件是佳句，恨如俗氛所蔽翳，昨日闲卧，闻搅林风雨声，欣然起，题其壁曰：'满城风雨近重阳',忽催租人至,遂败意,止此一句。"所不同者,一是客来搅了梦忆,一是客来败了诗兴,都是煞风景。柯勒律治还能写出五十多行,比一行七字幸运得多。

柯勒律治所谓止痛剂,其实是鸦片酊;鸦片加酒精,滴入水中吞服者。柯勒律治早已服用上瘾。用烟枪烟灯,一榻横陈,短笛无腔信口吹,据说是我国高度文化的发明。柯勒律治生吞鸦片,在麻醉之下做梦作诗,这情形是可以理解的。梦见忽必烈汗,是不算稀奇,柯勒律治还做过更荒唐的梦,据他笔记所载,他曾梦见月中人,"与尘世之人无异,唯用肛门吃饭嘴屙屎,他们不大接吻"。鸦片令人颠倒有如是者!浪漫派诗人喜欢出奇制胜,鸦片是有效的刺激。

这首诗不好译,因为原诗利用子音母音的重复穿插,极富音乐的效果,表现出神秘的气氛。兹译其大意如下:

　　忽必烈汗下令
　　在上都兴建华丽的夏宫;
　　就在圣河阿尔夫穿过
　　无数深不可测的地窟
　　注入昏黑大海的那地方。
　　于是十里肥沃的土地
　　用城墙城楼来圈起;
　　林园鲜美,小溪盘绕,
　　芳香的树上绽开着花朵;
　　还有森林,与丘陵同样的老。
　　拥抱着阳光照耀的片片芳草。

但是啊！那浪漫的深渊万丈，
横过一片杉木林，由绿坡上倾斜而下！
蛮荒之地！其神秘就像
一个为失去的魔鬼情人而哭号的女人
在月色朦胧之下经常出现的地方！
从这深渊，以无休止地喧嚣沸腾，
好像大地在急剧喘息一样，
一股巨泉不时地喷射出来；
在那间歇的急速迸发之际
巨石飞跃，有如跳荡的冰雹，
又如打谷的连枷之下的谷粒；
这些巨石在跳荡之间
把圣河一阵阵地掷上了地面。
圣河穿过森林、峡谷，
曲折地流了五里之遥，
然后到达那巨大的地窟，
咆哮着沉入死沉沉的大海；
在这咆哮声中忽必烈遥遥听到
祖先发出的战争预告！
夏宫的阴影
漂浮在中流波上，
那里可听到喷泉与地窟
混杂的音响。
那是罕见的巧夺天工，
有阳光而又有冰窟的夏宫！

我在梦中曾见
一位带着弦琴的女郎；
是一位阿比西尼亚的姑娘，
她敲打着她的琴弦，
歌唱着阿波拉山。
我若能把她的歌声琴韵
在我心中重唤起，
使我深深地感到欢欣，
靠了音乐的洪亮悠久的力量
我会凭空造起那座夏宫，
那座夏宫！那些地窟！
闻声的人都可亲眼看到
都要大叫，当心啦，当心啦，
他的闪亮的眼睛，他的飘飞的头发！
三次作圈围绕着他，
戒惧地把眼睛闭起，
因为他已吃了甘露，
喝了天上的香乳。

# 做人篇

# Part 1

## 修身

人，诚如波斯诗人奥玛·海亚姆所说，来不知从何处来，去不知向何处去，来时并非本愿，去时亦未征得同意，稀里糊涂的在世间逗留一段时间。在此期间内，我们是以心为形役呢？还是立德立功立言以求不朽呢？还是参究生死直超三界呢？这大主意需要自己拿。

# 钱的教育

《乌托邦》的作者告诉我们说,在理想的国里,小孩子拿金钱当作玩具,孩子们可以由性的大把地抓钱,顺手丢来丢去地玩。其用意在使孩子把金钱看成司空见惯的东西,久之便会觉得金钱这东西稀松平常,长大了之后自然也就不会过分地重视金钱,贪吝的毛病也就可以不至于犯了。这理想恐怕终归是个理想吧?小孩子没有不喜欢耍枪弄棒的,长大之后更容易培养出尚武的精神。小孩子没有不喜欢飞机模型的,长大之后很可能对航空发生很大的兴趣。所以幼习俎豆,长大便成圣贤,这种故事不能不说有几分道理。小时候在钱堆里打滚,大了便不爱钱,这道理我却不敢深信。

事实上一般小孩子所受的关于钱的教育，都是培养他对于钱的爱好。我们小时候，玩的不是钱，而常常是装钱的扑满。门口过来了一个小贩，吆喝着："小盆儿啊小罐儿啊！"往往不经我们的请求，大人就给买一个瓦制的小扑满。大人告诉我们把钱一个个的放进那个小孔里面，积着，积着，积满了之后扑的一声摔碎，便可以有笔大钱。那一笔钱做什么用？从来没有人告诉我们。以我个人而论，我拿到一个扑满之后，我却是被这个古怪的玩艺所诱惑了，觉得怪有趣的，恨不得能立刻把它填满，我憧憬着将来有一天摔碎它时的那种快乐。我手里难得有钱，钱是在父亲屋里的大木柜里锁着的，我手里的钱只有三种来源：一是过年时的压岁钱，或是客人来时给的红纸包的钱；二是自己生辰家里长辈给的钱；三是从每日点心费里积攒下来的节余。有一点儿富余的钱，便急忙投进扑满，当的一声，怪好玩儿的。起初我对于这小小的储蓄银行很感兴趣，不时的取出来摇摇，从那个小孔往里面窥看。但是不久我就恍然，我是被骗了，因为我在想买冰糖葫芦或是糯米藕的时候，才明白那扑满里的钱是无法取出来用的，那窟窿太小，倒是倒不出来，用刀子拨也拨不出来，要摔又不敢，我开始明白这不是一个玩具，这是一个强迫储蓄的陷阱。金钱这东西为什么是那样宝贵，必须如此周密地储藏起来呢？扑满并没有给我养成储蓄的美德，它反倒帮助我对于钱发生一种神秘的感觉。

　　有人主张绝对不给孩子们任何零钱，一切糖果玩具都已准备齐全，当然无从令孩子们去学习挥霍的本领。铜臭是越晚沾染人的双手越好。可是这种办法也有时效的限制，一离开家之后任何孩子都会立刻感觉到钱的重要。我小的时候，每天上学口袋里放两个铜板，到学校可以买两套烧饼油条做早点吃，我本来也没有别的欲望，但是过了两天，学校门口来了一个卖糯米藕的小贩，围了一圈的小顾客，我挤进去一看，那小贩正在一片一片地切着一橛赭中带紫的东西，像是藕，可是孔里又塞着东西，切好之后浇一小勺红糖汁和一小勺桂花，令人馋涎欲滴！我咽了一口唾沫之后退出来了。第二天仗着胆子去买一碟尝尝，却料不到起码要四个铜板才肯卖。我忍了两天没吃早点换到了一碟这个无名的美味。这是我有生以来第一次感觉到钱的用处，第一次感觉到没有钱的苦处。我相当了解了钱的神秘。

钱的用处比较容易明白，钱从什么地方来，便比较难以了解。父母的柜子里、皮包里，不断地有钱来补充。但是从哪里来的呢？有人主张用实验的方法教导孩子：不工作便没有钱。于是他们鼓励孩子们服务，按服务的多寡优劣而付给报酬。芟除庭草，一角钱；汲水浇花，一角钱；看家费，一角钱；投邮费，一角钱……这种办法有好处，可以让孩子知道钱不是白给的，是劳动换来的。但是也有流弊，"没有钱便不工作"。我看见过很多人家的孩子，不给钱便不肯写每天一页的大字，不给钱便死抱着桌腿不肯上学，不给钱便撒泼打滚不给你一刻安静的工夫去睡午觉。这样，钱的报酬的功用已经变成为贿赂的功用了！"没有钱便不工作"，这原则并不错，不过在家庭里应用起来，便抹煞了人与人之间的情分。似乎是太早地戕贼了人的性灵了。

如果把钱的教育写成一本大书，我想也不过是上下二卷，上卷是钱怎样来，下卷是钱怎样去。

钱怎样来，只能由上一辈的人做一个榜样给下一辈的人看。

示范的作用很大，孩子们无须很早的就实习。如果一个人的人生观和宇宙观都是从钱的方孔里望出去的，我相信他的孩子们一定会有一套拜金主义的心理。如果一个人用各种欺骗舞弊的方法把钱弄到家里而并不脸红，而且洋洋得意地自诩为能，甚而给孩子们也分润一点儿油水，我想这也就是很有效的一种教育，孩子长大必定也会有从政经商的全副的本领。所谓家学渊源，在这一方面也应用得上。讲到钱的去处，孩子们的意见永远不会和上一辈的相同，年轻人总觉得父母把钱系在肋骨上，每个大钱拿下来都是血淋淋的。钱永远没有足够的时候。正当的用钱的方法，是可以从小就加以训练的。有人主张，一个家庭的经济应该对孩子们公开，月底召开一次家庭会议，懂事的孩子们全都列席，家长报告账目和预算，让大家公开讨论。在这民主的形式之下，孩子们会养成一种自尊。大姐姐本来吵着买大衣，结果会自动放弃，移做弟弟妹妹买皮鞋用，大哥哥本来争着要置自行车，结果也会自动放弃，移做冬天买煤之用。这是良好习惯的养成。钱用在比较起来最需要的地方去。钱不但满足自己的物质的需要，钱还要顾及自己的内心的平安。这样的用钱的方法，值得一试。孩子们不一定永远是接受命令，他们也可以理解。

# 利用零碎时间

英国的一个政治家兼作者威廉·考贝特（William Cobbett, 1762—1835）。他写过一本书《对青年人的劝告》，其中有一段"利用零碎时间"，如下：

> 文法的学习并不需要减少办事的时间，也不需要占去必需的运动时间。平常在茶馆咖啡馆用掉的时间以及附带着的闲谈所用掉的时间——亦即一年中所浪费掉的时间——如果用在文法的学习上，便会使你在余生中成为一个精确的说话者写作者。你们不需要进学校，用不着课室，无须费用，没有任何麻烦的情形。我学习文法是在每日赚六便士当兵卒的时候，床的边

沿或岗哨铺位的边沿便是我们研习的座位，我的背包便是我的书架子，一小块木板放在腿上便是我的写字台，而这工作并没有用掉一整年的工夫。我没钱去买蜡烛油；在冬天除了火光以外我很难得在夜晚有任何照光，而那也只好等到我轮值时才有。

如果我在这种情形之下，既无父母又无朋友给我以帮助与鼓励，居然能完成这工作，那么任何年青人，无论多穷苦，无论多忙，无论多缺乏房间或方便，可有什么可借口的呢？为了买一枝笔或一张纸，我被迫放弃一部分粮食，虽然是在半饥饿的状态中。在时间上没有一刻钟可以说是属于自己的，我必须在十来个最放肆而又随便的人们之高谈阔论歌唱嘻笑吹哨吵闹当中阅读写作，而且是在他们毫无顾忌的时间里。莫要轻视我偶尔花掉的买纸笔墨水的那几文钱。那几文钱对于我是一笔大款！除了为我们上市购买食物所费之外，我们每人每星期所得不过是两便士。我再说一遍，如果我能在此种情形下完成这项工作，世界里可能有一个青年能找到借口说办不到吗？哪一位青年读了我这篇文字，若是还要说没有时间没有机会研习这学问中最重要的一项，他能不羞惭吗？

以我而论，我可以老实讲，我之所以成功，得力于严格遵守我在此讲给你们听的教条者，过于我的天赋的能力；因为天赋能力，无论多少，比较起来用处较少，纵然以严肃和克己来相辅，如果我在早年没有养成那爱惜光阴之良好习惯。我在军队获得非常快的擢升，有赖于此者胜过其他任何事物。我是"永远有备"；如果我在十点要站岗，我在九点就准备好了；从来没有任何人或任何事在等候我片刻时光。年过二十岁，从上等兵立刻升到军士长，越过了三十名中士，应该成为大家忌恨的对象；但是这早起的习惯以及严格遵守我讲给你们听的教条，确曾消灭了那些忌恨的情绪，因为每个人都觉得我所做的乃是他们所没有做的而且是他们所永不会做的。

考贝特这个人是工人之子，出身寒微，早年在美洲从军，但是他终于因苦读自修而成功，他写了不少的书，其中有一部是《英文文法》。

常有人问我："你大部分时间用在什么上面？"我回答说："我的大部分时间浪费掉了。"这并非是矫情。的确，大部分时间是未加利用，浑浑噩噩地消磨掉了，所以一事无成老大伤悲。我又常听人说，他想读一点书，苦于没有时间。我不同情他，因为一个人不管多么忙，总不至于忙得抽不出一点时间。如果每日抽出一小时读书，一年就有三百六十五小时，十年就有三千六百五十小时。积少成多，何事不可为？放翁诗有"呼童不应自生火，待饭未来还读书"之句，我曾写了张贴在壁上，鞭策自己不要浪费"待饭未来"的那一段光阴。我的子女也无意中受到影响，待饭的时间人手一卷。这就是利用零碎时间之一道。古人所谓"马上、枕上、厕上"三上之功，其立意也无非是如此。

西人有度周末之说，工商界人士一周劳瘁，到周末游憩，亦我国休休之意，无可厚非。读书人似应仍以"焚膏油以继晷，恒兀兀以穷年"为圭臬。零碎时间不可浪费，矧周末大好时光，竟杀之而后快？

# 敬 老

　　重九那一天，报纸上嚷嚷说要敬老。我记得前几年敬老还有仪式，许多七老八十的人被邀请到大会堂，于敬聆官长致词之后，各得大碗面一碗，呼噜呼噜地当众表演吃面。在某一年，其中有某一位老者，不知是临面欢忻兴奋过度，还是饥火烧肠奋不顾身，竟白眼一翻当场噎死。从此敬老之面因噎废食，改为亲民之官致送礼品。根据《礼记·曲礼》，"七十曰老"，我们这个市里七十以上的达一万七千多位，所以市长纡尊降贵亲自登门送礼致敬的则限于年在百龄以上之人瑞，所以表示殊荣。

　　重九很快地过去，报纸忙着嚷嚷别的节日，谁还能天天敬老？一年一度，适可而止。敬老之事我已淡忘，有一天里干事

169

先生亲自骑着脚踏车送来纸匣装着的饭碗一对,说明这是赠给拙荆的,不错,她今年七十,我还不够资格,我须到明年才能领受饭碗。我接过纸匣。手上并不觉得沉甸甸,知非金碗,当即放心收下。里干事先生掉头而去,我看他脚踏车上后面一大纸箱,里面至少有几十匣饭碗。

这一对饭碗,白白净净,光光溜溜,碗口好像微有起伏不平之状,碗底有英文字样,细辨之则为 Chilong China,显然是准备外销或已外销而又被退回的国货。是国货我就喜欢。碗上有两丛兰花,像郑思肖画的露根兰花——不,不是兰花,是稻谷,所谓嘉禾。碗上朱笔写着"五十九年老人节纪念,台北市长高玉树敬赠"。我把玩了一阵,实在舍不得天天捧着使用,只好放在柜橱里什袭藏之。

饭碗当然是以纯金制者为最有分量,但是瓷质饭碗也就足够成为吉祥的象征。民以食为天,人最怕的就是没有饭吃,尤其是怕老来没有饭吃。饭碗是吃饭的家伙,先有了饭碗然后才可以进一步往里面装饭。若能把两碗饭装在一只碗里,高高的,凸凸的,吃起来碰鼻头,四川人所谓的"帽儿头",那是人生最高境界。即或碗内常空,或只能装到几分满,令人吃不饱饿不死,也能给人带来一份职业清高的美誉。多少人栖栖皇皇地找饭碗,多少人蝇营狗苟地谋求饭碗,又有多少人战战兢兢地惟恐打破饭碗!

老年饱经世变,与人无争,只希望平平安安地有碗饭吃,就心满意足,所以在这时节送上饭碗一对,实在等于是善颂善祷,努力加飧饭,适合人情之至。

敬老尊贤四个字是常连用的,其实老未必皆贤,老而不死者比比皆是,贤亦未必皆老,不幸短命死矣的人亦实繁有徒,惟有老而且贤,贤而且老,才真值得受人尊敬。

这种事,大家都宁愿睁一眼闭一眼,不欲苦追求。

百龄人瑞,年年有人拜访,叩问的大率是养生之术,不及其他。可以说是纯敬老。

# 谈时间

希腊哲学家 Diogenes 经常睡在一只瓦缸里，有一天亚力山大皇帝走去看他，以皇帝的惯用的口吻问他："你对我有什么请求吗？"这位玩世不恭的哲人翻了翻白眼，答道："我请求你走开一点，不要遮住我的阳光。"

这个家喻户晓的小故事，究竟含义何在，恐怕见仁见智，各有不同的看法。我们通常总是觉得那位哲人视尊荣犹敝屣，富贵如浮云，虽然皇帝驾到，殊无异于等闲之辈，不但对他无所希冀，而且亦不必特别的假以颜色。可是约翰逊博士另有一种看法，他认为应该注意的是那阳光，阳光不是皇帝所能赐予的，所以请求他不要把他所不能赐予的夺了去。这个请求不能算奢，却是用意深刻。因此约翰逊博士由"光阴"悟到"时间"，时间也者虽然也是极为宝贵，而也是常常被人劫夺的。

"人生不满百"，大致是不错的。当然，老而不死的人，不是没有，不过期颐以上不是一般人所敢想望的。数十寒暑当中，睡眠去了很大一部分。苏东坡所谓"睡眠去其半"，稍嫌有一点夸张，大约三分之一总是有的。童蒙一段时期，说它是天真未凿也好，说它是昏昧无知也好，反正是浑浑噩噩，不知不觉；及至寿登耄耋，老悖聋瞆，甚至"佳丽当前，未能缱绻"，比死人多一口气，也没有多少生趣可言。掐头去尾，人生所余无几。就是这短暂的一生，时间亦不见得能由我们自己支配。约翰逊博士所抱怨的那些不速之客，动辄登门拜访，不管你正在怎样忙碌，他都觉得宾至如归，这种情形固然令人啼笑皆非，我觉得究竟不能算是怎样严重的"时间之贼"。他只是在我们有限的资本上抽取一点捐税而已。我们的时间之大宗的消耗，怕还是要由我们自己负责。

有人说："时间即生命。"也有人说："时间即金钱。"二说均是，因为有人根本认为金钱即生命。不过细想一下，有命斯有财，命之不存，财于何有？要钱不要命者，固然实繁有徒，但是舍财不舍命，仍然是较聪明的办法。所以《淮南子》说："圣人不贵尺之璧而重寸之阴，时难得而易失也。"我们幼时，谁没有作过"惜阴说"之类的课艺？可是谁又能趁早体会到时间之"难得而易失"？我小的时候，家里请了一位教师，书房桌上有一座钟，我和我姐姐常趁教师不注意的时候把时针往前拨快半个钟头，以便提早放学，后来被老师觉察了，他用朱笔在窗户纸上的太阳阴影划一痕记，作为放学的时刻，这才息了逃学的念头。

时光不断地在流转,任谁也不能攀住它停留片刻。"逝者如斯夫,不舍昼夜!"我们每天撕一张日历,日历越来越薄,快要撕完的时候便不免矍然以惊,惊的是又临岁晚,假使我们把几十册日历装为合订本,那便象征我们的全部的生命,我们一页一页的往下扯,该是什么样的滋味呢?"冬天一到,春天还会远吗?"可是你一共能看见几次冬尽春来呢?

不可挽住的就让它去罢!问题在,我们所能掌握的尚未逝去的时间,如何去打发它。梁任公先生最恶闻"消遣"二字,只有活得不耐烦的人才忍心去"杀时间"。他认为一个人要做的事太多,时间根本不够用,哪里还有时间可供消遣?不过打发时间的方法,亦人各不同,士各有志。乾隆皇帝下江南,看见运河上舟楫往来,熙熙攘攘,顾问左右:"他们都在忙些什么?"和珅侍卫在侧,脱口而出:"无非名利二字。"这答案相当正确,我们不可以人废言。不过三代以下唯恐其不好名,大概名利二字当中还是利的成分大些。"人为财死,鸟为食亡"。时间即金钱之说仍属不诬。诗人华兹华斯有句:

> 尘世耗用我们的时间太多了,夙兴夜寐,
> 赚钱挥霍,把我们的精力都浪费掉了。

所以有人宁可遁迹山林,享受那清风明月,"侣鱼虾而友麋鹿",过那高蹈隐逸的生活。诗人济慈宁愿长时间的守着一株花,看那花苞徐徐展瓣,以为那是人间乐事。嵇康在大树底下扬槌打铁,"浊酒一杯,弹琴一曲";刘伶"止则操卮执觚,

动则挈植提壶"，一生中无思无虑其乐陶陶。这又是一种颇不寻常的方式。最彻底的超然的例子是《传灯录》所记载的："南泉师问陆宣曰：'大夫十二时中作么生？'陆曰：'寸丝不挂！'"寸丝不挂即是了无挂碍之谓，"本来无一物，何处染尘埃？"这境界高超极了，可以说是"以天地为一朝，万期为须臾"，根本不发生什么时间问题。

　　人，诚如波斯诗人奥玛·海亚姆所说，来不知从何处来，去不知向何处去，来时并非本愿，去时亦未征得同意，稀里糊涂的在世间逗留一段时间。在此期间内，我们是以心为形役呢？还是立德立功立言以求不朽呢？还是参究生死直超三界呢？这大主意需要自己拿。

# 时间即生命

最令人怵目惊心的一件事，是看着钟表上的秒针一下一下地移动，每移动一下就是表示我们的寿命已经缩短了一部分。再看看墙上挂着的可以一张张撕下的日历，每天撕下一张就是表示我们的寿命又缩短了一天。因为时间即生命。没有人不爱惜他的生命，但很少人珍视他的时间。如果想在有生之年做一点什么事，学一点什么学问，充实自己，帮助别人，使生命有意义，不虚此生，那么就不可浪费光阴。这道理人人都懂，可是很少有人真能积极不懈地善于利用他的时间。

我自己就是浪费了很多时间的一个人。我不打麻将，我不经常听戏看电影，几年中难得一次，我不长时间看电视，通常只看半个小时,我也不串门子闲聊天。有人问我:"那么你大部分时间都做了些什么呢?"我痛自反省,我发现,除了职务上的必须及人情上所不能免的活动之外,我的时间大部分都浪费了。我应该集中精力,读我所未读过的书,我应该利用所有时间,写我所要写的东西,但是我没能这样做。我好多的时间都稀里糊涂地混过去了,"少壮不努力,老大徒伤悲。"

例如,我翻译莎士比亚,本来计划于课余之暇每年翻译两部,二十年即可完成,但是我用了三十年,主要的原因是懒。翻译之所以完成,主要是因为活得相当长久,十分惊险。翻译完成之后,虽然仍有工作计划,但体力渐衰,有力不从心之感。假使年轻的时候鞭策自己,如今当有较好或较多的表现。然而悔之晚矣。再例如,作为一个中国人,经书不可不读。我年过三十才知道读书自修的重要。我披阅,我圈点,但是恒心不足,时作时辍。五十以学易,可以无大过矣,我如今年过八十,还没有接触过易经,说来惭愧。史书也很重要。我出国留学的时候,我父亲买了一套同文石印的前四史,塞满了我的行箧的一半空间,我在外国混了几年之后又把前四史原封带回来了。直到四十年后才鼓起勇气读了"通鉴"一遍。现在我要读的书太多,深感时间有限。

无论做什么事,健康的身体是基本条件。我在学校读书的时候,有所谓"强迫运动",我踢破过几双球鞋,打断过几支球拍。因此侥幸维持下来最低限度的体力。老来打过几年太极拳,目前则以散步活动筋骨而已。寄语年轻朋友:千万要持之以恒地从事运动,这不是嬉戏,不是浪费时间。健康的身体是做人做事的真正本钱。

# 闲　暇

英国十八世纪的笛福，以《鲁滨逊漂流记》一书闻名于世，其实他写小说是在近六十岁才开始的，他以前的几十年写作差不多全是以新闻记者的身份所写的散文。最早的一本书一六九七年刊行的《设计杂谈》（*An Essay Upon Projects*）是一部逸趣横生的奇书，我现在不预备介绍此书的内容，我只要引其中的一句话："人乃是上帝所创造的最不善于谋生的动物；没有别的一种动物曾经饿死过；外界的大自然给它们预备了衣与食；内心的自然本性给它们安设了一种本能，永远会指导它们设法谋取衣食；但是人必须工作，否则就要挨饿，必须做奴役，否则就得死；他固然是有理性指导他，很少人服从理性指导而沦于这样不幸的状态；但是一个人年轻时犯了错误，以致后来颠沛困苦，没有钱，没有朋友，没有健康，他只好死于沟壑，或是死于一个更恶劣的地方——医院。"这一段话，不可以就表面字义上去了解，须知笛福是一位"反语"大师，他惯说反话。人为万物之灵，谁不知道？事实上在自然界里一大批一大批饿死的是禽兽，不是人。人要适合于理性的生活，要改善生活状态，所以才要工作。笛福本人是工作极为勤奋的人，他办刊物、写文章、做生意，从军又服官，一生忙个不停。就是在这本《设计杂谈》里，他也提出了许多高瞻远瞩的计划，像预言一般后来都一一实现了。

人辛勤困苦地工作，所为何来？夙兴夜寐，胼手胝足，如果纯是为了温饱像蚂蚁蜜蜂一样，那又何贵乎做人？想起罗马皇帝马可·奥勒留的一段话：

> 在天亮的时候，如果你懒得起床，要随时做如是想："我要起来，去做一个人的工作。"我生来就是为了做那工作的，我来到世间就是为了做那工作的，那么现在就去做那工作又有什么可怨的呢？我既是为了这工作而生的，那么我应该蜷卧在被窝里取暖吗？"被窝里较为舒适呀。"那么你是生来为了享乐的吗？简言之，我且问你，你是被动地还是主动地要有所作为？试想每一个小的生物，每一只小鸟、蚂蚁、蜘蛛、蜜蜂，它们是如何地勤于劳作，如何地克尽厥职，以组成一个有秩序的宇宙。那么你可以拒绝去做一个人的工作吗？自然命令你做的事还不赶快地去做吗？

"但是一些休息也是必要的呀。"这我不否认。但是根据自然之道,这也要有个限制,犹如饮食一般。你已经超过限制了,你已经超过足够的限量了。但是讲到工作你却不如此了;多做一点你也不肯。

这一段策励自己勉力工作的话,足以发人深省,其中"以组一个有秩序的宇宙"一语至堪玩味。使我们不能不想起古罗马的文明秩序是建立在奴隶制度之上的。有劳苦的大众在那里辛勤地劳作,解决了大家的生活问题,然后少数的上层社会人士才有闲暇去做"人的工作"。大多数人是蚂蚁、蜜蜂,少数人是人。做"人的工作"需要有闲暇。所谓闲暇,不是饱食终日无所用心之谓,是免于蚂蚁、蜜蜂般的工作之谓。养尊处优,嬉邀惰慢,那是蚂蚁、蜜蜂之不如,还能算人!靠了逢迎当道,甚至为虎作伥,而猎取一官半职或是分享一些残羹剩饭,那是帮闲或是帮凶,都不是人的工作。奥勒留推崇工作之必要,话是不错,但勤于劳作亦应有个限度,不能像蚂蚁、蜜蜂那样地工作。劳动是必须的,但劳动不应该是终极的目标。而且劳动亦不应该由一部分人负担而令另一部分人坐享其成果。

人类最高理想应该是人人能有闲暇,于必须的工作之余还能有闲暇去做人,有闲暇去做人的工作,去享受人的生活。我们应该希望人人都能属于"有闲阶层"。有闲阶层如能普及于全人类,那便不复是罪恶。人在有闲的时候才最像是一个人。手脚相当闲,头脑才能相应地忙起来。我们并不向往六朝人那样萧然若神仙的样子,我们却企盼人人都能有闲暇去发展他的智慧与才能。

# 说 俭

俭是我们中国的一项传统的美德。老子说他有三宝,其中之一就是"俭","俭故能广"。《周易·否》:"君子以俭德辟难。"《商书·太甲上》:"慎乃俭德,唯怀永图。"《墨子·辞过》:"俭节则昌,淫逸则亡。"都是说俭才能使人有远大的前途,长久的打算,安稳的生活,古训昭然,不需辞费。读书人尤其喜欢以俭约自持,纵然显达,亦不欲稍涉骄溢,极端的例如正考父为上卿,粥以糊口,公孙弘位在三公,犹为布被,历史上都传为美谈。大概读书知礼之人,富在内心,应不以处境不同而改易其操守。佛家说法,七情六欲都要斩尽杀绝,俭更不成其为问题。所以,无论从哪一种伦理学说来看,俭都是极重要的一宗美德,所谓"俭,德之共也"就是这个意思。不过,理想自理想,事实自事实,奢靡之风亦不自今日始。一千年前的司马温公在他著名的《训俭示康》一文里,对于当时的风俗奢侈即已深致不满。"走卒类士服,农夫蹑丝履",他认为是怪事。士大夫随俗而靡,他更认为可异。可见美德自美德,能实践的人大概不多。也许正因为风俗奢侈,所以这一项美德才有不时标出的必要。

在西洋,情形好像是稍有不同。柏拉图的"共和国",列举"四大美德"(Cardinal Virtues),而俭不在其内,后来罗马天主教会补列三大美德,俭亦不包括在内。当然基督教主张生活节约,这是众所熟知的。有人问Thomas Kemis(《效法基督》的作者):"你是过来人,请问和平在什么地方?"他回答说:"在贫穷、在退隐、与上帝同在。"不过这只是为修道之士说法,其境界不是一般人所能企及的。西洋哲学的主要领域是它的形而上学部分,伦理学不是主要部分,这是和我们中国传统迥异其趣的。所以,在西洋俭的观念一向是很淡薄的。

西洋近代工业发达,人民生活水准亦因之而普遍提高。物质享受方面,以美国为最。美国是个年轻的国家,得天独厚,地大物博,人口稀少,秉承了欧洲近代文明的背景,而又特富开拓创造的精神,所以人民生活特别富饶,根本没有"饥荒心理"存在。美国人只要勤,并不要俭。有一分勤劳,即有一分收获;有一分收获,即有一分享受。美国的《独立宣言》明白道出其立国的目标之一是"追求幸福",物质方面的享受当然是人生幸福中的一部分。"一箪食,一瓢饮",在我们看来是君子安贫乐道的表现,在美国人看来是落伍的理想,至少是中古的禁欲派的行径。美国人不但要尽量享受,而且要尽量设法提前享受。分期付款制度的畅行,几乎使得人人经常负上债务。

奢与俭本无明确界限,在某一时某一地并无亏于俭德之事,在另一时另一地即可构成奢侈行为。我们中国地大而物不博,人多而生产少,生活方式仍宜力持俭约。像美国人那样的生活方式,固可羡慕,但是不可立即模仿。

# 廉

贪污的事,古今中外滔滔皆是,不谈也罢。孟子所说穷不苟求的"廉士"才是难能可贵,谈起来令人齿颊留芬。

东汉杨震,暮夜有人馈送十斤黄金,送金的人说:"暮夜无人知。"杨震说:"天知、神知、我知、子知,何谓无知?"这句话万古流传,直到晚近许多姓杨的人家常榜门楣曰"四知堂杨"。清介廉洁的"关西夫子"使得他家族后代脸上有光。

汉末有一位郁林太守陆绩(唐陆龟蒙的远祖),罢官之后泛海归姑苏家乡,两袖清风,别无长物,唯一空舟,恐有覆舟之虞,乃载一巨石镇之。到了家乡,将巨石弃置城门外,日久埋没土中。直到明朝弘治年间,当地有司曳之出土,建亭覆之,题其楣曰"廉石"。一个人居官清廉,一块顽石也得到了美誉。

"银子是白的,眼珠是黑的",见钱而不眼开,谈何容易。一时心里把握不定,手痒难熬,就有堕入贪墨的泥沼之可能,这时节最好有人能拉他一把。最能使人顽廉懦立的莫过于贤妻良母。

《列女传》:田稷子相齐,受下吏货金百镒,献给母亲。母亲说:"子为相三年矣,禄未尝多若此也,岂修士大夫之费哉?安所得此?"他只好承认是得之于下。母亲告诫他说:"士修身洁行,不为苟得。竭情尽实,不行诈伪。非义之事不计于心,非理之利不入于家……不义之财非吾有也,不孝之子非吾子也。"这一番义正词严的训话把田稷子说得惭悚不已,急忙把金送还原主。按照我们现下的法律,如果是贿金,收受之后纵然送还,仍有受贿之嫌,纵然没有期约的情事,仍属有玷官箴。这种簠簋不修之事,当年是否构成罪状,固不得而知,从廉白之士看来总是秽行。我们注意的是田稷子的母亲真是识达大义,足以风世。为相三年,薪俸是有限的,焉有多金可以奉母?百镒不是小数,一镒就是二十四两,百镒就是二千四百两,一个人搬都搬不动,而田稷子的母亲不为所动。家有贤妻,则士能安贫守正,更是例不胜举,可怜的是那些室无莱妇的人,在外界的诱惑与阃内的要求两路夹击之下,就很容易失足了。

"取不伤廉"这句话易滋误解,一介不取才是最高理想。晋陶侃"少为寻阳县吏,尝监鱼梁,以一坩鲊遗母,湛氏封鲊,反书责侃曰:'尔为吏,以官物遗我,非唯不能益吾,乃以增吾忧矣'"(《晋书·陶侃母湛氏传》)。掌管鱼梁的小吏,因职务上的方便,把腌鱼装了一小瓦罐送给母亲吃,可以说是孝养之意，但是湛氏不受，送还给他，附带着还训了他一顿。别看一罐腌鱼是小事，因小可以见大。

谢承《后汉书》："巴祗为扬州刺史，与客坐暗冥之中，不燃官烛。"私人宴客，不用公家的膏火，宁可暗饮，其饮宴之资，当然不会由公家报销了。因此我想起一件事：好久好久以前，丧乱中值某夫人于途，寒暄之余愀然告曰，"恕我们现在不能邀饮，因为中外合作的机关凡有应酬均需自掏腰包。"我闻之悚然。

还有一段有关官烛的故事。宋周紫芝《竹坡诗话》中有一故事，说"李京兆诸父中有一人，极廉介，一日有家问，即令灭官烛，取私烛阅书，阅毕，命秉官烛如初。"公私分明到了这个地步，好像有一些迂阔。但是，"彼岂乐于迂阔者哉！"

不要以为志行高洁的人都是属于古代，今之古人有时亦可复见。我有一位同学供职某部，兼理该部刊物编辑，有关编务必须使用的信纸信封及邮票等放在一处，私人使用之信函邮票另置一处，公私绝对分开，虽邮票信笺之微，亦不含混，其立身行事砥砺廉隅有如是者！尝对我说，每获友人来书，率皆使公家信纸信封，心窃耻之，故虽细行不敢不勉。吾闻之肃然起敬。

# 麻 将

我的家庭守旧，绝对禁赌，根本没有麻将牌。从小不知麻将为何物。除夕到上元开赌禁，以掷骰子状元红为限，下注三十几个铜板，每次不超过一二小时。有一次我斗胆问起，麻将怎个打法。家君正色曰："打麻将吗？到八大胡同去！"吓得我再也不敢提起麻将二字。心里留下一个并不正确的印象，以为麻将与八大胡同有什么密切关联。

后来出国留学，在轮船的娱乐室内看见有几位同学做方城戏，才大开眼界，觉得那一百三十六张骨牌倒是很好玩的。有人热心指点，我也没学会。这时候麻将在美国盛行，很多美国人家里都备有一副，虽然附有说明书，一般人还是不易得其门而入。我们有一位同学在纽约居然以教人打牌为副业,电话召之即去,收入颇丰,每小时一元。但是为大家所不齿,认为他不务正业,贻士林羞。

科罗拉多大学有两位教授,姊妹俩,老处女,请我和闻一多到她们家里晚餐,饭后摆出了麻将,作为余兴。在这一方面我和一多都是属于"四窍已通其三"的人物——一窍不通,当时大窘。两位教授不能了解,中国人竟不会打麻将?当晚四个人临时参看说明书,随看随打,谁也没能规规矩矩的和下一把牌,窝窝囊囊地把一晚消磨掉了。以后再也没有成局。

麻将不过是一种游戏,玩玩有何不可?何况贤者不免。梁任公先生即是此中老手。我在清华念书的时候,就听说任公先生有一句名言:"只有读书可以忘记打牌,只有打牌可以忘记读书。"读书兴趣浓厚,可以废寝忘食,还有工夫打牌?打牌兴亦不浅,上了牌桌全神贯注,焉能想到读书?二者的诱惑力、吸引力,有多么大,可以想见。书读多了,没有什么害处,顶多变成不更事的书呆子,文弱书生。经常不断地十圈二十圈麻将打下去,那毛病可就大了。有任公先生的学问风操,可以打牌,我们没有他那样的学问风操,不得借口。

胡适之先生也偶然喜欢摸几圈。有一年在上海,饭后和潘光旦、罗隆基、饶子离和我,走到一品香开房间打牌。硬木桌上打牌,滑溜溜的,震天价响,有人认为痛快。我照例作壁上观。言明只打八圈。打到最后一圈已近尾声,局势十分紧张。胡先生坐庄。潘光旦坐对面,三副落地,吊单,显然是一副满贯的大牌。"扣他的牌,打荒算了。"胡先生摸到一张白板,地上已有两张白板。"难道他会吊孤张?"胡先生口中念念有词，犹豫不决。左右皆曰："生张不可打，否则和下来要包！"胡适先生自己的牌也是一把满贯的大牌，且早已听张，如果扣下这张白板，势必拆牌应付，于心不甘。犹豫了好一阵子，"冒一下险，试试看。"啪的一声把白板打了出去！"自古成功在尝试"，这一回却是"尝试成功自古无"了。潘光旦嘿嘿一笑，翻出底牌，吊的正是白板。胡先生包了。身上现钱不够，开了一张支票，三十几元。那时候这不算是小数目。胡先生技艺不精，没得怨。

抗战期间，后方的人，忙的是忙得不可开交，闲的是闷得发慌。不知是谁诌了四句俚词："一个中国人，闷得发慌。两个中国人，就好商量。三个中国人，做不成事。四个中国人，麻将一场。"四个人凑在一起，天造地设，不打麻将怎么办？雅舍也备有麻将，只是备不时之需。有一回有客自重庆来，第二天就回去，要求在雅舍止宿一夜。我们没有招待客人住宿的设备，颇有难色，客人建议打个通宵麻将。在三缺一的情形下，第四者若是坚不下场，大家都认为是伤天害理的事。于是我也不得不凑一角。这一夜打下来，天旋地转，我只剩得奄奄一息，誓言以后在任何情形之下，再也不肯做这种成仁取义的事。

麻将之中自有乐趣。贵在临机应变，出手迅速。同时要手挥五弦目送飞鸿，有如谈笑用兵。徐志摩就是一把好手，牌去如飞，不加思索。麻将就怕"长考"。一家长考，三家暴躁。以我所知，麻将一道要推太太小姐们最为擅长。在桌牌上我看见过真正春笋一般的玉指洗牌砌牌，灵巧无比。（美国佬的粗笨大手砌牌需要一根大尺往前一推，否则牌就摆不直！）我也曾听说某一位太太有接连三天三夜不离开牌桌的纪录。（虽然她最后崩溃以至于吃什么吐什么!)男人们要上班,就无法和女性比。我认识的女性之中有一位特别长于麻将,经常午间起床,午后二时一切准备就绪,呼朋引类,麻将开场,一直打到夜深。雍容俯仰,满室生春。技压侪辈,赢多输少。我的朋友卢冀野是个倜傥不羁的名士,他和这位太太打过多次麻将,他说:"政府于各部会之外应再添设一个'俱乐部',其中设麻将司,司长一职非这位太太莫属矣。"甘拜下风的不只是他一个人。

路过广州,耳畔常闻噼噼啪啪的牌声,而且我在路边看见一辆停着的大卡车,上面也居然摆着一张八仙桌,四个人露天酣战,行人视若无睹。餐馆里打麻将,早已通行,更无论矣。在台湾,据说麻将之风仍然很盛。有中国人的地方就有麻将,有些地方的寓公寓婆亦不能免。麻将的诱惑力太大。王尔德说过:"除了诱惑之外,我什么都能抵抗。"

我不打麻将,并不妄以为自己志行高洁。我脑筋迟钝,跟不上别人反应的速度,影响到麻将的节奏。一赶快就出差池。我缺乏机智,自己的一副牌都常照顾不来,遑论揣度别人的底细,既不知己又不知彼,如何可以应付大局?打牌本是寻乐,往往是寻烦恼,又受气又受窘,干脆不如不打。费时误事的大道理就不必说了。有人说卫生麻将又有何妨?想想看,鸦片烟有没有卫生鸦片,海洛因有没有卫生海洛因?大凡卫生麻将,结果常是有碍卫生。起初输赢小,渐渐提升。起初是朋友,渐渐成赌友,一旦成为赌友,没有交情可言。我曾看见两位朋友,都是斯文中人,为了甲扣了乙一张牌,宁可自己不和而不让乙和,事后还扬扬得意,以牌示乙,乙大怒。甲说在牌桌上损人不利己的事是可以做的，话不投机，大打出手，人仰桌翻。我又记得另外一桌，庄家连和七把，依然手顺，把另外三家气得目瞪口呆面色如土，结果是勉强终局，不欢而散。赢家固然高兴，可是输家的脸看了未必好受。有了这些经验，看了牌局我就怕，作壁上观也没兴趣。何况本来是个穷措大，"黑板上进来白板上出去"也未免太惨。

　　对于沉湎于此道中的朋友们，无论男女，我并不一概诅咒。其中至少有一部分可能是在生活上有什么隐痛，借此忘忧，如同吸食鸦片一样久而上瘾，不易戒掉。其实要戒也很容易，把牌和筹码以及牌桌一起蠲除，洗手不干便是。

# 奖　券

"人无横财不富，马无夜草不肥。"这道理谁不知道？靠了一点微薄的收入，维持一家的温饱，还要设法撙节，储备不时之需，那份为难不说也罢。可是各种形式的巧取豪夺，若是自己没有那种能耐，横财又从哪里来呢？馅饼会从天下掉下来吗？若真从天上掉下来，你敢接吗？说不定会烫手，吃不了兜着走。

有人想，也许赌博可以带来一笔小小的横财。"舍不得孩子套不着狼"，筹得一点赌资，碰碰运气，说不定就有斩获。打麻将吧，包括卫生的与不卫生的两种在内，长期地磨手指头，总会有时缔造佳绩，像清一色杠上开花什么的，还可能会令人兴奋得大叫一声而亡，或一声不响的溜到桌下。不过这种奇迹不常见。推牌九吧，一翻两瞪眼，没得说的，可是坐庄的时候若是翻出了"皇上",通吃,而且可以吃十三道的注子,这笔小财就足够折腾好几天了。常言道,久赌无赢家,因为赌资只有那么多,赌来赌去总额不会多,只有越来越少,都被头家抽头拿去了。赌博不是办法,运气不好还可能被捉将官府里去。

无已,买彩票吧。彩票,今称奖券。买奖券也是撞大运,也是赌博的一种,花少量的钱,希冀获得大奖。奖,是劝勉的意思。《左传·昭公二十二年》:"无亢不衷,以奖乱人。"买奖券的人不一定是乱人,但也绝不一定是善人。花几十块钱买彩票,何功何德,就会使老天爷(或财神爷)垂青于你?或者只能说那是靠坟地的风水,祖上的阴功。但是谁都愿试一试看,看坟地风水如何,祖上有无阴功。一试不成,再试,试之不已,也许有一天财气会逼人而来。若是始终不能邀天之幸,次次落空,则所失有限,也不必多所怨尤。

奖券既是赌的性质,赌是不合法的,难道不怕有人来抓赌?这又是过虑。奖券如公然发售,必然是合法的,究竟合的是什么法,民法、刑法、银行法,就不必问。奖券所得如果是为了拨作公益或充裕国帑,更不妨鼓励投机,投机又有何伤?从来没听说过什么人因买奖券而倾家荡产,也从来没听说过什么人因买了奖券就不务正业。

我没买过奖券,不是不想发财,是买了奖券之后,念兹在兹,神魂颠倒,一心以为大奖之将至,这一段悬宕焦急的时间不好过。若是臆想大奖到手之后,如何处分那笔横财,买房好还是置地好,左思右想的拿不定主意,更增苦痛。其实中奖的机会并不大,猫咬尿泡的结果不能免,所以奖券还是由别人去买,这笔财由别人去发,安分守己,比较妥当。人非横财不富,看着别人富,不也很好吗?

如今时尚是处处模仿西方国家,西方国家有专靠赌博维持命脉的,也有借赌博以广招徕的所谓赌城。各地人士趋之若鹜。我们尚未沦落到这个地步,我们顶多在餐馆用膳的时候,常突然闯进不速之客,有男女老少,每个都低声下气地兜售奖券。他并不强销,他和颜悦色。他不受欢迎的时候多,偶尔也有拒绝买券而又慷慨解囊的人,那就像是施舍了。

统一发票是良好制度,而且月月开奖。除了观光饭店和书店之外,很少商家不费唇舌就开发票给我。我若索取,他会应我所求,但是脸上的颜色有时就不好看。所以我不强求,但是每月也积有若干张,开奖翌日报纸上揭露出来,核对号码的时候觉得心在跳。若干年来没有得过一次奖,最起码的尾字奖也不曾轮到过我,只怪自己命小福薄。后来经高人指点,我才知道统一发票的持有人需将发票的号码剪下来贴在明信片上寄交某处,然后才有资格参加摇奖,这是在发票的下端印得明明白白,然而那两行字体特别小,怪我自己昏聩没有注意。可是统一发票带给我无数次的希望,无数次的失望,我并没有从此厌恶统一发票。相反的,统一发票帮过我一次大忙。

我和菁清到一个饭店吃自助餐,餐毕付钱,侍者送来零头和发票。我们走到出口处就被人一把揪住了,"怎么,没付账就走?"吃白食是我一辈子没想到要做的事。我没有辩白,拿出统一发票给他看。当场受窘的不是我。满脸通红的也不是我。奖券都不买,统一发票还兑什么奖?从此,发票一到手,一出商店门,便很快地把它投到应该投的地方去。

看样子,我是与奖无缘。

# Part 2

**处世** 不要以为脸和身体其他部分一样地受之父母，自己负不得责。不，在相当范围内，自己是可以负责的，大概人的脸生来都是和善的，因为从婴儿的脸看来，不必一定都是颜如握丹，但是大概都是天真无邪,令人看了喜欢的。

# 退 休

退休的制度,我们古已有之。《礼记·曲礼》:"大夫七十而致事。"致事就是致仕,言致其所掌之事于君而告老,也就是我们如今所谓的退休。礼,应该遵守,不过也有人觉得未尝不可不遵守。"礼岂为我辈设哉?"尤其是七十的人,随心所欲不逾矩,好像是大可为所欲为。普通七十的人,多少总有些昏聩,不过也有不少得天独厚的幸运儿,耄耋之年依然矍铄,犹能开会剪彩,必欲令其退休,未免有违笃念勋耆之至意。年轻的一辈,劝你们少安勿躁,棒子早晚会交出来,不要抱怨"我在,久压公等"也。

该退休而不退休。这种风气好像我们也是古已有之。白居易有一首诗《不致仕》：

> 七十而致仕，礼法有明文。何乃贪荣者，斯言如不闻？可怜八九十，齿堕双眸昏。朝露贪名利，夕阳忧子孙。挂冠顾翠緌，悬车惜朱轮。金章腰不胜，伛偻入君门。谁不爱富贵？谁不恋君恩？年高须告老，名遂合退身。少时共嗤诮，晚岁多因循。贤哉汉二疏，彼独是何人？寂寞东门路，无人继去尘！

汉朝的疏广及其兄子疏受位至太子太傅少傅，同时致仕，当时的"公卿大夫故人邑子，设祖道供张东都门外，送者车数百辆。辞决而去。道路观者皆曰：'贤哉二大夫！'或叹息为之下泣"。这就是白居易所谓的"汉二疏"。乞骸骨居然造成这样的轰动，可见这不是常见的事，常见的是"伛偻入君门"的"爱富贵"、"恋君恩"的人。白居易"无人继去尘"之叹，也说明了二疏的故事以后没有重演过。

从前读书人十载寒窗，所指望的就是有一朝能春风得意，纡青拖紫，那时节踌躇满志，纵然案牍劳形，以至于龙钟老朽，仍难免有恋栈之情，谁舍得随随便便地就挂冠悬车？真正老骥伏枥志在千里的人是少而又少的，大部分还不是舍不得放弃那五斗米，千钟禄，万石食？无官一身轻的道理是人人知道的，但是身轻之后，囊橐也跟着要轻，那就诸多不便了。何况一旦投闲置散，一呼百诺的烜赫的声势固然不可复得，甚至于进入了"出无车"的状态，变成了匹夫徒步之士，在街头巷尾低着头逡巡疾走不敢见人，那情形有多么惨。一向由庶务人员自动供应的冬季炭盆所需的白炭,四时陈设的花卉盆景,乃至于琐屑如卫生纸,不消说都要突告来源断绝,那又情何以堪?所以一个人要想致仕,不能不三思,三思之后恐怕还是一动不如一静了。

如今退休制度不限于仕宦一途,坐拥皋比的人到了粉笔屑快要塞满他的气管的时候也要引退。不一定是怕他春风风人之际忽然一口气上不来,是要他腾出位子给别人尝尝人之患的滋味。在一般人心目中,冷板凳本来没有什么可留恋的,平素吃不饱饿不死,但是申请退休的人一旦公开表明要撤绛帐,他的亲戚朋友又会一窝蜂地惶惶然、戚戚然,几乎要垂泣而道地劝告说他:"何必退休?你的头发还没有白多少,你的脊背还没有弯,你的两手也不哆嗦,你的两脚也还能走路……"言外之意好像是等到你头发全部雪白,腰弯得像是"?"一样,患上了帕金森症,走路就地擦,那时候再申请退休也还不迟。是的,是有人到了易箦之际,朋友们才急急忙忙地为他赶办退休手续,生怕公文尚在旅行而他老先生沉不住气,弄到无休可退,那就只好鼎惠恳辞了。更有一些知心的抱有远见的朋友们,会慷慨陈词:"千万不可退休,退休之后的生活是一片空虚,那时候闲居无聊,闷得发慌,终日彷徨,悒悒寡欢。"把退休后生活形容得如此凄凉,不是没有原因的,因为平素上班是以"喝喝茶,签签到,聊聊天,看看报"为主,一旦失去喝茶签到聊天看报的场所,那是会要感觉无比的枯寂的。

理想的退休生活就是真正的退休,完全摆脱赖以糊口的职务,做自己衷心所愿意做的事。有人八十岁才开始学画,也有人五十岁才开始写小说,都有惊人的成就。"狗永远不会老得到了不能学新把戏的地步。"何以人而不如狗乎？退休不一定要远离尘嚣，遁迹山林，也无须大隐藏人海，杜门谢客——一个人真正地退休之后，门前自然车马稀。如果已经退休的人而还偶然被认为有剩余价值，那就苦了。

# 脸　谱

　　我要说的脸谱不是旧剧里的所谓"整脸""碎脸""三块瓦"之类，也不是麻衣相法里所谓观人八法"威、厚、清、古、孤、薄、恶、俗"之类。我要谈的脸谱乃是每天都要映入我们眼帘的形形色色的活人的脸。旧戏脸谱和麻衣相法的脸谱，那乃是一些聪明人从无数活人脸中归纳出来的几个类型公式，都是第二手的资料，可以不管。

　　古人云"人心不同，各如其面"，那意思承认人面不同是不成问题的。我们不能不叹服人类创造者的技巧的神奇，差不多的五官七窍，但是部位配合，变化无穷，比七巧板复杂多了。对于什么事都讲究"统一""标准化"的人，看见人的脸如此复杂离奇，恐怕也无法训练改造，只好由它自然发展吧？假使每一个人的脸都像是从一个模子里翻出来的，一律的浓眉大眼，一律的虎额隆准，在排起队来检阅的时候固然甚为壮观整齐，但不便之处必定太多，那是不可想象的。

人的脸究竟是同中有异，异中有同，否则也就无所谓谱。就粗浅的经验说，人的脸大致为两种，一种是令人愉快的，一种是令人不愉快的。凡是常态的、健康的、活泼的脸，都是令人愉快的，这样的脸并不多见。令人不愉快的脸，心里有一点或很多不痛快的事，很自然地把脸拉长一尺，或是罩上一层阴霾，但是这张脸立刻形成人与人之间的隔阂，立刻把这周围的气氛变得阴沉。假如，在可能范围之内，努力把脸上的筋肉松弛一下，嘴角上挂出一个微笑，自己费力不多，而给予人的快感甚大，可以使得这人生更值得留恋一些。我永不能忘记那永长不大的孩子彼得潘，他嘴角上永远挂着一丝微笑，那是永恒的象征。一个成年人若是完全保持一张孩子脸，那也并不是理想的事，除了给"婴儿自己药片"做商标之外，也不见得有什么用处。不过赤子之天真，如在脸上还保留一点痕迹，这张脸对于人类的幸福是有贡献的。令人愉快的脸，其本身是愉快的，这与老幼妍媸无关。丑一点，黑一点，下巴长一点，鼻梁塌一点，都没有关系，只要上面漾着充沛的活力，便能辐射出神奇的光彩，不但有光，还有热，这样的脸能使满室生春，带给人们兴奋、光明、调谐、希望、欢欣。一张眉清目秀的脸，如果恹恹无生气，我们也只好当作石膏像来看待了。

我觉得那是一个很好的游戏：早起出门，留心观察眼前活动的脸，看看其中有多少类型，有几张使你看了一眼之后还想再看？

不要以为一个人只有一张脸。女人不必说，常常"上帝给她一张脸，她自己另造一张"。不涂脂粉的男人的脸，也有"卷帘"一格，外面摆着一副面孔，在适当的时候呱嗒一声如帘子一般卷起，另露出一副面孔。"杰克博士与海德先生"（Dr. Jekyll and Mr. Hyde）那不是寓言。误入仕途的人往往养成这一套本领。对下司道貌岸然，或是面部无表情，像一张白纸似的，使你无从观色，莫测高深，或是面皮绷得像一张皮鼓，脸拉得驴般长，使你在他面前觉得矮好几尺！但是他一旦见到上司，驴脸得立刻缩短，再往瘪里一缩，马上变成柿饼脸，堆下笑容，直线条全变成曲线条，如果见到更高的上司，连笑容都凝结得堆不下来，未开言嘴唇要抖上好大一阵，脸上做出十足的诚惶诚恐之状。帘子脸是傲下媚上的主要工具，对于某一种人是少不得的。

不要以为脸和身体其他部分一样地受之父母，自己负不得责。不，在相当范围内，自己是可以负责的，大概人的脸生来都是和善的，因为从婴儿的脸看来，不必一定都是颜如握丹，但是大概都是天真无邪，令人看了喜欢的。我还没见过一个孩子带着一副不得善终的脸，脸都是后来自己作践坏了的，人们多半不体会自己的脸对于别人发生多大的影响。脸是到处都有的。在送殡的行列中偶然发现的哭丧脸，做讣闻纸色，眼睛肿得桃儿似的，固然难看。一行行的囚首垢面的人，如稻草人，如丧家犬，脸上做黄蜡色，像是才从牢狱里出来，又像是要到牢狱里去，凸着两只没有神的大眼睛，看着也令人心酸。还有一大群心地不够薄脸皮不够厚的人，满脸泛着平价米色，嘴角上也许还沾着一点平价油，身穿着一件平价布，一脸的愁苦，没有一丝的笑容,这样的脸是颇令人不快的。但是这些贫病愁苦的脸还不算是最令人不愉快,因为只是消极得令人心里堵得慌,而且稍微增加一些营养(如肉糜之类)或改善一些环境,脸上的神情还可以渐渐恢复常态。最令人不快的是一些本来吃得饱,睡得着,红光满面的脸,偏偏带着一股肃杀之气,冷森森地拒人千里之外,看你的时候眼皮都不抬,嘴撇得瓢儿似的,冷不防抬起眼皮给你一个白眼,黑眼球不知翻到哪里去了,脖梗子发硬,脑壳朝天,眉头皱出好几道熨斗都熨不平的深沟——这样的神情最容易在官办的业务机关的柜台后面出现。遇见这样的人,我就觉得惶惑:这个人是不是昨天赌了一夜以致睡眠不足,或是接连着腹泻了三天,或是新近遭遇了什么冥凶,否则何以乖戾至此,连一张脸的常态都不能维持了呢?

# 厌恶女性者

不要以为男人都是好色之徒，也有厌恶女性者。

《周书·列传》第四十，萧统三子萧詧，曾在江陵称帝八载，据说他"少有大志，不拘小节……性不饮酒，安于俭素……尤恶见妇人，虽相去数步，遥闻其臭。经御妇人之衣，不复更着"。

一个曾临九五的人，无论在位如何短暂，疆土如何狭小，我们可以想象内宫粉黛，必极其妍。而萧詧见妇人，事属不经，似难索解。女人离他数步之遥，他就闻到她的臭味，更是离奇，难道他遇到的妇人个个都患狐臭？因思古时淳于髡一斗亦醉，一石亦醉，最欢畅的时候是"州闾之会，男女杂坐……前有堕珥，后有遗簪"。"男女同席，履舄交错……主人留髡而送客，罗襦襟解,微闻芗泽。"芗泽就是指女人身上散发出来的一股特殊的香气。淳于髡说的大概是实话。这种香气须在相当亲近肌肤的时候才能闻到。《红楼梦》里宝玉不是就曾一再勉强的要闻黛玉的袖口吗？只因袖口里有芗泽。这种香气,萧詧大概是无缘消受。不过萧詧雅好佛理,曾有"内典《华严》《般若》《法华》《金光明义疏》四十六卷"的著作行世,也许因潜心佛理而厌恶女色,亦未可知。可是事实上他生了八个儿子,死时才四十四岁,这又怎么说？

厌恶女性者,英文叫作 misogynist,在文学作品中有时也有很率直的描述。例如,十六世纪作家约翰·黎利（John Lyly）所作《优浮绮斯》（*Euphues*）,其中有一封长信,是优浮绮斯在离开那不勒斯返回雅典时写给他的一位朋友及一般痴情男子的。这封信号称为"戒色指南"（The Cooling Card）。其言曰：

> 她如果贞洁,必定拘谨；如果轻佻,必定淫荡；如是严肃的婆娘,谁肯爱她？如是放浪的泼妇,谁愿娶她？如是侍奉灶神的处女,她们是誓不嫁人的；如是追随爱神的信徒,她们是势必荒淫的。如果我爱一个美貌的,势必引起嫉妒；如果我爱一个貌寝的,会要使我疯狂。如果生育频繁,则负担有增无已；如果不能生育,则我的罪孽越发深重；如果贤淑,我会担心她早死；如果不淑,我会厌恶她长寿。

把女人说得一无是处,其结论是"避免接近女人"。优浮绮斯的私行并不谨饬,被蛇咬过一回,以后见了绳子也怕。所以他的厌恶女性的论调实是有感而发。

　　异性相吸，男女相悦，乃是常情。至于溺于女色者，如纣王之宠妲己，幽王之宠褒姒，以至于亡国，则罪不全在妲己与褒姒，纣王、幽王须负更大之责任。只因佳人难再得，遂任其倾城倾国，昏君本人之罪责岂容推诿？赵飞燕的女弟刚接进宫，就有人在背后议论："此祸水也，必将灭火。"汉得火德而兴，是否因此一女子而澌灭，且不去管它，"祸水"一词从此成了某些女性的代名词。西谚有云："任何事故，追根问底，必定有个女人。"话并不错，不过要看怎样解释。一个人在事业上有所成就，很大部分是因为家有贤妻，一个人一生中不闯大祸，也很大部分是因为家有贤妻。"女人是水做的，男人是泥做的"，是女性崇拜的说法，指女人为祸水，是厌恶女性者的口头禅。

# 医　生

　　医生是一种神圣的职业，因为他能解除人的痛苦，着手成春。有一个人，有点老毛病，常常发作，闹得死去活来，只要一听说延医，病就先去了八分，等到医生来到，霍然而愈，试脉搏听心跳完全正常，医生只好愕然而退，延医的人真希望病人的痛苦稍延长些时。这是未着手就已成春的一例，可是医生一不小心，或是虽已小心而仍然错误，他随时也有机会减短人的寿命。据说庸医的药方可以辟鬼，比钟馗的像还灵，胆小的夜行人举着一张药方就可以通行无阻，因为鬼中有不少生前吃过那样药方的亏的，死后还是望而生畏。医生以济世活人为职志，事实上是掌握着生杀的大权的。

说也奇怪,在舞台上医生大概总是由丑角扮演的。看过《老黄请医》的人总还记得那个医生的脸上是涂着一块粉的。在外国也是一样,在莫里哀或是拉毕施的笔下,医生也是令人啼笑皆非的人物。为什么医生这样的不受人尊敬呢?我常常纳闷。

大概人在健康的时候,总把医药看作不祥之物,就是有点头昏脑热,也并不慌,保国粹者喝午时茶,通洋务者服阿斯匹林,然后蒙头大睡,一汗而愈。谁也不愿常和医生交买卖。一旦病势转剧,伏枕哀鸣,深为造物小儿所苦,这时候就不能再忘记医生了。记得小时候家里延医,大驾一到,家人真是倒屣相迎,请入上座,奉茶献烟,环列伺候,毕恭毕敬,医生高踞上座并不谦让,吸过几十筒水烟,品过几盏茶,谈过了天气,叙过了家常,抱怨过了病家之多,此后才能开始他那一套望闻问切君臣佐使。再倒茶,再装烟,再扯几句淡话(这时节可别忘了偷偷地把"马钱"送交给车夫),然后恭送如仪。我觉得那威风不小。可是奉若神明也只限于这一短短的时期,一俟病人霍然,医生也就被丢在一旁。至于登报鸣谢悬牌挂匾的事,我总怀疑究竟是何方主使,我想事前总有一个协定。有一个病人住医院,一只脚已经伸进了棺木,在病人看来这是一件至关重要的事,在医生看来这是常见的事,老实说医生心里也是很着急的,他不能露出着急的样子,病人的着急是不能隐藏的,于是许愿说如果病瘳要捐赠医院若干若干,等到病愈出院早把愿心抛到九霄云外,医生追问他时,他说:"我真说过这样的话吗?你看,我当时病得多厉害!"大概病人对医生没有多少好感,不病时以医生为不祥,既病则不能不委曲逢迎他,病好了,就把他一脚踢开,人是这样忘恩负义的一种动物,有几个人能像Androclus遇见的那只狮子？所以医生以丑角的姿态在舞台上出现，正好替观众发泄那平时不便表示的积愤。

可是医生那一方面也有许多别扭的地方。他若是登广告，和颜悦色地招徕主顾，立刻有人要挖苦他："你们要找庸医嘛，打开报纸一看便是。"所以他被迫采取一种防御姿势，要相当的傲岸。尽管门口鬼多人少，也得做出忙的样子。请他去看病，他不能去得太早，要等你三催六请，像大旱后之云霓一般而出现。没法子，忙。你若是登门求治，挂号的号码总是第九十几号，虽然不至于拉上自己的太太小姐，坐在候诊室里来壮声势，总得摆出一种排场，令你觉得他忙，忙得不能和你多说一句话。好像是算命先生如果要细批流年须要卦金另议一般。不过也不能一概而论，医生也有健谈的，病人尽管愁眉苦脸，他能谈笑风生。我还知道一些工于应酬的医生，在行医之前，先实行一套相法，把病人的身份打量一番，对什么样的人说什么样的话。明明是西医，他对一位老太婆也会说一套阴阳五行的伤寒论，对于愿留全尸的人他不坚持打针，对于怕伤元气的人他不用泻药。明明地不知病原所在，他也得撰出一篇相当的脉案的说明，不能说不知道，"你不知道就是你没有本事"，说错了病原总比说不出病原令出诊费的人觉得不冤枉些。大概发烧即是火，咳嗽就是风寒，有痰就是肺热，腰疼即是肾亏，大致总没有错。摸不清病原也要下药，医生不开方就不是医生，好在符箓一般的药方也不容易被病人辨认出来。因为这种种情形的逼迫，医生不能不有一本生意经。

生意经最精的是兼营药业，诊所附设药房，开了方子立刻配药，几十个瓶子配来配去变化无穷，最大的成本是那盛药水的小瓶，收费言无二价。出诊的医生随身带着百宝箱，灵丹妙药一应俱全，更方便，连药剂师都自兼了。

天下是有不讲理的人，"医生治病不治命"，但是打医生摘匾的事却也常有。所以话要说在前头，芝麻大的病也要说得如火如荼不可轻视，病好了是他的功劳，病死了怪不得人。如果真的疑难大症撞上门来，第一步先得说明来治太晚，第二步要模棱地说如果不生变化可保无虞。第三步是姑投以某某药剂以观后果，第四步是敬谢不敏另请高明，或是更漂亮地给介绍到某某医院，其诀曰："推"。

我并不责难医生。我觉得医生里面固然庸医不少，可是病人里面浑虫也很多。有什么样子的病人就有什么样的医生，天造地设。

# 好　汉

从前北平每逢囚犯执行死刑之前，照例游街示众，囚犯五花大绑，端坐大敞车上，背上插着纸标，左右前后都有士兵簇拥，或捧大令，或持大刀，招摇过市，直赴刑场。刑场早先在珠市口，到了民国改在天桥。沿途有游手好闲的人一大群，尾随着囚车到天桥去看热闹。押着死囚去就戮，这一行叫作"出大差"，又称"出红差"。

我从未去过天桥，可是在路上遇见过出大差的场面。囚犯面色如土，一副股栗心悸的样子，委实令人看了心伤，不过我们也只能报以一声叹息。有些囚犯，犯了滔天大罪，而犹强项到底，至死不悔，对着群众大吼大叫："这算不了什么，过二十年又是一条好汉！大家给我捧个场吧！"于是群众就轰然地齐声报以"好！"囚犯脸上微微露出一抹苦笑。他以好汉自命，还想下一辈子投生为人，再度做违法乱纪的勾当，再充好汉。群众报以一声好，隐隐含着一点同情的意思。好像是颇近于匪徒杀人伏法之后还有人致送"宁死不屈"、"天妒英才"之类的挽幛一般。

一般的说法，仗义任侠的人才算是好汉。《水浒传》二十一回："江湖上久闻他是个及时雨宋公明——是个天下闻名的好汉。"宋江算不算得好汉，似乎值得研讨。说他及其一伙是江湖上的好汉，大致是不错的。他在浔阳楼上醉后题反诗：有什么"他年若遂凌云志，耻笑黄巢不丈夫"之句，口气好大，就不仅是仗义任侠，他想造反，并且想要和黄巢较量一下杀人的纪录。造反不一定就是错，"官逼民反"的时候多半错在官。造反而能有宗旨，有计划，有气度，若是成功便是王侯，败就是贼。如果仅是激于义愤，杀人放火，不择手段，不计后果，虽然打着"替天行道"的幌子，最多只能算是江湖上的好汉。然而江湖好汉亦不易为，盗亦有道，好汉也有他一套的规律。宋江自有他不可及处。至少他个人不大贪财。弄到大笔财物之后大家分，他并不独吞，所以不发生分赃不均或黑吃黑的事情。大块肉、大碗酒，大家平起平坐，谁也没有贵宾卡。

英国有一套传统的有关罗宾汉的歌谣。据说罗宾汉是个亡命徒，精于射箭，藏身在森林之中，神出鬼没，玩弄警长于股掌之上，但是他有义气，他劫富济贫，他保护妇孺，有些像是我们所熟悉的江湖好汉。但是这一伙强人并无大志，一味地乐天放肆，和官府豪富作对，吐一口胸中闷气而已。有人说罗宾汉根本无其人，是好事者诌出来的故事，但是也有人说确有其人，本来是亨丁顿伯爵，化名为罗宾汉，据说他被人陷害之后，墓地还有一块石碑，写明死期是一二四六年十二月二十四日。无论如何，罗宾汉算是好汉。

我国古时有较为高级而且正派的好汉。《旧唐书》卷八十九《狄仁杰传》，有这样一段：

> 则天尝问仁杰曰："朕要一好汉任使，有乎？"
>
> 仁杰曰："陛下作何任使？"
>
> 则天曰："朕欲待以将相。"
>
> 对曰："臣料陛下若求文章资历，则今之宰臣李峤苏味道亦足为文吏矣。岂非文士龌龊，思得奇才，用之以成天下之务者乎？"
>
> 则天悦曰："此朕心也。"
>
> 仁杰曰："荆州长史张柬之，其人虽老，真宰相才也。且久不遇。若用之，必尽节于国家矣。"
>
> 则天……后竟召为相。柬之果能复兴中宗……

武则天虽然有些地方不理于人口，但是她知人善任，她想求一好汉任使，使为将相，而且她肯听狄仁杰的话！能"成天下之务"的奇才，才算是好汉。这种好汉不但志节高超，远在任侠使气的好汉之上，亦非气量局狭拘于小节的"龌龊"文士所能望其项背。但是这种好汉也要风云际会才能有所作为。

我们现在心目中的好汉，其标准不太高。俗语说："好汉不怕出身低。"这句话有多方面的暗示，其中之一是挑筐卖菜者流只要勤俭奋发，有朝一日，也可能会跻身于豪富之列。如果他长袖善舞，广为结纳，也可成为翻云覆雨炙手可热的好汉。凡是能屈能伸，欺软怕硬，顺风转舵，蝇营狗苟的人，此人也常目之为好汉，因为"好汉不吃眼前亏"。时来运转，好汉也有惨遭挫败的时候，他就该闭关却扫，往日的荣华不必再提，因为"好汉不提当年勇"，如果觉得筋斗栽得冤枉，也不必推诿抱怨，因为"好汉打落牙，和血吞"。好汉固当如是。无论就哪一个层面上讲，好汉应该是特立独行敢做敢当的顶天立地的一条汉子。"富贵不能淫，贫贱不能移，威武不能屈。"

# 穷

人生下来就是穷的,除了带来一口奶之外,赤条条的,一无所有,谁手里也没有握着两个钱。再稍稍长大一点,阶级渐渐显露,有的是金枝玉叶,有的是"杂和面口袋"。但是就大体而论,还是泥巴里打滚袖口上抹鼻涕的居多。儿童玩具本是少得可怜,而大概其中总还免不了一具"扑满",瓦做的,像是陶器时代的出品,大的小的挂绿釉的都有,间或也有形如保险箱,有铁制的,这种玩具的用意就是警告孩子们,有钱要积蓄起来,免得在饥荒的时候受穷,穷的阴影在这时候就已罩住了我们!好容易过年赚来几块压岁钱,都被骗弄丢在里面了,丢进去就后悔,想从缝里倒出是万难,用小刀拨也是枉然。积蓄是稍微有一点，穷还是穷。而且事实证明，凡是积在扑满里的钱，除了自己早早下手摔破的以外，大概后来就不知怎样就没有了，很少能在日后发生什么救苦救难的功效。等到再稍稍长大一点，用钱的欲望更大，看见什么都要流涎，手里偏偏是空空如也，那时候真想来一个十月革命。就是富家子也是一样，尽管是绮襦纨袴，他还是恨继承开始太晚。这时候他最感觉穷，虽然他还没认识穷。人在成年之后，开始面对着糊口问题，不但糊自己的口，还要糊附属人员的口，如果脸皮欠厚心地欠薄，再加上祖上是"忠厚传家诗书继世"的话，他这一生就休想能离开穷的掌握，人的一生，就是和穷挣扎的历史。和穷挣扎的一生，无论胜利或失败，都是惨。能不和穷挣扎，或于挣扎之余还有点闲工夫做些别的事，那人是有福了。

所谓穷，也是比较而言。有人天天喊穷，不是今天透支，就是明天举债，数目大得都惊人，然后指着身上衣服的一块补丁或是皮鞋上的一条小小裂缝作为他穷的铁证。这是寓阔于穷，文章中的反衬法。也有人量入为出，温饱无虞，可是又担心他的孩子将来自费留学的经费没有着落，于是于自我麻醉中陷入于穷的心理状态。若是西装裤的后方越磨越薄，由薄而破，由破而织，由织而补上一大块布，细针密缝，老远地看上去像是一个圆圆的箭靶。（说也奇怪，人穷是先从裤子破起！）那么，这个人可是真有些近于穷了。但是也不然，穷无止境。"大雪纷纷落，我住柴火垛，看你们穷人怎么过！"穷人眼里还有更穷的人。

穷也有好处。在优裕环境里生活着的人，外加的装饰与铺排太多，可以把他的本来面目掩没无遗，不但别人认不清他真的面目，往往对他发生误会（多半往好的方面误会），就是自己也容易忘记自己是谁。穷人则不然，他的褴褛的衣裳等于是开着许多窗户，可以令人窥见他的内容；他的荜门蓬户，尽管是穷气冒三尺，却容易令人发现里面有一个人。人越穷，越靠他本身的成色，其中毫无夹带藏掖。人穷还可落个清闲，既少"车马驻江干"，更不会有人来求谋事，讣闻请柬都不会常常上门，他的时间是他自己的。穷人的心是赤裸的，和别的穷人之间没有隔阂，所以穷人才最慷慨。金错囊中所余无钱，买房置地都不够，反正是吃不饱饿不死，落得来个爽快，求片刻的快意，此之谓"穷大手"。我们看见过富家弟兄析产的时候把一张八仙桌子劈开成两半，不曾看见两个穷人抢食半盂残羹剩饭。

　　穷时受人白眼是件常事，狗不也是专爱对着鹑衣百结的人汪汪吗？人穷则颈易缩，肩易耸，头易垂，须许是特别长得快，擦着墙边逡巡而过，不是贼也像是贼，以这种姿态出现，到处受窘。所以人穷则往往自然地有一种抵抗力出现，是名曰：酸。穷一经酸化，便不复是怕见人的东西。别看我衣履不整，我本来不以衣履见长！人和衣服架子本来是应该有分别的。别看我囊中羞涩，我有所不取；别看我落魄无聊，我有所不为。这样一想，一股浩然之气火辣辣地从丹田升起，腰板自然挺直，胸膛自然凸出，徘徊啸傲，无往不利。在别人的眼里，他是一块茅厕砖——臭而且硬，可是，人穷而不志短者以此，布衣之士而可以傲王侯者亦以此，所以穷酸亦不可厚非，他不得不如此，穷若没有酸支持着，它不能持久。

　　扬雄有逐贫之赋，韩愈有送穷之文，理直气壮地要与贫穷绝缘，反倒被穷鬼说服，改容谢过肃之上座，这也是酸极一种变化。贫而能逐,穷而能送,何乐而不为?逐也逐不掉,送也送不走,只好硬着头皮甘与穷鬼为伍。穷不是罪过,但也究竟不是美德,值不得夸耀,更不足以傲人。典型的穷人该是颜回,一箪食,一瓢饮,在陋巷,不改其乐。不改其乐当然是很好,箪食瓢饮究竟不大好,营养不足,所以颜回活到三十二岁短命死矣。孔子所说"饭疏食饮水,曲肱而枕之,乐亦在其中矣。"譬喻则可,当真如此就嫌其不大卫生。

# 升官图

赵瓯北《陔馀丛考》有这样一段：

世俗局戏，有升官图，开列大小官位于纸上，以明琼掷之，计点数之多寡，以定升降。按房千里有《骰子选格序》云："以穴骰双双为戏，更投局上，以数多少为进身职官之差，数丰贵而约贱，卒局，有为厮掾而止者，有贵为相臣将臣者，有连得美名而后不振者，有始甚微而倏然于上位者。大凡得失不系贤不肖，但卜其偶不偶耳。"此即升官图之所由本也。

这使我忆起儿时游戏的升官图，不过方法略有不同：门口打糖锣儿的就卖升官图，一张粗糙亮光的白纸，上面印满了由白丁、秀才、举人、进士、以至太师、太傅、太保的各种官阶。玩的时候，三五人均可，围着升官图，不用"明琼"（骰子之别称），用一个木质的方形而尖端的"拈拈转儿"，这拈拈转儿上面有四字"德、才、功、赃"，一个字写在一面上，用手指用力一捻，就像陀罗似的旋转起来，倒下去之后看哪一个字在上面，德、才、功都有升迁，赃则贬抑。有时候学优则仕，青云直上，春风得意，加官进爵。有时候宦情惨淡，官程蹭蹬，可能"事官千日，失在一朝"，爬得高跌得重，虽贵为台辅，位至封疆，禁不住几个赃字，一连几个倒栽葱，官爵尽削，还为庶人。一个铜板就可以买一张升官图，可以玩个好半天。

民国建始，万象更新，不知哪一位现代主义者动脑筋到升官图上，给它换了新装，秀才、举人、进士换了小学生、中学生、大学生，尚书换了部长，巡抚换了督军，而最高当局为总统、副总统、国务总理。官名虽然改变，升官的道理与升官的途径则一仍旧贯，所以我们玩起来并不觉得有什么异样，而且反觉得有更多的真实之感，纵然是游戏，亦未与现实脱节。

我曾想，儿童玩具有两样东西要不得，一个是各型各式的扑满，一个是升官图。扑满教人储蓄，储蓄是良好习惯，不过这习惯是不是应该在孩提时代就开始，似不无疑问。"饥荒心理"以后有的是培养的机会。长大成长之后，把一串串钱挂在肋骨上的比比皆是。升官图好像是鼓励人"立志做大官"，也似乎不是很妥当的事。可是我现在不这样想了,尤其是升官图,是颇合现实的一种游戏,在无可奈何的环境中不失为利多弊少的玩意儿。

有人说:"宦味同鸡肋",这语未免矫情。凡是食之无味的东西,弃之均不可惜。被人誉为"三绝诗书画,一官归去来"的那位先生就弃官如敝屣,只因做官要看三件难看的东西:犯人的屁股,女尸的私处和上司的面孔。俗语说:"一代为官,三辈子擂砖。"这话也未免过于偏激。自古以来,官清毡冷的事也是常有的。例如周紫芝《竹坡诗话》有一段记载:"李京兆诸父中有一人,极廉介,一日有家问,即令灭官烛,取私烛阅书,阅毕,命秉官烛如初。"像这样的兢兢自守的人,他的子孙会跪在当街用砖头擂胸口吗?所以,官,无论如何,是可以成为一种清白的高尚职业,要在人好自为之耳,升官图可能鼓舞人们的做官的兴趣,有何不可?

升官图也可以说是有益世道人心,因为它指出了官场升黜的常规。要升官,没有旁门左道,必须经由德行、才能、事功三方面的优良表现,而且一贪赃必定移付惩戒,赏罚分明,毫无宽假,这就叫作官常。升官图只是谨守官常,此外并无其他苞苴之类的捷径可寻。假如官场像升官图一样简单,那就真是太平盛世了。升官之阶,首重在德,而才功次之,尤有深意。《宋史》记寇准与丁谓的一段故事:"初丁谓出准门,至参政,事准甚谨,尝会食中书,羹污准须,谓起徐拂之。准笑曰:'参政国之大臣,乃为官长拂须耶?'谓甚愧之。"为官长拂须,与贪赃不同,并不犯法,但是究竟有伤品德。恐怕官场现形有甚于为官长拂须者。在升官图上贵为太师之后再捻到"德"字,便是"荣归",即荣誉退休之意,这也是很好的下场,否则这一场游戏没完没散,人生七十才开始,岂不把人急煞!

不知道现在有没有新的更合时代潮流的升官图?

# 代　沟

代沟是翻译过来的一个比较新的名词，但这个东西是我们古已有之的。自从人有老少之分，老一代与少一代之间就有一道沟，可能是难以飞渡的深沟天堑，也可能是一步迈过的小溇阴沟，总之是其间有个界限。沟这边的人看沟那边的人不顺眼，沟那边的人看沟这边的人不像话，也许吹胡子瞪眼，也许拍桌子卷袖子，也许口出恶声，也许真个地闹出命案，看双方的气质和修养而定。

《尚书·无逸》："相小人，厥父母勤劳稼穑，厥子乃不知稼穑之艰难，乃逸乃谚既诞。否则侮厥父母曰：'昔之人，无闻知。'"这几句话很生动，大概是我们最古的代沟之说的一个例论。大意是说：请看一般小民，做父母的辛苦耕稼，年轻一代不知生活艰难，只知享受放荡，再不就是张口顶撞父母说："你们这些落伍的人，根本不懂事！"活画出一条沟的两边的人对峙的心理。小孩子嘛，总是贪玩。好逸恶劳，人之天性，只有饱尝艰苦的人，才知道以无逸为戒。做父母的人当初也是少不更事的孩子，代代相仍，历史重演。一代留下一沟，像树身上的年轮一般。

虽说一代一沟，腌臜的情形难免，然大体上相安无事。这就是因为有所谓传统者，把人的某一些观念胶着在一套固定的范畴里。"不以规矩不能成方圆"。大家都守规矩，尤其是年轻的一代。

"鞋大鞋小，别走了样子！"小的一代自然不免要憋一肚皮委屈，但是，别忙，"多年的媳妇熬成婆，多年的道路走成河"，转眼间黄口小儿变成鲐背耆老，又轮到自己唉声叹气，抱怨一肚皮不合时宜了。

我记得我小的时候，早起要跟着姐姐哥哥排队到上房给祖父母请安，像早朝一样的肃穆而紧张，在大柜前面两张两人凳上并排坐下，腿短不能触地，往往甩腿，这是犯大忌的，虽然我始终不知是犯了什么忌。祖父母的眼睛瞪得圆圆的，手指着我们的前后摆动的小腿说："怎么，一点样子都没有！"吓得我们的小腿立刻停摆，我的母亲觉得很没有面子，回到房里着实地数落了我们一番，祖孙之间隔着两条沟，心理上的隔阂如何得免？当时，我心里纳闷，我甩腿，干卿底事。我十岁的时候，进了陶氏学堂，领到一身体操时穿的白帆布制服，有亮晶的铜纽扣，裤边还镶贴两条红带，现在回想起来有点滑稽，好像是卖仁丹游街宣传的乐队，那时却扬扬自得，满心欢喜地回家，没想到赢得的是一头雾水，"好呀！我还没死，就先穿起孝衣来了！"我触了白色的禁忌。出殡的时候，灵前是有两排穿白衣的"孝男儿"，口里模仿嚎丧的哇哇叫。此后每逢体操课后回家，先在门口脱衣，换上长褂，卷起裤筒。稍后，我进了清华，看见有人穿白帆布橡皮底的网球鞋，心羡不已，于是也从天津邮购了一双，但是始终没敢穿了回家。只求平安少生事，莫在代沟之内起风波。

　　大家庭制度下，公婆儿媳之间的代沟是最鲜明也最凄惨的。儿子自外归来，不能一头扎进闺房，那样做不但公婆瞪眼，所有的人都要竖起眉毛。他一定要先到上房请安，说说笑笑好一大阵，然后公婆（多半是婆）开恩发话，"你回屋里歇歇去吧"，儿子奉旨回到阃闱。媳妇不能随后跟进，还要在公婆面前周旋一下，然后公婆再度开恩，"你也去吧"，媳妇才能走，慢慢的走，如果媳妇正在院里浣洗衣服，儿子过去帮一下忙，到后院井里用柳罐汲取一两桶水，送过去备用，结果也会招致一顿长辈的唾骂："你走开，这不是你做的事。"

　　我记得半个多世纪以前，有一对大家庭中的小夫妻，十分的恩爱，夫暴病死，妻觉得在那样家庭中了无生趣，竟服毒以殉。殡殓后，追悼之日政府颁赠匾额曰："彤管扬芬"，女家致送的白布横批曰："看我门楣"！我们可以听得见代沟的冤魂哭泣，虽然代沟另一边的人还在逞强。

　　以上说的是六七十年前的事。代沟中有小风波，但没有大泛滥。张公艺九代同居，靠了一百多个忍字。其实九代之间就有八条沟，沟下有沟，一代压一代，那一百多个忍字还不是一面倒，多半由下面一代承当？古有明训：能忍自安。

五四运动实乃一大变局。新一代的人要造反，不再忍了。有人要"整理国故"，管他什么三坟五典八索九丘，都要揪出来重新交付审判，礼教被控吃人，孔家店遭受捣毁的威胁，世世代代留下来的沟，要彻底翻腾一下，这下子可把旧一代的人吓坏了。有人提倡读经，有人竭力卫道，但是，不是远水不救近火，便是只手难挽狂澜，代沟总崩溃，新一代的人如脱缰之马，一直旁出斜逸奔放驰骤到如今。旧一代的人则按照自然法则一批一批地凋谢，填入时代的沟壑。

代沟虽然永久存在，不过其现象可能随时变化。人生的麻烦事，千端万绪，要言之，不外财色两项，关于钱财，年长的一辈多少有一点吝啬的倾向。吝啬并不一定全是缺点。"称财多寡而节用之，富无金藏，贫不假贷，谓之啬。积多不能分人，而厚自养，谓之吝。不能分人，又不能自养，谓之爱。"这是《晏子春秋》的说法。所谓爱，就是守财奴。是有人好像是把孔方兄一个个地穿挂在他的肋骨上，取下一个都是血糊丝拉的。英文俚语，勉强拿出一块钱，叫作"咳出一块钱"，大概也是表示钱是深藏于肺腑，需要用力咳才能跳出来。年轻一代看了这种情形，老大不以为然，心里想："这真是'昔之人，无闻知'，有钱不用，害得大家受苦，忘记了'一个钱也带不了棺材里去'。"心里有这样的愤懑蕴积，有时候就要发泄。所以，曾经有一个儿子向父亲要五十元零用钱，其父靳而不予，由冷言恶语而拖拖拉拉，儿子比较身手矫健，一把揪住父亲的领带（唉，领带真误事），领带越揪越紧，父亲一口气上不来，一翻白眼，死了。这件案子，按理应剐，基于"心神丧失"的理由，没有剐，在代沟的历史里留下一个悲惨的记录。

　　人到成年，嘤嘤求偶，这时节不但自己着急，家长更是担心，可是所谓代沟出现了，一方面说这是我的事，你少管，另一方说传宗接代的大事如何能不过问。一个人究竟是姣好还是寝陋，是端庄还是阴鸷，本来难有定评。"看那样子，长头发、牛仔裤、嬉游浪荡、好吃懒做，大概不是善类。""爬山、露营、打球、跳舞，都是青年的娱乐，难道要我们天天匀出工夫来晨昏定省，膝下承欢？"南辕北辙，越说越远。其实"养儿防老"、"我养你小，你养我老"的观念，现代的人大部分早已不再坚持。羽毛既丰，各奔前程，上下两代能保持朋友一般的关系，可疏可密，岁时存问，相待以礼，岂不甚妙？谁也无需剑拔弩张，放任自己，而诿过于代沟。沟是死的，人是活的！代沟需要沟通，不能像希腊神话中的亚力山大以利剑砍难解之绳结那样容易的一刀两断，因为人终归是人。

# 为什么不说实话

听一个朋友说起一个有趣的故事,这是个老故事,但我是初次听见,所以以为有趣。他说:

有一家酒店,隔壁住着好几个酒徒,酒徒竟偷酒喝,偷酒的方法是凿壁成穴。以管入酒缸而吸饮之。轮流吸饮。每天夜晚习以为常。酒店老板初而惊讶酒浆损失之巨,继而暗叹酒徒偷饮技术之精,终乃思得报复之道。老板不动声色,入晚于置酒缸之处改置小便桶一,内中便溺洋溢,不可向迩。夜深人静,酒徒又来吮饮,争先恐后,欲解馋吻。甲尽力一吸,饱尝异味，挤眉咧嘴，汩汩自喉而下，刚要声张，旋思我若声张，别人必不再来上当，我独自吃亏，岂不太冤枉乎？有亏大家吃。于是甲连呼"好酒！好酒"而退。乙继之，亦同样上当，亦同样不肯独自上当，亦连呼"好酒！好酒"而退。丙丁戊己，循序而饮，以至于全体酒徒均得分润。事毕环立，相视而笑。

我听过这个故事之后，心里有一点明白为什么有些人不肯说老实话。有些人宁愿自己吃亏，宁愿跟着别人吃亏，宁愿套引别人跟着他吃亏，而也不愿意把自己所实感的坦白说出来。因为说出来之后，别人就不再吃亏，而他自己就显着特别委屈。别人和他同样地吃亏，他就觉得有人陪着他吃亏了，不冤枉了。

我又想：万一其中有一个心直口快，把老实话脱口而出，这个人将要受怎样的遭遇呢？我想这个人是不受欢迎的，并且还要受到诅咒，尤其是那些已经饮过小便而貌作饮过醇酿的人必定要骂这个人是个呆瓜！

要下水，大家拖下水。谁也不说老实话。说老实话就是呆瓜！

这种心理，到处皆然，要不得！

# 废　话

尝有客过访,我打开门,他第一句话便是:"您没有出门?"我当然没有出门,如果出门,现在如何能为你启门?那岂非是活见鬼?他说这句话也不是表讶异。人在家中乃寻常事,何惊诧之有?如果他预料我不在家才来造访,则事必有因,发现我竟在家,更应该不露声色,我想他说这句话,只是脱口而出,没有经过大脑,犹如两人见面不免说一句"今天天气……"之类的话,聊胜于两个人都绷着脸一声不吭而已。没有多少意义的话就是废话。

人不能不说话,不过废话可以少说一点。十一世纪时罗马天主教会在法国有一派僧侣,专主苦修冥想,是圣·伯鲁诺所创立，名为Carthusians，盖因地而得名，他的基本修行方法是不说话，一年到头地不说话。每年只有到了将近年终的时候，特准交谈一段时间，结束的时刻一到，尽管一句话尚未说完，大家立刻闭起嘴巴。明年开禁的时候，两人谈话的第一句往往是"我们上次谈到……"一年说一次话，其间准备的时光不少，废话一定不多。

梁武帝时，达摩大师在嵩山少林寺，终日面壁，九年之久，当然也不会随便开口说话，这种苦修的功夫实在难能可贵。明莲池大师《竹窗随笔》有云："世间醙醯醋醴，藏之弥久而弥美者，皆繇封锢牢密不泄气故。古人云：'二十年不开口说话，向后佛也奈何你不得。'旨哉言乎！"一说话就怕要泄气，可是这一口气憋二十年不泄，真也不易。监狱里的重犯，常被判处独居一室，使无说话机会，是一种惩罚。畜牲没有语言文字，但是也会发出不同的鸣声表示不同的情意。人而不让他说话，到了寂寞难堪的时候真想自言自语，甚至说几句废话也是好的。

可是有说话自由的时候，还是少说废话为宜。"群居终日，言不及义，好行小慧，难矣哉！"那便是废话太多的意思。现代的人好像喜欢开会，一开会就不免有人"致辞"，而致辞者常常是长篇大论，直说得口燥舌干，也不管听者是否恹恹欲睡欠伸连连。《孔子家语》："庙堂右阶之前，有金人焉，三缄其口，而铭其背曰：'古之慎言人也。'"能慎言，当然于慎言之外不会多说废话。三缄其口只是象征，若是真的三缄其口，怎么吃饭？

串门子闲聊天，已不是现代社会所允许的事，因为大家都忙，实在无暇闲嗑牙。不过也有在闲聊的场合而还侈谈本行的正经事者,这种人也讨厌。最可怕的是不经预先约定而闯上门来的长舌妇或长舌男,他们可以把人家的私事当作座谈的资料。某人资产若干,月入多少,某人芳龄几何,美容几次,某人帷薄不修,某人似有外遇,说得津津有味,实则有伤口德的废话而已。行文也最忌废话。《朱子语类》里有两段文字:

> 欧公文,亦多是修改到妙处。顷有人买得他醉翁亭记稿。初说滁州四面有山,凡数十字,末后改定,只曰:"环滁皆山也"五字而已。如寻常不经思虑,信意所作言语,亦有绝不成文理者,不知如何。
>
> 南丰过荆襄,后山携所作以谒之。南丰一见爱之,因留款语。适欲作一文字,事多,因托后山为之,且授以意。后山文思亦涩,穷日之力方成,仅数百言,明日以呈南丰。南丰云:"大略也好,只是冗字多,不知可为略删动否?"后山因请改窜。但见南丰就坐,取笔抹数处,每抹处连一两行,便以授后山,凡削去一二百字。后山读之,则其意尤完,因叹服,遂以为法,所以后山文字简洁如此。

前一段说的是欧阳修的《醉翁亭记》。开端第一句"环滁皆山也",不说废话,开门见山,是从数十字中删汰而来。后一段记的是陈后山为文数百言,由曾巩削去一二百个冗字,而文意更为完整无瑕。凡为文者皆须知道文字须要简练,简言之,就是少说废话。

# 沉　默

我有一位沉默寡言的朋友。有一回他来看我,嘴边绽出微笑,我知道那就是相见礼,我肃客入座,他欣然就席。我有意要考验他的定力,看他能沉默多久,于是我也打破我的习惯,我也守口如瓶。二人默对,不交一语,壁上的时钟嘀嗒嘀嗒的声音特别响。我忍耐不住,打开一听香烟递过去,他便一支接一支地抽了起来,吧嗒吧嗒之声可闻。我献上一杯茶,他便一口一口地龠呷,左右顾盼,意态萧然。等到茶尽三碗,烟罄半听,主人并未欠伸,客人兴起告辞,自始至终没有一句话。这位朋友,现在已归道山,这一回无言造访,我至今不忘。想不到"闻所闻而来,见所见而去"的那种六朝人的风度,于今之世,尚得见之。

明张鼎思《琅琊代醉篇》有一段记载:"刘器之待制对客多默坐,往往不交一谈,至于终日。客意甚倦,或谓去,辄不听,至留之再三。有问之者,曰:'人能终日危坐,而不欠伸攲侧,盖百无一二,其能之者必贵人也。'以其言试之,人皆验。"可见对客默坐之事,过去亦不乏其例。不过所谓"主贵"之说,倒颇耐人寻味。所谓贵,一定要有副高不可攀的神情,纵然不拒人千里之外,至少也要令人生莫测高深之感,所以处大居贵之士多半有一种特殊的本领,两眼望天,面部无表情,纵然你问他一句话,他也能听若无闻,不置可否。这样的人,如何能不贵?因为深沉的外貌,正好掩饰内部的空虚,这样的人最宜于摆在庙堂之上。《孔子家语》明明地写着,孔子"入太祖后稷之庙,庙堂右阶之前有金人焉,三缄其口,而铭其背曰:'古之慎言人也。'"这庙堂右阶的金人,不是为市井佃民做榜样的。

謇谔之臣,骨鲠在喉,一吐为快,其实他是根本负有诤谏之责,并不是图一时之快。鸡鸣犬吠,各有所司,若有言官而箝口结舌,宁不有愧于鸡犬?至于一般的仁人君子,没有不愤世忧时的,其中大部分悯默无言,但间或也有"宁鸣而死,不默而生"的人,这样的人可使当世的人为之感喟,为之击节,他不能全名养寿,他只能在将来历史上享受他应得的清誉罢了。在有"不发言的自由"的时候而甘愿放弃这一项自由,这也是个人的自由。在如今这个时代,沉默是最后的一项自由。

有道之士,对于尘劳烦恼早已不放在心上,自然更能欣赏沉默的境界。这种沉默,不是话到嘴边再咽下去,是根本没话可说,所谓"知者不言,言者不知"。世尊在灵山会上,拈花示众，众皆寂然，唯迦叶破颜微笑，这会心微笑胜似千言万语。莲池大师说得好："世间醽醁醇醴，藏之弥久而弥美者，皆繇封锢牢密不泄气故。古人云，'二十年不开口说话，向后佛也奈何你不得。'旨哉言乎！"二十年不开口说话，也许要把口闷臭，但是语言道断之后，性水澄清，心珠自现，没有饶舌的必要。基督教 Carthusian 教派也是以沉默静居为修行法门，经常彼此不许说话。"此中有真意，欲辩已忘言"。

　　庄子说："吾安得夫忘言之人，而与之言哉？"现在想找真正懂得沉默的朋友，也不容易了。

# 生病与吃药

不幸生而为人，于是难免要生病。所以，人生的几大关键，生、老、病、死，病也要算其中之一。一般受资本家压迫的人，往往感觉到生病之不应该，以为病是应该生在有钱人的身上。其实病之于人，大公无私，初无取舍，张三的臀部可以生疮，李四的嘴边也许就同时长疗，谁也说不定。不过这吃药的问题，倒不是人人能谈得到的。你说，我病了应该吃药，请你借我几个钱买药，你就许摇头。所以说，病是人人可生，而药非人人得吃也。

听说药有中西之分。听说又有所谓医院者，病人进去之后，有时候也可以治好病。然而医院的资本听说非常之大，所以住院要比住旅馆还贵一点儿。又尝听说,这个病人死后的开销,有时候就算在那一个人活着时候的账上。……这都是道听途说,我生性不好冒险,所以也不知是真是假。

没吃过猪肉的人也许见过猪走;我没住过医院,然亦深知医院必须喝药水矣。这就是与我们中医异趣了。我们中医大概都秉性忠厚一些,绝不肯打下一针去就让你死去活来,他会今天给你两钱甘草,明天开上三分麦冬,如若你要受罪,他能让你慢慢地受,给你留出从容预备后事的工夫,这便是中医的慈善处。中医之所以历数千年而弗替者,其在是乎?

生病吃药,好像是天经地义矣,其实病的好与不好,不必在药之吃与不吃。但是做医生的人,纵或不盼望你常生病,至少也要希望你病了之后求他开个方子。开了方子之后,你当然不免要到药店买药。做药房生意的人,是最慈悲不过的,时常替病人想省钱的方法。例如鱼肝油是补养的,而你新从乡下来不曾知道,或者就许到一位德医先生处去领教,德医给你试了体温,仔细研究,曰:"可以吃鱼肝油矣!"你除了买鱼肝油之外,还要孝敬德医几块。卖药的人,看了这种情形,心中大是不忍,觉得病人药是要买的,而医则大可不必去看。于是他们便借重所谓报纸者,登他一假广告,告诉你什么什么丸包治百病,什么什么机百病包治,什么什么膏能让你不生毛的地方生毛,什么什么水能让你长毛的地方不长毛,只要你留心看报,按图索骥,任凭你生什么稀奇古怪的病,报上就有什么稀奇古怪的药。你买一回药,若不见效,那是因为药性温和了一点,再买点试试看,总有你幸占勿药的一天。住在上海的人可别生病。不是为别的,是因为上海的医生太多,并且个个都好,有新从德国得博士的赵医士,有久留东洋的钱医士,有在某某学校卒业几乎和到过德国一样的孙医士,还有那诸医束手我能医的李医士,良医遍天下,你将何去何从呢?假如你不肯有所偏倚,你只得在这无数良医的门前犹豫徘徊逡巡,就在犹豫徘徊之间,你的病也许就发生变动了。

所以,我的主张是:(一)最好不是人;(二)次好是是人而不生病;(三)再次好是不在上海生病;(四)再次好是在上海生病而不吃药;(五)再次好是在上海生病吃药而不就医;(六)再次好只有希望在下世。我的上面这六个主张,能倒着次序完全做到!

# 花钱与受气

一个人就不应该有钱,有了钱就不应该花,如其你既有钱,而又要花,那么你就要受气。这是天演公理,不足为奇。

从前我没出息的时候,喜欢自己上街买东西。这已经很是不知自量了,还要拣门面大一点的店铺去买东西。铺户的门面一大,窗户上的玻璃也大,铺子里面服务的先生们的脾气,也跟着就大。我走进这种店铺里面,看看什么都是大的,心里便觉战栗,好像自己显得十分渺小了。处在这种环境压迫之下,往往忘了自己是买什么来的。后来脸皮居然练厚了一点,到大商店里去我居然还能站得稳,虽然心里面有时还不能不跳。但是叫我向柜台里的先生张口买东西,仍然诚惶诚恐。第一,我总觉得我要买的东西太少,恐怕不足以上浊清听,本来买二两瓜子,时常就随机应变,看看柜台里先生面色不对,马上就改作半斤,紧张的局势赖此可以稍微缓和一点。东西的好坏,是否合意,我从来不挑剔,因为我是来求人赏点东西,怎敢挑三挑四地来,横竖店铺一时关不了。假如为忙着买东西把店伙累坏了呢,人家也是爹娘养的,怎肯与我干休? 所以我到大商店去买东西,因为我措辞失体礼貌欠周以致使商店伙计生点气,那是有的,大的乱子可没有闹过。

后来我的脑筋成熟了一些,思想也聪明了一些,有时候便到小铺子去买东西,然而也不容易。小铺店的伙计倒是肯谦恭下士,我们站在他们面前,有时也敢于抬起头来。可是他们喜欢跟你从容论价。"脸皮欠厚"的人时常就在他们的一阵笑声里吓跑了。我要买一张桌子,并且在说话的声音里表示出诚恳的意思,他说要五十块钱,我不敢回半句话,不成,非还价不能走出来。我仗着胆子说给十块钱。好,你听着,他嘴里念念有词,他鼻里哼哼有声,你再瞧他那副尊容,满脸会罩着一层黑雾,这全是我那十块钱招出来的。假如我的气血足,一时能敌得住,只消迈出大门一步,他会把你请回去,说:"卖给你喽!" 于是,你的钱也花了,气也受了,而桌子也买了。

此外如车站、邮局、银行等公众的地方,也正是我们年轻人练习涵养的地方。你看那铁栏杆里的那一张脸,你要是抱着小孩子,最好离远一些,留神吓坏了孩子。我每次走到铁栏窗口,虽然总是送钱去,总觉得我好像是要向他们借债似的。每一次做完交易,铁栏里面的脸是灰的,铁栏外面的脸是红的! 铁栏外面的唾沫往里面溅,铁栏里面的冷气往外面喷!

受气不必花钱,花钱则一定要受气。

# 鹰的对话

山岩上,一只老鹰带着一群小鹰,喳喳地叫个不停。一位通鸟语的牧羊人恰好路经其地,听得老鹰是在教导小鹰如何猎食人肉。其谈话是一问一答,大略如下:

"我的孩子们,你们将不再那么需要我的指导了,因为你们已经看到我的实际表演,从农庄抓家禽,在小树丛中抓小野兔,牧场上抓小羔羊。但是你们应还记得那更可口的美味:我常以人肉供你们大嚼。"

"人肉当然是最好吃。你为什么不用你的爪子带回一个人到鹰巢里来呢?"

"他的身体太大了。我们找到一个人的时候,只能撕下他一块肉，把骨头留在地上。"

"人既如此之大，你又怎样杀死他的呢？你怕狼，你怕熊，你怎能有超过人的力量呢？人难道比一只羊还更可欺吗？"

"我们没有人的力量，也没有人那样的狡诈。我们难得吃一回人肉，如果大自然没有注定把人送给我们来享受。人具有凶猛的性格，比任何动物都凶猛。两族人往往遭遇，呼声震天，火焰弥空。你们听到声音火光起自地上，赶快飞向前去，因为人类一定是正在互相残杀；你们会看见地面上血流成渠尸横遍野，许多尸骸都是肢体不全，很便于我们食用。"

"人把对方杀死，为什么不吃掉他呢？一条狼杀死一只羊，他在饱啖羊肉以前不会准许兀鹰来触动它的。人不是另一种狼吗？"

"人乃是唯一的一种动物，杀而不吃。这种特性使得他成了我们的大恩人。"

"人把人肉送到我们跟前，我们就不费心力自己行猎了。"

"人有时候很长久地安安静静地留在洞里。你们若是看到大堆人聚在一起，像一队鹳似的，你们可以断定他们是要行猎了，你们不久即可大餐人肉。"

"但是我想知道他们互相残杀，其故安在？"

"这是我们不能解答的一个问题了。我曾请教过一只老鹰，它年年饱餐人的脏腑，它的见解是，人只是表面上过动物生活，实则只是能动的植物。人爱莫名其妙地互相厮杀，一直到僵挺不动让鹰来啄。或以为这些恶作剧的东西大概是有点什么计划，紧紧团结在一起的人之中，好像有一个在发号施令，又好像是格外地以大屠杀为乐。他凭什么能这样高高在上，我们不知道；

他很少时候是最大的或跑得最快的一个,但是从他的热心与勤奋来看,他比别人对于兀鹰更为友善。"

这当然是一段寓言。作者是谁,恐怕不是我们所容易猜到的。是古代的一位寓言作家吗?当然不是。在古代,战争是光荣事业,领导战争的是英雄。是十八世纪讽刺文学大家斯威夫特吗?有一点像,但是斯威夫特的集子里没有这样的一篇。这段寓言的作者是我们所习知的约翰逊博士,是他所写的《闲谈》(*The Idler*)第二十二期。《闲谈》是《世界纪事》周刊上的一个专栏,第二十二期刊于一七五八年九月九日。《闲谈》共有一百零四篇,于一七六一年及六七年两度刊有合订本,但是这第二十二期都被删去了。为什么约翰逊要删去这一篇,我们不知道,这一篇讽刺的意味是很深刻的。

好斗是人类的本能之一,但是有组织的战争不能算是本能,那是有计划的预谋的团体行动。兀鹰只知道吃人肉,不知道人类为什么要自相残杀。战争的起源是掠夺,掠夺食粮,掠夺土地,掠夺金钱,掠夺一切物资。所以战争不是光荣的事,是万物之灵的人类所做出的最蠢的事。除了抵抗侵略、抵抗强权,执干戈以卫社稷的不得已而推动的战争之外,一切战争都是该受诅咒的。大多数的人不愿意战争,只有那些思想和情绪不正常的邪恶的所谓领袖人物,才处心积虑地在一些好听的借口之下制造战争。约翰逊在合订本里删除了这一篇讽刺文章,也许是怕开罪于巨室吧?

243

# 第六伦

君臣、父子、夫妇、兄弟、朋友，是为五伦，如果要添上一个六伦，便应该是主仆。主仆的关系是每个人都不得逃脱的。高贵如一国的元首，他还是人民的公仆；低贱如贩夫走卒，他回到家里，颐指气使，至少他的妻子媳妇是不免要做奴下奴的。不过我现在所要谈的"仆"，是以伺候私人起居为专职的那种仆。所谓"主"，是指用钱雇买人的劳力供其驱使的人而言。主仆这一伦，比前五伦更难敦睦。

在主人的眼里，仆人往往是一个"必需的罪恶"，没有他不成，有了他看着讨厌。第一，仆人不分男女，衣履难得整齐，或则蓬首垢面，或则蒜臭袭人，有些还跣足赤背，瘦骨嶙嶙，活像甘地先生，也公然升堂入室，谁看着也是不顺眼。一位唯美主义者（是王尔德还是优思曼）曾经设计过，把屋里四面墙都糊上墙纸，然后令仆人穿上与墙纸同样颜色同样花纹的衣裳，于是仆人便有了"保护色"，出入之际，不至引人注意。这是一种办法，不过尚少有人采用。有些作威作福的旅华外人，以及"二毛子"之类，往往给家里的仆人穿上制服，像番菜馆的侍者似的，东交民巷里的洋官僚，则一年四季地给看门的赶车的戴上一顶红缨帽。这种种，无非是想要减少仆人的一些讨厌相，以适合他们自己的其实更为可厌的品味而已。

仆人，像主人一样，要吃饭，而且必然吃得更多。这在主人看来，是仆人很大的一个缺点。仆人举起一碗碰鼻尖的满碗饭往嘴里扒的时候，很少主人（尤其是主妇）看着不皱眉的，心痛。很多主人认为是怪事，同样的是人，何以一旦沦为仆役，便要努力加餐到这种程度。

主人的要求不容易完全满足，所以仆人总是懒懒的，总是不能称意，王褒的《僮约》虽是一篇游戏文字，却表示出一般人唯恐仆人少做了事，事前一桩桩地列举出来，把人吓倒。如果那个仆人件件应允，件件做到，主人还是不会满意的，因为主人有许多事是主人自己事前也想不到的。法国中古有一篇短剧，描写一个人雇用一个仆人，也是仿王褒笔意，开列了一篇详尽的工作大纲，两相情愿，立此为凭。有一天，主人落井，大声呼援，仆人慢腾腾地取出那篇工作大纲，说："且慢，等我看看，有没有救你出井那一项目。"下文怎样，我不知道，不过可见中西一体，人同此心。主人所要求于仆人的,还有一点,就是绝对服从,不可自作主张,要像军队临阵一般地听从命令,不幸的是,仆人无论受过怎样折磨,总还有一点个性存留,他也是父母养育的,所以也受过一点发展个性的教育,因此总还有一点人性的遗留,难免顶撞主人。现在人心不古,仆人的风度之合于古法的已经不多,像北平的男仆,三河县的女仆,那样地应对得体,进退有节,大概是要像美洲印第安人似的需要特别辟地保护,勿令沾染外习。否则这一类型是要绝迹于人寰的了。

驾驭仆人之道,是有秘诀的,那就是,把他当做人,这样一来,凡是人所不容易做到的,我们也就不苛责于他;凡是人所容易犯的毛病,我们也加以曲宥。陶渊明介绍一个仆人给他的儿子,写信嘱咐他说:"彼亦人子也,可善视之。"这真是一大发明! J. M. Barrie 爵士在《可敬爱的克来顿》那一出戏里所描写的,也可使人恍然于主仆一伦的精义。主仆二人漂海遇险,在一荒岛上过活。起初主人不能忘记他是主人,但是主人的架子不能搭得太久,因为仆人是唯一能砍柴打猎的人,他是生产者,他渐渐变成了主人,他发号施令,而主人渐渐成为一助手,一个奴仆了。这变迁很自然,环境逼他们如此。后来遇救返回到"文明世界",那仆人又局促不安起来,又自甘情愿地回到仆人的位置,那主人有所凭藉,又回到主人的位置了。这出戏告诉我们,主仆的关系,不是天生成的,离开了"文明世界",主仆的位置可能交换。我们固不必主张反抗文明,但是我们如果让一些主人明白,他不是天生成的主人,讲到真实本领他还许比他的仆人矮一大截,这对于改善主仆一伦,也未始没有助益哩!

五世同堂，乃得力于百忍。主仆相处，虽不及五世，但也需双方相当的忍。仆人买菜赚钱，洗衣服偷肥皂，这时节主人要想，国家借款不是也有回扣吗？仆人倔强顶撞傲慢无礼，这时节主人要想，自己的儿子不也是时常反唇相讥，自己也只好忍气吞声吗？仆人调笑谑浪，男女混杂，这时节主人要想，所谓上层社会不也有的是桃色案件吗？肯这样想便觉心平气和，便能发现每一个仆人都有他的好处。在仆人一方面，更需要忍。主人发脾气，那是因为赌输了钱，或是受了上司的气而无处发泄，或是夜里没有睡好觉，或是肠胃消化不良。

　　Swift在他的《婢仆须知》一文里有这样一段："这应该定为例规，凡下房或厨房里的桌椅板凳都不得有三条以上的腿。这是古老定例，在我所知道的人家里都是如此，据说有两个理由，其一，用以表示仆役都是在危脆不定的状态；其二，算是表示谦卑，仆人用的桌椅比主人用的至少要缺少一条腿。我承认这里对于厨娘有一个例外，她依照旧习惯可以有一把靠手椅备饭后的安息，然而我也少见有三条以上的腿的。仆人的椅子之发生这种传染性跛疾，据哲学家说是由于两个原因，即造成邦国的最大革命者：我是指恋爱与战争。一条凳，一把椅子，或一张桌子，在总攻击或小战的时候，每被拿来当做兵器；和平以后，椅子——倘若不是十分结实——在恋爱行为中又容易受损，因为厨娘大抵肥重，而司酒的又总是有点醉了。"

　　这一段讽刺的意义是十分明白的，虽然对我们国情并不甚合。我们国里仆人们坐的凳子，固然有只有三条腿的，可是在三条以上的也甚多。一把普通的椅子最多也不过四条腿，主仆之分在这上面究竟找不出多大距离，我觉得惨的是，仆人大概永远像莎士比亚《暴风雨》中的那个卡力班,又蠢笨,又狡猾,又怯懦,又大胆,又服从,又反抗,又不知足,又安天命,陷入极端的矛盾。这过错多半不在仆人方面。如果这世界上的人,半是主人半是仆,这一伦的关系之需要调整是不待言的了。

# 推销术

一位朋友在美国旅行，坐在火车上昏昏欲睡，蓦然觉得肘边一触，发现在椅子上扶手的地方有一张小纸，纸上有十几颗油炸花生，鲜红的，油汪汪的，洒着盐粒的，油炸花生。这是哪里来的呢？他回头一看，有一位身材高大的人端着一盘油炸花生刚刚走过去，他手里拿着一把银匙，他给每人面前放下一张纸，然后挖一勺花生。我的朋友是刚刚入境，尚未入俗，觉得好生奇怪，不知这个人是做什么的。是卖花生的吗？我既没有要买，他也并未要钱。只见他把花生定量配发以后，就匆匆地到另外一个车厢里去了。花生是富于诱惑性的，人在无聊的时候谁忍得住不捏一颗花生往口里送？既送进一颗之后，把馋虫逗起来了,谁忍得住不再拿第二颗?什么东西都好抵抗,唯独诱惑最难抵抗。车上的客人都在蠕动着嘴巴嚼花生了。我的朋友也随着大家吃起来了。十几颗花生是禁不住几嚼的。霎时间,花生吃完了。可是肚子里不答应,嘴里也闹得慌,比当初不吃还难受。正在这难熬的当儿,那个大高个儿又来了,这一回他是提着一个大篮子,里面是一袋一袋的炸花生,两角钱一袋。旅客几乎没有不买一两袋的。吃过十几颗而不再买的也有,那大个子也只对他微微一笑,走过去了,原来起先配发的十几颗是样品,不取值。好精明的推销术!

我的朋友说,还有比这更霸道的。在家里住得好好的,忽然邮差送来一个小小的包裹,打开一看是肥皂公司寄来的两块肥皂,附着一封信,挺客气,恭维你一大顿,说只有你才配用这样超等的肥皂,这种肥皂如果和脸一接触,那感觉就比和任何别种东西接触都来得更为浑身通泰,临完是祝你一家子康健。我的朋友愣住了,问太太,问小姐,谁也没有要买他的肥皂。已经寄来了,就搁着罢。过了很久,也没有下文,不知是在哪一天也就拉扯着用了。也说不上好坏,反正可以起白沫子下油泥就是了。可是两块肥皂刚用完,信来了,问你要订购多少块,每块五角。我的朋友置之不理。过些天第三封信来了,这一回措词还很客气,可是骨子里有点硬了,他问你为什么缘故不订购他的肥皂,是为了价钱贵吗,是为了香气不够吗,是为了硬度不合吗,是为了颜色不美吗……列举了一串理由,要你在那小方格里打个记号,活像是民意测验。我的朋友火了,把测验纸放进应该放进的地方去,骂了一句美国式的国骂。又过了不久,第四封信来了,措词还是很谦逊,算是偿付那两块肥皂的价钱，便彼此两清了。人的耐性是有限度的，谁的耐性小谁算是输了。我的朋友赌气寄一元钱去，其怪遂绝。

据说某一医生也同样收到这样的肥皂两块。也接到了四封啰嗦的信，他的应付的方法是寄一小包药片给他，也恭维他一大顿，说只有您阁下才配吃这样的妙药，也问他要订购多少瓶。也问他为什么不满意，最后也是索价一元，但是无庸寄钱了，彼此抵消，两清。

这样的情形，在我们国内不易发生。谁舍得把一勺勺花生或一块块肥皂白白地当样品送出去？既送出之后，谁能再收回成本？我们是最现实的，得到一点点便宜之后，绝不会再吐出来的。

可是我们也有我们传统的推销术。我们自古以来就讲究"良贾深藏若虚"。这是以退为进，以柔克刚的老法宝，我有一票货，无须大吹大擂，不必雇一队洋吹鼓手游街，亦无须都倒翻出来摆在玻璃窗里开展览会，更不在冤钱登广告，我干脆不推销，死等着顾客自己上门。买卖做得硬气，门口标明"只此一家，并无分店"，连分店都不肯设。多么倔！但是货出了名，自然有人上门，有人几百里跑来买东西。不推销反成为最好的推销术。

这样不推销的推销术，在北平最合适。北平有些店铺，主顾上门，不但不急着兜揽生意，而且于客气之中还寓有生疏之意。例如书店，进得店门，四壁图书虽然塞得满满的，但尽是些普通书籍，你若问他有什么好书，他说没有什么，你说随便看看，他说请看请看。结果是你什么好书也看不见。但是你若去过几次，做成几回生意，情形就不同了，他会请你到里柜坐，再过些时请到后柜坐，升堂入室之后，箱子里的好书善本陆陆续续地都拿出来了。宋版的，元椠的，琳琅满目，还小声地嘱咐你，不要对外人说。于生意之外，还套着交情。

水果店也有类似的情形。你别看外面红红绿绿地摆着一大堆，有好的也有坏的，顶好的一路却在后面筐里藏着呢！你若不开口要看后面藏着的货色，他绝不给你看。后面筐里，盖着一张张绵纸，揭开一看，全是没有渣儿的上等货。

这种"深藏若虚"的推销术有它存在的理由。货物并非大量生产，所以无须急于到处推销。如果宋版书一刷就是几万份，也得放在地摊上一折八扣。如果莱阳梨肥城桃大批运到北平，也不能一声不响的藏在后柜。而且社会相当稳定，买东西的人是固定的那么些个人，今年上门明年一定还来，几十年下来不能有什么大的变动。所以，小至酸梅汤，酱羊肉，茯苓饼，灌肠，薄脆，豆腐脑，都有一定的标准店铺，口碑相传，绝无错误。如今时代不同了，人口在流动，家族在崩析，到处都像是个码头，今年不知明年事，所以商店的推销术也起了急剧的变化。就是在北平，你看，杂货店开张也要有两位小姐剪彩，油盐店也要装置大号的收音机，饭馆也要装霓虹招牌，满街上奇形怪状的广告，不是欢迎参观，就是敬请比较，不是货涌如山，就是拼命削价，唯恐主顾不上门——只欠门口再站两个彪形大汉，见人就往里拉！

# Part 3

**做人**

有时候，只要把心胸敞开，快乐也会逼人而来。这个世界，这个人生，有其丑恶的一面，也有其光明的一面。良辰美景，赏心乐事，随处皆是。智者乐水，仁者乐山。雨有雨的趣，晴有晴的妙，小鸟跳跃啄食，猫狗饱食酣睡，哪一样不令人看了觉得快乐？

# 大学教授

有许多人,把所有的大学教授都看得很重,以为他们在品行上都是很清高的,在学问上更不消说。只要认清"博士"、"硕士"的招牌,便不致误。其实这是误会。由这种误会还许产生出许多失望和悲剧。

大学教授是一种职业,比较的还算是赚钱的职业。要说干这种生意,也不容易。从小的时候,父母就要下本钱,由买石板粉笔以至于出洋旅费,纵然不致倾家荡产,也要元气大伤。学成之后,应该不难于立身扬名以显父母,设若遭逢非时,沦为大学教授,总算是屈尊俯就,很委屈了。

一般的人若是生来没有什么大毛病,谁愿意坐冷板凳?但是"得大下之英才,而教育之,一乐也"!而天下之英才往往不在一个学校,所以身为大学教授者,也就往往身兼数校教授,多多益善,这完全是热心服务,薪金多寡,倒是一件小事。以现代人的眼光论,谁要是一辈子做大学教授,谁就是没出息!他们以为大学教授本是升官发财的路上的驻足之所。所以肯长进的人,等到有官可做,有财可发的时候,区区教授,便视如敝屣了。

若有思想迂腐的人说:"先生,你这不是误人子弟吗?"他将回答说:"是的,是的,不过当初人家也是照样误我来的,否则我也不来做教授了!"

## 暴发户

暴发户，外国也有，叫做 Parvenu 或 nouveau riche，意为新贵新富。这一种人，有鲜明的特征，在人群中自成一格，令人一眼就可以辨认出来。旧戏里有一个小丑曾说过这样的一句话："树小墙新画不古，此人必是内务府。"挖苦暴发户，入木三分。

内务府是前清的一个衙门，掌管大内的财务出纳，以及祭礼、宴飨、膳馐、衣服、赐予、刑法、工作、教习，职务繁杂，组织庞大，下分七司三院，其长官名为总理大臣。凡能厕身其间者，无不被人艳羡，视为肥缺。"三年清知府，十万雪花银"，何况是给皇帝佬儿办总务？经手三分肥，内务府当差的几乎个个暴发。

　　人在暴发之后，第一桩事多半是求田问舍。锯木头，盖房子，叱咤立办；山节藻棁，玉砌雕栏，亦非难致。唯独想在庭院之中立即拥有三槐五柳，婆娑掩映于朱门绣户之间，则非人力财力所能立即实现。十年树木，还是保守的说法，十年过后也许几株龙柏可以不再需要木架扶持，也许那些七杈八杈韵味毫无的油加利猛窜三两丈高，时间没有成熟之前，房子尽管富丽堂皇，堂前也只好放四盆石榴树，几窠夹竹桃，南墙脚摆几盆秋海棠。树，如果有，一定是小的。新盖的房子，墙也一定是新的，丹、青、赭、垩，光艳照人，还没来得及风雨剥蚀，还没来得及接受行人题名、顽童刻画、野狗遗溺。此之谓树小墙新。

　　暴发户对于室内装潢是相当考究的。进得门来，迎面少不得一个特大号的红地洒金的福字斗方，是倒挂着的，表示福到了。如果一排五个斗方当然更好，那是五福临门。室内灯饰，不比寻常。通常是八盏粗制滥造的仿古宫灯，因为楠木框花毛玻璃已不可得，象牙饰丝线穗更不必说。此外墙上、柱上、梁上、天花板上，还有无数的大大小小的电灯，甚至还有一串串的跑灯、霓虹灯，略似电视综艺节目之豪华场面。墙上也许还挂起一两幅政要亲笔题款的玉照，主人借以对客指点曰："某公厚我，某公厚我。"但是墙上没有画是不行的，乃斥巨资定绘牡丹图，牡丹是五色的，象征五福临门，未放的花苞要多，象征多子多孙，题曰："富贵满堂。"如果这一幅还不够，可再加一幅猫蝶图，或是一幅"鹤鹿同春"，鹤要红顶，鹿要梅花。总之是画不古，顶多也许有一张仇十洲的仕女或是郑板桥的墨竹，好像稍为古一点点，但是谁愿说穿是真迹还是赝品？

新屋落成而不宴宾客，那简直是衣锦夜行。于是詹吉折简，大张盛筵，席开三桌，座位次序都经过审慎的考虑安排，中间一桌是政界，大小首长；右边一桌是商界，公司大亨；左边一桌只能算是"各界"，非官非商的一些闲杂人等。整套的银器出笼，也许是镀银，光亮耀眼，大型的器皿都是下有保温的热水屉，上有覆罩的碗盖。如果是鸡鸭，碗盖雕塑成鸡鸭形，如果是鱼，则成鱼形。碗足上、筷子上都刻有题字曰"某某自置"。一旁伺候的男女佣人，全穿制服，白布长衫旗袍，领口、袖口、下摆还绲着红边。至于席上的珍馐，则殽旅重叠，燔炙满案。客人连声夸好，主人则忙不迭地说："家常便饭不成敬意。"

饭前饭后少不得要引导宾客参观新居，这是宴客的主要项目。先从客厅看起，长廊广庑，敞豁有容，中间是一块大地毯，主人说明是波斯制品，可是很明显的图案不像。几套皮垫大沙发之外，有一套远看像是楠木雕花长案、小几、太师椅之类的古老家具。长案之上有百古架、玉如意、百鹿敦、金钟、玉磬，挤得密密杂杂。小几前面居然还有蓝花白瓷的痰盂。旁边可能有一大箱热带鱼，另一边可能有大型立体音响。至于电视机，那就一定不止一台了。寝室里四壁至少有两面全是镜子，花灯照耀之下，有如置身水晶宫中。高广大床，锦帱绣帐，松软的弹簧床垫像是一大块天使蛋糕。浴缸则像是小型游泳池。书房也有一间，几净窗明，文房四宝罗列井然。书柜里有廿五史、百科全书，以及六法全书，一律布面烫金，金光熠熠。后院有温室一间，里面挂着几盆刚开败了的洋兰。众宾客参观完毕，啧啧称赞，可是其中也有一位冷冷的低声地说："这全是等闲之功！"人问其语出何典，他说："不记得《水浒传》王婆贪贿说风情,有所谓五字诀么?"众皆粲然,主人也似懂非懂地跟着大家哈、哈、哈。

主人在仰着头打哈哈的时候,脖梗子上明显地露出三道厚厚的肥肉折叠起来的沟痕。大腹便便,虽不至"垂腴尺余",也够瞧老大半天。"乐然后笑",心里欢畅,自然就面团团,不时地辗然而笑。常言道:"人无横财不富,马无夜草不肥。"横财自何处来?没有人事前知道,只能说是逼人而来,说得玄虚一点便是自来处来。不过事后分析,也可找出一些蛛丝马迹,不会没有因缘。大抵其人投机冒险,而又遭逢时会,遂令竖子暴发。"君子之泽,五世而斩。"暴发户呢?其兴也暴,很可能"眼看他起高楼,眼看他宴宾客,眼看他楼塌了"!

# 谈学者

在上一期的《文星》里看到居浩然先生的一篇文章,他把 Scholarship 一字译成为"学格"。这一个字是不容易翻译得十分恰当的,因为它含义不太简单。从字面上讲,这个字分两部分,Scholar+ship,其重心还是在前一半,ship 表示特征、性质、地位等。韦氏字典所下的定义是:character or qualities of a scholar; attainments in science or literature, formerly in classical literature; learning. 这一定义好像是很简单明了,但是很值得我们想一想。什么是学者的特征与性质呢?换言之,怎样才能是一个学者呢?居先生提出了三点,第一是诚实,第二是认真,第三是纪律。愿再补充申说一下。

学者以探求真理为目的，故不求急功近利。学者研究一个问题，往往是很小的而且很偏僻的问题，不惜以狮子搏兔的手段，小题大做，有时候像是迂腐可笑，有时候像是玩物丧志。这种研究可能发生很大的影响，或给人以重要的启示，但亦可能不生什么实际的效果。在学者自身看来，凡是探求真理的努力都是有价值的，题目不嫌其小，不嫌其偏，但求其能有所发现，纵然终于不能有所发现，其探讨的过程仍然是有价值的。学者的态度是"无所为而为"的，是不计功利的。一个有志于学的人，我们只消看看他所研究的题目，就可以约略知道他是否有走上学问之途的希望。学者有时为了探讨真理，不惜牺牲其生命，不惜与权威抗，不为利诱自然是更不待言的了。

小题大做并不是一件容易事。要小题大做需先尽力发掘前人研究的成果与过程；需先对此一小题所牵涉到的其他各方面的材料做一广泛的探讨，然后方能正式着手。题小，然后才能精到。可是这精到仍是建在广博的基础之上。题目若是大，则纵然用功甚勤，仍常嫌肤泛，可供通俗阅览，不能做专门参考。高谈义理，固然也是学问，不过若无切实的学识做后盾，便要流于空疏。题小而要大做，才能透彻，才能深入，才能巨细靡遗。所以学问之道是艰辛的。

学者有学者的尊严。他不屑于拾人涕唾，有所引证必注明出处，正文里不便述说则皆加脚注，最低限度引号是少不得的。凡是正式论文，必定脚注很多，这样可显示作者的功力与负责的态度。不注明出处，一方面是掠人之美，一方面是削弱了自己论证的力量。论文后面总是附有参考书目，从这书目也可窥见学者的素养。学者不发表正式论文则已，发表则必定全盘公布他的研究经过，没有一点夹带藏掖。

学者不肯强不知以为知。自己没有把握的材料，不但不可妄加议论，即使引述也往往失当，纰漏一出，识者齿冷。尝见文史作者，引证最新科学资料，或国学大师，引证外国文字，一知半解，引喻失当，自以为旁征博引，头头是道，实则暴露自己之无知与大胆，有失学者风度。

有了学者的态度，穷年累月地锲而不舍，自然有相当的造诣。但学者，永远是虚心的，偶有所得，亦不敢沾沾自喜，更不肯大吹大擂地目空一切，做小家子气。剑拔弩张的，火辣辣的，不是学者的气息，学者是谦冲的，深藏若虚的。

学者风度，中外一理。不过以我们的学校制度以及设备环境而论，我们要继续不断地一批批地培养学者，似乎甚有困难。以文字训练来说，现代文、古文、外国文都极重要，缺一不可，这只是工具的训练，并不是学问本身，而我们的一般青年学子中能有几人粗备语言文字的根底？现在的大学很少有淘汰作用，一入大学，便注定可以毕业，敷衍松懈，在学问上无纪律之可言，上课钟点奇多，而每课都是稀松。到外国去留学的学生，一开学便叫苦连天，都说功课分量重，一星期上三门课便忙不过来。以此例彼，便可知我们的教育积弊之所在。我们的学者，绝大部分都是努力自修成功的，很少是学校机构培养出来的。这不是办法。国家不能等待着学者们自生自灭，国家需要有计划的培植青年学者，大量地生产，使之新陈代谢，日益精进。这不是一纸命令的事，也不是添设机构即可奏效，最要紧的莫过于稳定的生活与充足的设备。讲到学者的养成，所有的学术教育机构皆有责任。有人讥笑我们为文化沙漠，我们也大半自承学术气氛不足。须知现代的学者和从前不同，从前的人可以焚膏继晷皓首穷经，那时候的学术领域比较狭窄，现代的人作学问不能抱残守缺，需要图书馆、实验室的良好设备来做辅助。我深感我们的高级学府培育人才，实际上是漫无目标，毕业出来的学生从事专门职业，则常嫌准备不足，继续研究做学问，则大部分根底也很差。这是很可虑的。

# 剽　窃

顾亭林《日知录》卷二十有这样一段：

> 凡述古人之言，必当引其立言之人。古人又述古人之言，则两引之。不可袭以为己说也。诗曰："自古在昔，先民有作。"程正叔传易，未济三阳皆失位，而曰："斯义也，闻之成都隐者。"是则时人之言，而亦不敢没其人。君子之谦也。然后可与进于学。

他的意思是说：引述古人的言论，要说明那古人是谁。如果古人又引述另一古人的言论，两个古人的姓名都要说明。不可以把古人的议论当作是自己的。《诗经》(《商颂·那》)说："从前古时候，已经有人这样做过。"程正叔(颐)作《易传》，讲到"未济、三阳皆失位"，特别声明这个说法是从成都一位隐者听来的。可见纵非古人，而是时人，也不可埋没他。这是君子谦逊的态度。能做到这个地步，然后才可讲到做学问。

这一段文章的标题是"述古"，但未限于古，对时人也一样地提到了。他警诫初学的人，为文不可剽窃。他人之美，不可据为己有，并且说这是为学的初步，可谓语重心长。

做硕士论文或博士论文的人，一定受过指导教授的谆谆叮嘱，选题要慎重，要小题大做，搜集资料要巨细靡遗，对于前人的有关著作要尽量研读，引用前人的言论要照录原文，加上引号，在脚注里注明出处，包括版本、年月、页数。按照这些指导原则写出来的论文，大概都有相当的分量。这样的论文，从表面上看，几乎每页都有相当多的脚注，密密麻麻地排在页底，这就说明了作者下过不少功夫，看过不少书，而且老老实实地引证别人的文字而未据为己有。这种论文，本来无须什么重大的发明创见，只要作者充分了解他的勤恳治学的态度，也就可以及格了。这种态度，英文叫作 intellectual honesty（学术上的诚实），不只硕士博士论文需要诚实，一切学术性文字都必须具备这种美德。

有人以为这种严谨诚实的作风是西方人治学的态度，这就不大合于事实。上引顾亭林《日知录》的一段文字，即足以证明我们中国学者早已注意到这个问题。

剽窃者存有一种侥幸的心理，以为古今中外的图书浩如烟海，偶然偷鸡摸狗，未必就会东窗事发。一般人怕管闲事，纵有发现也不一定会挺身检举。举例来说，从前大陆上出版的图书，此间不易见到。但是偶然也有一些渗漏进来。剽窃者得之如获至宝，放心大胆地抄袭，大段大段、整页整页地、一字不易地照抄不误。也有较为狡黠者，利用改头换面移花接木的手法，加以粉饰。但是起先不易得的图书，现在有不少大量翻印流通了，有心人在对比之下就不难发现其中的雷同之处。穿窬扒窃之事，未必都能破案，可是一旦被人逮住，就斯文扫地，无可辩解。这种事不值得做。

著书立说，古人看作一件大事，名之为立言，为太上三不朽之一。后来时势不同，煮字疗饥之说不能不为大家所接受。迨至晚近，从事写作的人常自贬为"爬格子的动物"了。但是不管古今有多少变化，有一条铁则当为大家所共守：不可剽窃。

## 谈友谊

朋友居五伦之末，其实朋友是极重要的一伦。所谓友谊实即人与人之间的一种良好的关系，其中包括了解、欣赏、信任、容忍、牺牲……诸多美德。如果以友谊做基础，则其他的各种关系如父子夫妇兄弟之类均可圆满地建立起来。当然父子兄弟是无可选择的永久关系，夫妇虽有选择余地，但一经结合便以不再仳离为原则，而朋友则是有聚有散可合可分的。不过，说穿了，父子夫妇兄弟都是朋友关系，不过形式性质稍有不同罢了。严格地讲，凡是充分具备一个好朋友的条件的人，他一定也是一个好父亲、好儿子、好丈夫、好哥哥、好弟弟。反过来亦然。

我们的古圣先贤对于交友一端是甚为注重的。《论语》里面关于交友的话很多。在西方亦是如此。罗马的西塞罗有一篇著名的《论友谊》。法国的蒙田、英国的培根、美国的爱默生，都有论友谊的文章。我觉得近代的作家在这个题目上似乎不大肯费笔墨了。这是不是叔季之世友谊没落的征象呢？我不敢说。

　　古之所谓"刎颈交"，陈义过高，非常人所能企及。如Damon与Pythias, David与Jonathan，怕也只是传说中的美谈罢。就是把友谊的标准降低一些，真正能称得起朋友的还是很难得。试想一想，如有银钱经手的事，你信得过的朋友能有几人？在你蹭蹬失意或疾病患难之中还肯登门拜访乃至雪中送炭的朋友又有几人？你出门在外之际对于你的妻室弱媳肯加照顾而又不照顾得太多者又有几人？再退一步，平素投桃报李，莫逆于心，能维持长久于不坠者，又有几人？总角之交，如无特别利害关系以为维系，恐怕很难在若干年后不变成为路人。富兰克林说："有三个朋友是忠实可靠的——老妻，老狗与现款。"妙的是这三个朋友都不是朋友。倒是亚里士多德的一句话最干脆："我的朋友们啊！世界上根本没有朋友。"这些话近于愤世嫉俗，事实上世界里还是有朋友的，不过虽然无须打着灯笼去找，却是像沙里淘金而且还需要长时间地洗炼。一旦真铸成了友谊，便会金石同坚，永不退转。

　　大抵物以类聚，人以群分。臭味相投，方能永以为好。交朋友也讲究门当户对，纵不必像九品中正那么严格，也自然有个界线。"同学少年多不贱，五陵裘马自轻肥"，于"自轻肥"之余还能对着往日的旧友而不把眼睛移到眉毛上边去么？汉光武容许严子陵把他的大腿压在自己的肚子上，固然是雅量可风，但是严子陵之毅然决然地归隐于富春山,则尤为知趣。朱洪武写信给他的一位朋友说:"朱元璋做了皇帝,朱元璋还是朱元璋……"话自管说得很漂亮,看看他后来之诛戮功臣,也就不免令人心悸。人的身心构造原是一样的,但是一入宦途,可能发生突变。孔子说:"无友不如己者",我想一来只是指品学而言,二来只是说不要结交比自己坏的,并没有说一定要我们去高攀。友谊需要两造,假如双方都想结交比自己好的,那便永远交不起来。

好像是王尔德说过,"一个男人与一个女人之间是不可能有友谊存在的。"就一般而论,这话是对的,因为男女之间如有深厚的友谊,那友谊容易变质,如果不是心心相印,那又算不得是友谊。过犹不及,那分际是难以把握的。忘年交倒是可能的。祢衡年未二十,孔融年已五十,便相交友,这样的例子史不绝书,但似乎是也以同性为限。并且以我所知,忘年交之形成固有赖于兴趣之相近与互相之器赏,但年长的一方面多少需要保持一点童心,年幼的一方面多少需要显着几分老成。老气横秋则令人望而生畏,轻薄儇佻则人且避之若浼。单身的人容易交朋友,因为他的情感无所寄托,漂泊流离之中最需要一个一倾积愫的对象,可是等到他有红袖添香稚子候门的时候,心境便不同了。

"君子之交淡如水",因为淡所以才能不腻,才能持久。"与朋友交,久而敬之。"敬也就是保持距离,也就是防止过分的亲昵。不过"狎而敬之"是很难的。最要注意的是,友谊不可透支,总要保留几分。Mark Twain 说:"神圣的友谊之情,其性质是如此的甜蜜、稳定、忠实、持久,可以终身不渝,如果朋友不开口向你借钱。"这真是慨乎言之。朋友本有通财之谊,但这是何等微妙的一件事!世上最难忘的事是借出去的钱,一般认为最倒霉的事又莫过于还钱。一牵涉到钱,恩怨便很难清算得清楚,多少成长中的友谊都被这阿堵物所戕害!

规劝乃是朋友中间应有之义,但是谈何容易。名利场中,沆瀣一气,自己都难以明辨是非,哪有余力规劝别人?而在对方则又良药苦口忠言逆耳,谁又愿意让人批他的逆鳞?规劝不可当着第三者的面前行之,以免伤他的颜面,不可在他情绪不宁时行之,以免逢彼之怒。孔子说:"忠告而善道之,不可则止。"我总以为劝善规过是友谊之消极的作用。友谊之乐是积极的。只有神仙与野兽才喜欢孤独,人是要朋友的。"假如一个人独自升天,看见宇宙的大观,群星的美丽,他并不能感到快乐,他必要找到一个人向他述说他所见的奇景,他才能快乐。"共享快乐,比共受患难,应该是更正常的友谊中的趣味。

# 了生死

　　信佛的人往往要出家。出家所为何来？据说是为了一大事因缘，那就是要"了生死"。在家修行，其终极目的也是为了要"了生死"。生死是一件事，有生即有死，有死方有生，"了"即是"了断"之意。生死流转，循还不已，是为轮回，人在轮回之中，纵不堕入恶趣，生、老、病、死四苦煎熬亦无乐趣可言。所以信佛的人要了生死，超出轮回，证无生法忍。出家不过是一个手段，习静也不过是一个手段。

　　但是生死果然能够了断吗？我常想，生不知所从来，死不知何处去，生非甘心，死非情愿，所谓人生只是生死之间短短的一橛。这种看法正是佛家所说"分段苦"。我们所能实际了解的也正是这样。波斯诗人奥玛·海亚姆的四行诗恰好说出了我们的感觉：

> Into this universe, and why not knowing,
> Nor whence, like water willy-nilly flowing;
> And out of it, as wind along the waste,
> I know not whither, willy-nilly blowing.

> 不知为什么，亦不知来自何方，
> 就来到这世界，像水之不自主地流；
> 而且离了这世界，不知向哪里去，
> 像风在原野，不自主地吹。

"我来如流水，去如风"，这是诗人对人生的体会。所谓生死，不了断亦自然了断，我们是无能为力的。我们来到这世界，并未经我们同意，我们离开这世界，也将不经我们同意。我们是被动的。

人死了之后是不是万事皆空呢？死了之后是不是还有生活呢？死了之后是不是还有轮回呢？我只能说不知道。使哈姆雷特踌躇不决的也正是这一种猜疑。按照佛家的学说，"断灭相"绝非正知解。一切的宗教都强调死后的生活，佛教则特别强调轮回。我看世间一切有情，是有一个新陈代谢的法则，是有遗传嬗递的迹象，人恐怕也不是例外，长江后浪推前浪，一代新人换旧人，如是而已。又看佛书记载轮回的故事，大抵荒诞不经，可供谈助，兼资劝世，是否真有其事殆不可考。如果轮回之说尚难证实，则所谓了生死之说也只是可望不可即的一个理想了。

我承认佛家了生死之说是一崇高理想。为了希望达到这个理想，佛教徒制定许多戒律，所谓根本五戒，沙弥十戒、比丘二百五十戒，这还都是所谓"事戒"，菩萨十重四十八轻戒之"性戒"尚不在内。这些戒律都是要我们在此生此世来身体力行的。能彻底实行戒律的人方有希望达到"外息诸缘，内心无喘"的境界。只有切实地克制情欲，方能逐渐地做到"情枯智讫"的功夫。所有的宗教无不强调克己的修养，斩断情根，裂破俗网，然后才能湛然寂静，明心见性。就是佛教所斥为外道的种种苦行，也无非是戒的意思，不过做得过分了些。中古基督教也有许多不近人情的苦修方法。凡是宗教都是要人收敛内心截除欲念。就是伦理的哲学家，也无不倡导多多少少的克己的苦行。折磨肉体，以解放心灵，这道理是可以理解的。但是以爱根为生死之源，而且自无始以来因积业而生死流转，非斩断爱根无以了生死，这一番道理便比较难以实证了。此生此世持戒，此生此世受福，死后如何，来世如何，便渺茫难言了。我对于在家修行的和出家修行的人们有无上的敬意。由于他们的参禅看教，福慧双修，我不怀疑他们有在此生此世证无生法忍的可能，但是离开此生此世之后是否即能往生净土，我很怀疑。这净土，像其他的被人描写过的天堂一样，未必存在。如果它存在，只是存在于我们的心里。

西方斯多葛派哲学家所谓个人的灵魂于死后重复融合到宇宙的灵魂里去，其种种信念也无非是要人于临死之际不生恐惧，那说法虽然简陋，却是不落言筌。蒙田说："学习哲学即是学习如何去死。"如果了生死即是了解生死之谜，从而获致大智大勇，心地光明，无所恐惧，我相信那是可以办到的。所以在我的心目中，宗教家乃是最富理想而又最重实践的哲学家。至于了断生死之说，则我自惭劣钝，目前只能存疑。

# 谈幽默

幽默是 humor 的音译,译得好,音义兼顾,相当传神,据说是林语堂先生的手笔。不过幽默二字,也是我们古文学中的现成语。《楚辞·九章·怀沙》:"昫兮杳杳,孔静幽默。"幽默是形容山高谷深荒凉幽静的意思,幽是深,默是静。我们现在所要谈的幽默,正是意义深远耐人寻味的一种气质,与成语幽默二字所代表的意思似乎颇为接近。现在大家提起幽默,立刻想起原来幽默二字的意思了。

幽默一语所代表的那种气质,在西方有其特定的意义与历史。据古代生理学,人体有四种液体:血液、粘液、黄胆液、黑胆液。这些液体名为幽默(humors),与四元素有密切关联。

血似空气，湿热；黄胆液似火，干热；粘液似水，湿冷；黑胆液似土，干冷。某些元素在某一种液体中特别旺盛，或几种液体之间失去平衡，则人生病。液体蒸发成气，上升至脑，于是人之体格上的、心理上的、道德上的特点于以形成，是之谓他的脾气性格，或径名之曰他的幽默。完好的性格是没有一种幽默主宰他。乐天派的人是血气旺，善良愉快而多情。胆气粗的人易怒，焦急、顽梗、记仇。粘性人迟钝，面色苍白、怯懦。忧郁的人贪吃、畏缩、多愁善感。幽默之反常状态能进一步导致夸张的特点。在英国伊利莎白时代，幽默一词成了人的"性格"（disposition）的代名词，继而成了"情绪"（mood）的代名词。到了一六〇〇年代，常以幽默作为人物分类的准绳。从十八世纪初起，英语中的幽默一语专用于语文中之足以引人发笑的一类。幽默作家常是别具只眼，能看出人类行为之荒谬、矛盾、滑稽、虚伪、可哂之处，从而以犀利简洁之方式一语点破。幽默与警语（wit）不同，前者出之以同情委婉之态度，后者出之以尖锐讽刺之态度，而二者又常不可分辨。例如莎士比亚创造的人物之中，孚斯塔夫滑稽突梯，妙语如珠，便是混合了幽默与警语之最好的榜样之一。

幽默一词虽然是英译，可是任何民族都自有其幽默。常听人说我们中国人缺乏幽默感。在以儒家思想为正统的社会里，幽默可能是不被鼓励的，但是我们看《诗经·卫风·淇奥》："善戏谑兮，不为虐兮"。谑而不虐仍不失为美德。东方朔、淳于髡，都是滑稽之雄。太史公曰："天道恢恢，岂不大哉？谈言微中，亦可以解纷。"为立《滑稽列传》。较之西方文学，我们文学中的幽默成分并不晚出，也并未被轻视。宋元明理学大盛，教人正心诚意居敬穷理，好像容不得幽默存在，但是文学作家，尤其是戏剧与小说的作者，在编写行文之际从来没有舍弃幽默的成分。几乎没有一部小说没有令人绝倒的人物，几乎没有一出戏没有小丑插科打诨。至于明末流行的笑话书之类，如冯梦龙《笑府序》所谓"古今世界一大笑府，我与若皆在其中供话柄，不话不成人，不笑不成话，不笑不话不成世界"，直把笑话与经书子史相提并论，更不必说了。我们中国人不一定比别国人缺乏幽默感，不过表现的方式容或不同罢了。

我们的国语只有四百二十个音缀，而语词不下四千（高本汉这样说）。这就是说，同音异义的字太多，然而这正大量提供了文字游戏的机会。例如诗词里"晴"、"情"二字相关，俗话中生熟的"生"与生育的"生"二字相关，都可以成为文字游戏。能说这是幽默吗？在英国文学里，相关语（pun）太多了，在十六世纪时还成了一种时尚，为雅俗所共赏。文字游戏不是上乘的幽默，灵机触动，偶一为之，尚无不可，滥用就惹人厌。幽默的精义在于其中所含的道理，而不在于舞文弄墨博人一粲。

所以善幽默者，所谓幽默作家（humourists），其人必定博学多识，而又悲天悯人，洞悉人情世故，自然的谈吐珠玑，令人解颐。英小说家萨克雷于一八五一年做一连串演讲，《英国十八世纪幽默作家》，刊于一八五三年，历述斯威夫特、斯特恩等的思想文字，着重点皆在于其整个的人格，而不在于其支离琐碎的妙语警句。幽默引人笑，引人笑者并不一定就是幽默。人的幽默感是天赋的，多寡不等，不可强求。

王尔德游美，海关人员问他有没有应该申报纳税的东西，他说："没有什么可申报的，除了我的天才之外。"这回答很幽默也很自傲。他可以这样说，因为他确是有他一分的天才。别人不便模仿他。我们欣赏他这句话，不是欣赏他的恃才傲物，是欣赏他讽刺了世人重财物而轻才智的陋俗的眼光。我相信他事前没有准备，一时兴到，乃脱口而出，语妙天下，讥嘲与讽刺常常有幽默的风味，中外皆然。

  我有一次为文，引述了一段老的故事：某寺僧向人怨诉送往迎来不胜其烦，人劝之曰："尘劳若是，何不出家？"稿成，投寄某刊物，刊物主编以为我有笔误，改"何不出家"为"何必出家"，一字之差，点金成铁。他没有意会到，反语（irony）也往往是幽默的手段。

# 谈话的艺术

一个人在谈话中可以采取三种不同的方式,一是独白,一是静听,一是互话。

谈话不是演说,更不是训话,所以一个人不可以霸占所有的时间,不可以长篇大论地絮聒不休,旁若无人。有些人大概是口部筋肉特别发达,一开口便不能自休,绝不容许别人插嘴,话如连珠,音容并茂。他讲一件事能从盘古开天地讲起,慢慢地进入本题,亦能枝节横生,终于忘记本题是什么。这样霸道的谈话者,如果他言谈之中确有内容,所谓"吐佳言如锯木屑,霏霏不绝",亦不难觅取听众。在英国文人中,约翰逊博士是一个著名的例子。在咖啡店里,他一开口,老鼠都不敢叫。那个结结巴巴的高尔斯密一插嘴便触霉头。Sir Oracle 在说话，谁敢出声？约翰逊之所以被称为当时文艺界的独裁者，良有以也。学问风趣不及约翰逊者，必定是比较的语言无味，如果喋喋不已，如何令人耐得。

有人也许是以为嘴只管吃饭而不做别用，对人乃钳口结舌，一言不发。这样的人也是谈话中所不可或缺的，因为谈话，和演戏一样，是需要听众的，这样的人正是理想的听众。欧洲中古时代的一个严肃的教派 Carthusianmonks 以不说话为苦修精进的法门之一，整年不说一句话，实在不易。那究竟是方外人，另当别论，我们平常人中却也有人真能寡言。他效法金人之三缄其口，他的背上应有铭曰："今之慎言人也。"你对他讲话，他洗耳恭听，你问他一句话，他能用最经济的词句把你打发掉。如果你恰好也是"毋多言，多言多败"的信仰者，相对不交一言，那便只好共听壁上挂钟之嘀嗒嘀嗒了。钟会之与嵇康，则由打铁的叮当声来破除两人间之岑寂。这样的人现代也有，相对无言，莫逆于心，吧嗒吧嗒地抽完一包香烟，兴尽而散。无论如何，老于世故的人总是劝人多听少说，以耳代口，凡是不大开口的人总是令人莫测高深；口边若无遮拦，则容易令人一眼望到底。

谈话，和作文一样，有主题，有腹稿，有层次，有头尾，不可语无伦次。写文章肯用心的人就不太多，谈话而知道剪裁的就更少了。写文章讲究开门见山，起笔最要紧，要来得挺拔而突兀，或是非常爽朗，总之要引人入胜，不同凡响。谈话亦然。开口便谈天气好坏，当然亦不失为一种寒暄之道，究竟缺乏风趣。常见有客来访，宾主落座，客人徐徐开言："您没有出门啊？"主人除了重申"我没有出门"这一事实之外没有法

279

子再做其他的答话。谈公事，讲生意，只求其明白清楚，没有什么可说的。一般的谈话往往是属于"无题"、"偶成"之类，没有固定的题材，信手拈来，自有情致。情人们喁喁私语，总是有说不完的话题，谈到无可再谈，则"此时无声胜有声"了。老朋友们剪烛西窗，班荆道故，上下古今无不可谈，其间并无定则，只要对方不打哈欠。禅师们在谈吐间好逗机锋，不落迹象，那又是一种境界，不是我们凡夫俗子所能企望得到的。善谈和健谈不同，健谈者能使四座生春，但多少有点霸道，善谈者尽管舌灿莲花，但总还要给别人留些说话的机会。

话的内容总不能不牵涉到人，而所谓人，则不是别人便是自己。谈论别人则东家长西家短全成了上好的资料，专门隐恶扬善则内容枯燥听来乏味，揭人隐私则又有伤口德，这其间颇费斟酌。英文 gossip 一字原义是"教父母"，尤指教母，引申而为任何中年以上之妇女，再引申而为闲谈，再引申而为飞短流长，而为长舌妇，可见这种毛病由来有之，"造谣学校"之缘起亦在于是，而且是中外皆然。不过现在时代进步，这种现象已与年纪无关。谈话而专谈自己当然不会伤人，并且缺德之事经自己宣扬之后往往变成为值得夸耀之事。不过这又显得"我执"太深，而且最关心自己的事的人，往往只是自己。英文的"我"字，是大写字母的 I，有人已嫌其夸张，如果谈起话来每句话都用"我"字开头，不更显着是自我本位了吗？

在技巧上，谈话也有些个禁忌。"话到口边留半句"，只是劝人慎言，却有人认真施行，真个地只说半句，其余半句要由你去揣摩，好像文法习题中的造句，半句话要由你去填充。有时候是光说前半句，要你猜后半句；有时候是光说后半句，要你想前半句。一段谈话中若是破碎的句子太多，在听的方面不加整理是难以理解的。费时费事，莫此为甚。我看在谈话时最好还是注意文法，多用完整的句子为宜。另一极端是唯恐听者印象不深，每一句话重复一遍，这办法对于听者的忍耐力实在要求过奢。谈话的腔调与嗓音因人而异，有的如破锣，有的如公鸡，有的行腔使气有板有眼，有的回肠荡气如怨如诉，有的于每一句尾加上一串咯咯的笑，有的于说完一段话之后像鲸鱼一般喷一口大气，这一切都无关宏旨，要紧的是说话的声音之大小需要一点控制。一开口便血脉贲张，声震屋瓦，不久便要力竭声嘶，气急败坏，似可不必。另有一些人的谈话别有公式，把每句中的名词与动词一律用低音，甚至变成耳语，令听者颇为吃力。有些人唾腺特别发达，三言两句之后嘴角上便积有两滩如奶油状的泡沫，于发出重唇音的时候便不免星沫四溅，真像是痰唾珠玑。人与人相处，本来易生摩擦，谈话时也要保持距离，以策安全。

# 教育你的父母

"养不教,父之过。"现在时代不同了。父母年纪大了,子女也负有教育父母的义务。话说起来好像有一点刺耳,而事实往往确是这样。

"活到老,学到老",前半句人人皆优为之,后半句却不易做到。人到七老八十,面如冻梨,痴呆黄耇,步履维艰,还教他学什么?只合含饴弄孙(如果他被准许做这样的事),或只坐在公园木椅上晒太阳。这时候做子女的就要因材施教,教他的父母不可自暴自弃,应该"当一天和尚撞一天钟","人生七十才开始"。西谚有云:"没有狗老得不能学新把戏。"岂可人不如狗?并且可以很容易地举出许多榜样,例如:

一、摩西老祖母一百岁时还在画。

二、罗素九十四岁时还在奔走世界和平。

三、萧伯纳九十二岁还在编戏。

四、史怀泽八十九岁还在非洲行医。

五、歌德写完他的《浮士德》时是八十三岁。

旁敲侧击,教他见贤思齐,争上游,不可以自甘老朽,饱食终日。游手好闲,耗吃等死,就是没出息。年轻人没出息,犹有指望,指望他有朝一日悔过自新。上了年纪的人没出息,还有什么指望?下辈子!

孩子已经长大成人,甚至已经生男育女,在父母眼中他还是孩子。所以老莱子彩衣娱亲,仆地作儿啼,算是孝行。那时候他已经行年七十,他的父母该是九十以上的人了。这种孝行如今不可能发生。如今的孩子,翅膀一硬,就要远走高飞,此后男婚女嫁,小两口子自成一个独立的单位,五世同堂乃成为一种幻想,或竟是梦魇。现代子女应该早早提醒父母,老境如何打发,宜早为之计,告诉他们如何储蓄以为养老之资,如何锻炼身体以免百病丛生。最重要的是要他们心理有所准备,需要自求多福。颐养天年,与儿女无涉。俗语说:"一个人可以养活十个儿子,十个儿子养不活一个爸爸。"那就是因为儿子本身也要养活儿子,自顾不暇,既要承上,又要启下,忙不过来。十个儿子互相推诿,爸爸就没人管了。

代沟之说,有相当的道理。不过这条沟如何沟通,只好潜移默化,子女对父母未便耳提面命。上一代的人有许多怪习惯,例如,父母对于用钱的方式,就常不为子女所了解。年轻人心里常嘀咕,你要那么多钱干什么?一个钱也带不了棺材里去!

一个钱看得像斗大,一串串的穿在肋骨上,就是舍不得摘下来。眼瞧着钱财越积越多,而生活水准不见提高。嘀咕没有用,要事实上逐步提示新的生活模式。看他的一把坐椅缺了一只脚,垫着一块砖,勉强凑和,你便不妨给他买一张转椅躺椅之类,看他肯不肯坐。看他的衣服捉襟见肘,污渍斑斑,你便不妨给他买一件松松大大的夹克,看他肯不肯穿。这当然不免要破费几文,然而这是个案研究的教学法,教具是免不了的。终极目的是要父母懂得如何过现代的生活,要让他知道消费未必就是浪费。

勤俭起家的人无不爱惜物资。一颗饭粒都不可剩在碗里,更不可以落在地上。一张纸,一根绳,都不能委弃。以至家家都有一屋子的破铜烂铁。陶侃竹头木屑的故事一直传为美谈,须知陶侃至少有储存那些竹头木屑的地方。如今三房两厅的逼仄的局面,如何容得下那一大堆的东西?所以做子女的在家里要不时地负起清除家里陈年垃圾的责任。要教导父母,莫要心疼,旧的不去,新的不来。

我们一般中国人没有立遗嘱的习惯,尽管死后子女打得头破血出,或是把一张楠木桌锯成两半以便平分,或是缠讼经年丢人现眼,就是不肯早一点安排清楚。其原因在于讳言死。人活着的时候称死为"不讳"或"不可讳",那意思就是说能讳时则讳,直到翘了辫子才不再讳。逼父母立遗嘱,这当然使不得。劝父母立遗嘱,也很难启齿。究竟如何使父母早立遗嘱,就要相机行事,乘父母心情开朗的时候,婉转进言,善为说词,以不伤感情为主。等到父母病革,快到易箦的时候才请他口授遗言,似乎是太晚了一些。

教育的方法多端，言教不如身教。父母设非低能，大抵也会知道模仿。在公共场所，如果年轻人都知道不可喧哗，他们的父母大概也不会大声说话。如果年轻人都知道鱼贯排队，他们的父母也不会再攘臂抢先。如果年轻人不牵着狗在人行道上遗屎，他们的父母也许不好意思到处吐痰。种种无言之教，影响很大，父母教育儿女，儿女也教育父母，有些事情是需要解释的，例如，中年发福不是好现象，要防止血压高，要注意胆固醇等等。

　　有些父母在行为上犯有错误，甚至恶性重大不堪造就，为人子者也负有教育的责任。子曰："事父母，几谏；见志不从，又敬而不违，劳而不怨。"这就是说，父母有错，要委婉劝告，不可不管；他不听，也不可放弃不管，更不可怨恨。当然，更不可以体罚。看父母那副孱弱的样子，不足以挡尊拳。

# 骂人的艺术

古今中外没有一个不骂人的人。骂人就是有道德观念的意思，因为在骂人的时候，至少在骂人者自己总觉得那人有该骂的地方。何者该骂，何者不该骂，这个抉择的标准，是极道德的。所以根本不骂人，大可不必。骂人是一种发泄感情的方法，尤其是那一种怨怒的感情。想骂人的时候而不骂，时常在身体上弄出毛病，所以想骂人时，骂骂何妨。

但是，骂人是一种高深的学问，不是人人都可以随便试的。有因为骂人挨嘴巴的，有因为骂人吃官司的，有因为骂人反被人骂的，这都是不会骂人的缘故。今以研究所得，公诸同好，或可为骂人时之一助乎？

## （一）知己知彼

骂人是和动手打架一样的，你如其敢打人一拳，你先要自己忖度下，你吃得起别人的一拳否。这叫作知己知彼。骂人也是一样。譬如你骂他是"屈死"，你先要反省，自己和"屈死"有无分别。你骂别人荒唐，你自己想想曾否吃喝嫖赌。否则别人回敬你一两句，你就受不了。所以别人有着某种短处，而足下也正有同病，那么你在骂他的时候只得割爱。

## （二）无骂不如己者

要骂人须要挑比你大一点的人物，比你漂亮一点的或者比你坏得万倍而比你得势的人物。总之，你要骂人，那人无论在好的一方面或坏的一方面都要能胜过你，你才不吃亏。你骂大人物，就怕他不理你，他一回骂，你就算骂着了。在坏的一方面胜过你的，你骂他就如教训一般，他即便回骂，一般人仍不会理会他的。假如你骂一个无关痛痒的人，你越骂他他越得意，时常可以把一个无名小卒骂出名了，你看冤与不冤？

## （三）适可而止

骂大人物骂到他回骂的时候，便不可再骂；再骂则一般人对你必无同情，以为你是无理取闹。骂小人物骂到他不能回骂的时候，便不可再骂；再骂下去则一般人对你也必无同情，以为你是欺负弱者。

### （四）旁敲侧击

他偷东西，你骂他是贼；他抢东西，你骂他是盗，这是笨伯。骂人必须先明虚实掩映之法，须要烘托旁衬，旁敲侧击，于要紧处只一语便得，所谓杀人于咽喉处着刀。越要骂他你越要原谅他，即便说些恭维话亦不为过，这样的骂法才能显得你所骂的句句是真实确凿，让旁人看起来也可见得你的度量。

### （五）态度镇定

骂人最忌浮躁。一语不合，面红筋跳，暴躁如雷，此灌夫骂座，泼妇骂街之术，不足以骂人。善骂者必须态度镇静，行若无事。普通一般骂人，谁的声音高便算谁占理，谁来得势猛便算谁骂赢，唯真善骂人者，乃能避其锋而击其懈。你等他骂得疲倦的时候，你只消轻轻地回敬他一句，让他再狂吼一阵。在他暴躁不堪的时候，你不妨对他冷笑几声，包管你不费力气，把他气得死去活来，骂得他针针见血。

### （六）出言典雅

骂人要骂得微妙含蓄，你骂他一句要使他不甚觉得是骂，等到想过一遍才慢慢觉悟这句话不是好话，让他笑着的面孔由白而红、由红而紫、由紫而灰，这才是骂人的上乘。欲达到此种目的，深刻之用词故不可少，而典雅之言辞尤为重要。言辞典雅则可使听者不致刺耳。如要骂人骂得典雅，则首先要在骂时万万别提起女人身上的某一部分，万万不要涉及生理学范围。骂人一骂到生理学范围以内，底下再有什么话都不好说了。譬如你骂某甲，千万别提起他的令堂令妹。因为那样一来，便无是非可言，并且你自己也不免有令堂令妹，他若回敬起来，岂非势均力敌，半斤八两？再者骂人的时候，最好不要加人以种种难堪的名词，称呼起来总要客气，即使他是极卑鄙的小人，你也不妨称他先生，越客气，越骂得有力量。骂的时节最好引用他自己的词句，这不但可以使他难堪，还可以减轻他对你骂的力量。俗话少用，因为俗话一览无遗，不若典雅古文曲折含蓄。

## （七）以退为进

两人对骂，而自己亦有理屈之处，则处于开骂伊始，特宜注意，最好是毅然将自己理屈之处完全承认下来，即使道歉认错均不妨事。先把自己理屈之处轻轻遮掩过去，然后你再重整旗鼓，咄咄逼人，方可无后顾之忧。即使自己没有理屈的地方，也绝不可自行夸张，务必要谦逊不遑，把自己的位置降到一个不可再降的位置，然后骂起人来，自有一种公正光明的态度。否则你骂他一两句，他便以你个人的事反唇相讥，一场对骂，会变成两人私下口角，是非曲直，无从判断。所以骂人者自己要低声下气，此所谓以退为进。

## （八）预设埋伏

你把这句话骂过去，你便要想想看，他将用什么话骂回来。有眼光的骂人者，便处处留神，或是先将他要骂你的话替他说出来，或是预先安设埋伏，令他骂回来的话失去效力。他骂你的话，你替他说出来，这便等于缴了他的械一般。预设埋伏，便是在要攻击你的地方，你先轻轻地安下话根，然后他骂过来就等于枪弹打在沙包上，不能中伤。

289

## （九）小题大做

如对方有该骂之处，而题目过小，不值一骂，或你所知不多，不足一骂，那时节你便可用小题大做的方法，来扩大题目。先用诚恳而怀疑的态度引申对方的意思，由不紧要之点引到大题目上去，处处用严谨的逻辑逼他说出不逻辑的话来，或是逼他说出合于逻辑但不合乎理的话来，然后你再大举骂他，骂到体无完肤为止，而原来惹动你的小题目，轻轻一提便了。

## （十）远交近攻

一个时候，只能骂一个人，或一种人，或一派人。绝不宜多树敌。所以骂人的时候，万勿连累旁人，即时必须牵涉多人，你也要表示好意，否则回骂之声纷至沓来，使你无从应付。

骂人的艺术，一时所能想起来的有上面十条，信手拈来，并无条理。我做此文的用意，是助人骂人。同时也是想把骂人的技术揭破一点，供爱骂人者参考。挨骂的人看看，骂人的心理原来是这样的，也算是揭破一张黑幕给你瞧瞧！

# 谈 礼

　　礼不是一件可怕的东西，不会"吃人"。礼只是人的行为的规范。人人如果都自由行动，社会上的秩序必定要大乱，法律是维持秩序的一套方法，但是关于法律的力量不及的地方，为了使人能更像是一个人，使人的生活更像是人的生活，礼便应运而生。礼是一套法则，可能有官方制定的成分在内，亦可能有世代沿袭的成分在内，在基本精神上还是约定俗成的性质，行之既久，便成为大家公认共守的一套规则。一套礼法也不是一成不变的，事实上是随时在变，不过可能变得很慢，可能赶不上时代环境之变迁得那样快，因此至少在形式上可能有一部分变成不合时宜的东西。礼，除非是太不合理，总是比没有礼好。

这道理有一点像"坏政府胜于无政府"。有些人以为礼是陈腐的有害的东西，这看法是不对的。

我们中国是礼仪之邦，一向是重礼法的。见于书本的古代的祭礼、丧礼、婚礼、士相见礼等，那是一套，事实上社会上流行的又是一套，现行的一套即是古礼之逐渐的个别的修正，虽然各地情形不同，大体上尚有规模存在，等到中西文化接触之后便比较有紊乱的现象了。紊乱尽管紊乱，礼还是有的，制礼定乐之事也许不是当前急务，事实上吾人之生活中未曾一日无礼的活动。问题是我们是否认真地严肃地遵循着礼。孔门哲学以"克己复礼"为做人的大道理。意即为吾人行事应处处约束自己使合于礼的规范。怎样才是非礼勿视，非礼勿言，非礼勿动，那是值得我们随时思考警惕的。

读书人应该知道礼，但是有些人偏不讲礼，即所谓名士。六朝时这种名士最多，《世说新语》载阮籍的一句话最有趣，"礼岂为我辈设也？"好像礼是专为俗人而设。又载这样的一段：

阮步兵（籍）丧母，裴令公楷往吊之。阮方醉，散发坐床，箕踞不哭。裴至，下席，哭吊唁毕，复去。或问裴："凡吊，主人哭，容乃为礼，阮既不哭，居何为哭？"裴曰："阮方外之人，故不崇礼制，我俗辈中人，故以仪轨自居。"时人以为两得其中。

没有阮籍之才的人，还是以仪轨自居为宜。像阮步兵之流，我们可以欣赏，不可以模仿。

中西礼节不同。大部分在基本原则上并无二致，小部分因各有传统亦不必强同。以中国人而用西方的礼,有时候觉得颇不合适,如必欲行西方之礼则应知其全部底蕴,不可徒效其皮毛,而乱加使用。例如,握手乃西方之礼,但后生小子在长辈面前不可首先遽然伸手,因为长幼尊卑之序终不可废,中西一理。再例如,祭祖先是我们家庭传统所不可或缺的礼,其间绝无迷信或偶像崇拜之可言,只是表示"慎终追远"的意思,亦合于我国所谓之孝道,虽然是西礼之所无,然义不可废。我个人觉得,凡是我国之传统,无论其具有何种意义,苟非荒谬残酷,均应不轻予废置。再例如,电话礼貌,在西方甚为重视,访客之礼、探病之礼,均有不成文之法则,吾人亦均应妥为仿行,不可忽视。

礼是形式,但形式背后有重大的意义。

## 悲 观

悲观不是消极。所以自杀的人不是悲观,悲观主义者反对自杀。

悲观是从坏的一方面来观察一切事物,从坏的一方面着眼的意思。悲观主义者无时不料想事物的恶化,唯其如此,所以他最积极地生活,换言之,最不为虚幻的希望所误引入歧途,最努力地设法来对付这丑恶的现实。

叔本华说,幸福即是痛苦的避免。所谓痛苦是实在的,而幸福则是根本不存在的。痛苦不存在时之状态,无以名之,名之曰幸福。是故人生之目标,不在幸福之追求,而在痛苦之避免。人生即是由一串痛苦所构成。能避免一分的苦痛,即是一分的幸福。故悲观主义者待人接物，步步为营，不求有功，但求无过。这是悲观主义的真谛。

从坏处着想，大概可以十猜十中百猜百中；从好处着想，往往一次一失望十次十失望。所以乐观者天真可爱，而禁不住现实的接触，一接触就水泡一般地破灭。悲观者似乎未免自苦，而在现实中却能安身立命。所以自杀者是乐观的人，幸福者倒是悲观的人。

# 义　愤

　　有一天我从马路上经过，看见壁上有一幅硕大无朋的宣传画，上面写着"我们要驱逐倭寇收回失地"，画的是一个倭兵，矮矮的身量，两腿如弓，身上全副披挂，脸上满是横肉，眼里冒着凶焰，嘴里露着獠齿，做狞笑状。他脚底下是一堆一堆的骷髅，他身背后是一堆一堆的瓦砾。他代表的是凶残、破坏、横暴、黑暗。这幅画的确画得不坏，因为它能活画出倭兵的一副穷凶极恶的气概。

　　过几天，我又从这里经过，我又回过头望望这幅壁画，情形稍为有点儿两样了。这画里的倭兵身上沾满了橘子瓤，脸上身上都沾满了橘子瓤。这些橘子，一经沾上，是不容落下来的。

我略略查看，橘子瓣的块数，总不在百八十以下，而且大多数都很准确地命中了，想见投掷的技术很不坏的。

投橘子瓣的是些什么人呢？当然是我们的爱国的民众。他们为什么要这样做呢？当然是因为激于义愤。他们看见这幅画里的倭兵，就想起真的倭兵来了，于是义愤填膺，顿起杀贼之念，可巧四川的橘子既多且贱，可巧嘴里正嚼着一块橘子，于是忍无可忍，"呸"的一声将橘瓣吐在手里，飕一声掷将过去，"啪"的一声不偏不倚地命中了倭兵的身上。一个人这样做，许多人起来仿行。顷刻而倭兵遍体疮痍，而我所费者仅为本来要吐在地上的百八十块橘瓣而已。

平心而论，这些义愤之士都是可钦佩的。他们是有良心的，他们是爱国的。从前我游西湖，看见岳坟前有不少人围绕着秦桧的铁像小便，大家争先恐后地向他身上浇冲，有些挤不进的便在很远的地方吐送一口黏痰过去。这件事虽与公共卫生有碍，然而也是一种义愤的表示。这都证明人心未死。

不过，我常想，假如我们把这种义愤积蓄起来，假如我们不亟亟地把橘瓣作为宣泄义愤的工具，假如我们能用一个更有效的方法使敌人感受一些真实的打击，那岂不是更好吗？

听说普法战后，法国的油画院中陈列着普兵屠害法人的画片，令法人有所警惕。这并非是"长他人的威风，灭自己的志气"，这是要锻炼磨砺人民的复仇心。听说那些画片上并没有橘子瓣或黏痰之类。

我们要驱逐倭寇，收回失地。那幅壁画是提醒我们这种意志的。戏台上的曹操，我们杀他做啥子？

297

# 快　乐

　　天下最快乐的事大概莫过于做皇帝。"首出庶物，万国咸宁。"至不济可以生杀予夺，为所欲为。至于后宫粉黛三千，御膳八珍罗列，更是不在话下。清乾隆皇帝，"称八旬之觞，镌十全之宝"，三下江南，附庸风雅。那副志得意满的神情，真是不能不令人兴起"大丈夫当如是也"的感喟。

　　在穷措大眼里，九五之尊，乐不可支。但是试起古今中外的皇帝于地下，问他们一生中是否全是快乐，答案恐怕相当复杂。西班牙国王拉曼三世（Abder Rahman Ⅲ，960）说过这么一段话：

我于胜利与和平之中统治全国约五十年，为臣民所爱戴，为敌人所畏惧，为盟友所尊敬。财富与荣誉，权力与享受，呼之即来，人世间的福祉，从不缺乏。在这情形之中，我曾勤加计算，我一生中纯粹的真正幸福日子，总共仅有十四天。

　　御宇五十年，仅得十四天真正幸福日子。我相信他的话，宸谟睿略，日理万机，很可能不如闲云野鹤之怡然自得。于此我又想起从一本英语教科书上读到一篇寓言，题目是《一个快乐人的衬衫》。某国王，端居大内，抑郁寡欢，虽极耳目声色之娱，而王终不乐。左右纷纷献计，有一位大臣言道：如果在国内找到一位快乐的人，把他的衬衫脱下来，给国王穿上，国王就会快乐。王韪其言，于是使者四出寻找快乐的人，访遍了朝廷显要，朱门豪家，人人都有心事，家家都有一本难念的经，都不快乐。最后找到一位农夫，他耕罢在树下乘凉，裸着上身，大汗淋漓。使者问他："你快乐吗？"农夫说："我自食其力，无忧无虑！快乐极了！"使者大喜，便索取他的衬衣。农夫说："哎呀！我没有衬衣。"这位农夫颇似我们的禅门之"一丝不挂"。

　　常言道，"境由心生"，又说"心本无生因境有"。总之，快乐是一种心理状态。内心湛然，则无往而不乐。吃饭睡觉，稀松平常之事，但是其中大有道理。大珠《顿悟入道要门论》："源律师问：'和尚修道，还用功否？'师曰：'用功。'曰：'如何用功？'师曰：'饥来吃饭，困来即眠。'曰：'一切人总如是，同师用功否？'师曰：'不同。'曰：'何故不同？'师曰：'他吃饭时不肯吃饭，百种须索，睡时不肯睡，千般计较。所以不同也。'律师杜口。"可是修行到心无挂碍，却不是容易事。我认识一位唯心论的学者，平素昌言意志自由，忽然被人绑架，系于暗室十有余日，备受凌辱，释出后他对我说："意志自由固然不诬，但是如今我才知道身体自由更为重要。"常听人说烦恼即菩提，我们凡人遇到烦恼只是深感烦恼，不见菩提。快乐是在心里，不假外求，求即往往不得，转为烦恼。叔本华的哲学是：苦痛乃积极的实在的东西，幸福快乐乃消极的根本不存在的东西。所谓快乐幸福乃是解除苦痛之谓。没有苦痛便是幸福。再进一步看，没有苦痛在先，便没有幸福在后。梁任公先生曾说："人生最快乐的事，莫过于看着一件工作的完成。"在工作过程之中，有苦恼也有快乐，等到大功告成，那一份"如愿以偿"的快乐便是至高无上的幸福了。

　　有时候，只要把心胸敞开，快乐也会逼人而来。这个世界，这个人生，有其丑恶的一面，也有其光明的一面。良辰美景，赏心乐事，随处皆是。智者乐水，仁者乐山。雨有雨的趣，晴有晴的妙，小鸟跳跃啄食，猫狗饱食酣睡，哪一样不令人看了觉得快乐？就是在路上，在商店里，在机关里，偶尔遇到一张笑容可掬的脸，能不令人快乐半天？有一回我住进医院里，僵卧了十几天，病愈出院，刚迈出大门，陡见日丽中天，阳光普照，照得我睁不开眼，又见市廛熙攘，光怪陆离，我不由得从心里欢叫起来："好一个艳丽盛装的世界！"

　　"幸遇三杯酒美，况逢一朵花新？"我们应该快乐。